Prologue

Le guerrier avance seul dans la brume. Ses compagnons l'ont abandonné en entendant le souffle lointain du dragon. Cela ne fait rien, le guerrier n'a pas peur. Il n'a jamais eu peur. Sans doute est-ce là son plus grand défaut, mais peut-être aussi son plus grand atout. Toutefois, il n'est pas idiot. Il sait ce qui l'attend à l'intérieur de la grotte. Alors il tient fermement son épée des deux mains. Si fermement, que les jointures de ses doigts blanchissent.

La brume environnante est dense et l'empêche de voir à plus de deux pas. Il ne peut donc se fier à sa vue. Seuls comptent son ouïe et son instinct.

Soudain, il perçoit un léger chuintement suivi d'un râle rauque et peu engageant. Mais encore une fois, rien ne retient le guerrier. L'arme au poing, il ne craint rien. Pas même ce dragon plusieurs fois centenaire qui veille sur le plus inestimable des trésors. Le Trésor du Peuple des Brumes.

Sans faire de bruit, l'homme poursuit son chemin. La grotte se fait de plus en plus étroite et il en vient à se demander comment un dragon peut vivre en ces lieux. Un instant, il se met même à imaginer une bête aussi petite qu'un lézard. Mais le nouveau râle qui s'élève depuis le fond de la grotte efface cette idée stupide.

Enfin, le dernier coude. Le guerrier sait qu'une fois l'étroit passage franchi, il devra affronter le dragon. Il sait où frapper et quelle force mettre dans son coup mortel. Toute sa force, et celle de ses ancêtres. Car le guerrier est le descendant d'une longue lignée de Tueurs de Dragons. À chaque génération, l'un des fils hérite du don. Celui de connaître son ennemi mieux que quiconque. Le don de pouvoir tuer la plus féroce de toutes les bêtes en demeurant simple humain. Le pouvoir de puiser la force de ses ancêtres morts au combat.

Le guerrier sait qu'il est tout proche. Proche de son ennemi. Proche d'un affrontement à l'issue fatale. Plaqué contre la paroi rocheuse, il étire son cou et observe la bête qu'il devine, à présent que la brume s'est quelque peu dissipée.

Le dragon est immense. Plus grand que tous ceux dont lui a parlé son père. Ses écailles brunes semblent plus solides qu'un roc. Ses pupilles noires, puits longilignes et enténébrés, fendent ses yeux jaunes terrifiants comme deux interminables crevasses. Ses naseaux expirent une fumée blanchâtre qui se perd dans la brume environnante. Un brouillard bien moins opaque qu'à l'entrée de la grotte, mais un brouillard qui, sans aucun doute, rendra la tâche du guerrier plus difficile.

Couchée sur une montagne de pièces d'or, de pierres précieuses et d'objets rares, la bête se mordille une patte atrocement griffue.

Le guerrier observe la scène, fasciné. Puis il se reprend, resserre sa prise sur la garde de son épée et inspire un grand coup. Avant la fin de la journée, il aura occis ce monstre et aura remporté le plus grand trésor de tous les temps ! … Ou il aura trépassé.

Dans un hurlement furieux, le guerrier sort de sa cachette et fonce droit sur la bête.

Bien loin de l'effrayer, ce cri attise tout au plus la curiosité du dragon. En cet instant, il se demande quel peut être ce vermisseau qui court vers lui avec sa ridicule aiguille en piaillant comme un vulgaire moineau. Pour montrer son agacement, la bête donne un coup de patte en direction de l'impétueux et l'envoie valser contre la roche. Puis elle se recouche et regarde fixement l'humain.

Il semble différent de tous ceux que le dragon a vus jusqu'ici. Pourtant, il ne porte qu'une très légère armure faite de cotte de maille et tient une épée dérisoire. D'ailleurs, songe-t-il, l'humain ne doit pas être bien costaud puisqu'il est obligé de tenir son arme à deux mains.

Quand l'homme se relève, il défie la bête du regard. Leurs yeux se croisent. Alors le dragon comprend. Cet humain n'est vraiment pas comme les autres. En lui coule le feu des siens, l'esprit de ses ancêtres Tueurs de Dragons. Combien de ses frères et sœurs ce misérable ver de terre a-t-il assassinés ? Et lui, pourra-t-il lui résister ? Saura-t-il éviter le coup mortel d'une lame aiguisée de magie ?

Furieux de s'être bêtement laissé tromper par la petitesse du redoutable guerrier, le dragon se relève. Inspire. Largement. Mais rapidement. Et, l'instant suivant, il projette vers son assaillant un jet de flammes meurtrières. L'air s'embrase. Hélas, son feu n'atteint pas le guerrier qui bondit sur le côté avant de courir de nouveau vers lui en hurlant, arme au poing.

Le dragon s'élève alors un peu plus, déploie ses ailes. La grotte qui l'abrite s'effrite contre ses écailles rocailleuses. Second jet de flammes. Mais celui-là ne vient pas seul, car la bête retombe lourdement sur le sol. Tremblement de terre.

Un instant, le guerrier est déstabilisé. Il sent son épée lui glisser des mains et son funeste destin le rattraper. Sa fin serait-elle déjà venue ? Impossible ! Il a consulté cartes, voyantes et autres visionnaires. Son arme rencontrera le cœur du dragon et il le terrassera. Mais comment faire alors que, déjà, il ne sent plus dans sa paume la garde de son épée ?

Face à lui, le dragon rugit. Il se sait sur le point de gagner. L'humain empeste le doute. La peur commence à s'échapper de ses pores. Or, un guerrier qui doute et qui a peur est un guerrier mort. Peu importe la magie qu'il porte en lui. Alors la bête se relève, prête à faire de nouveau trembler la terre. Inspire encore. Plus largement. Puis retombe en soufflant son feu mortel.

Trop tard.

Soutenu par les esprits de ses ancêtres, le Tueur s'est relevé lui aussi. Dans un même mouvement, il a récupéré son arme avant de s'élancer dans les airs. À la rencontre de son ennemi. À la rencontre de son destin. Et une fois encore, la magie des Tueurs de Dragons a fait son œuvre. Son épée a atteint le cœur de la bête.

Les pieds sur la cuirasse du monstre, le guerrier plante son arme par en dessous. Il ne craint pas la chute mortelle de son assaillant. Il n'y pense pas. Il ne pense qu'à une chose : transpercer le cœur de la bête. Alors il plonge toujours plus profondément son épée. Il sent les chairs du monstre se déchirer sous la magie de ses ancêtres. Il sent la pointe de son arme atteindre le cœur du dragon et le percer. Et ce n'est que lorsqu'il l'a complètement embroché qu'il retire son épée sanglante et saute à terre juste avant que le dragon ne s'affale sur son trésor… et disparaisse à jamais.

Car c'est ainsi que meurent les dragons. Leurs carcasses ne restent pas à la vue de tous, affirmant leur mort possible. Non. Un dragon mort est un dragon qui n'existe plus… du tout. Alors, tout s'évapore.

Le guerrier sort un à un les coffres qu'il a remplis de son précieux butin. Le Trésor du Peuple des Brumes est infini. Et maudit. Car dans la brume qui s'évapore de la grotte, une étrange fumée rôde. Sinueuse, elle caresse la roche, effleure le sol boueux. Lorsqu'elle atteint les coffres du guerrier, elle s'y disperse sans que l'homme ne puisse rien voir de ce qui se trame dans son trésor.

Mais un jour, bientôt, les Hommes regretteront de s'être attribué le Trésor des Nébuleux…

ACTE I

LE MÉDAILLON

1

Où suis-je ? *Qui* suis-je ?

Je ne sais pas. Je ne sais rien. Ouvrir les yeux me permettrait sans doute de répondre à l'une de ces deux questions. Alors je les ouvre. Mais aussitôt, je les referme. La lumière est aveuglante et je ne peux la supporter. Pourtant, il me faut ouvrir les yeux, regarder ce qui m'entoure pour comprendre où je suis et, peut-être, *qui* je suis. Je place alors ma main en visière au-dessus de mes yeux et tente à nouveau de les ouvrir. Cette fois, j'y vais en douceur.

Tout est flou. Je ne vois qu'une étendue presque blanche. C'est à peine si je discerne cette ombre qui tournoie au-dessus de moi, dessinant de grands cercles dans ce que je devine être le ciel. Je papillonne des yeux pour tenter d'aiguiser mon regard. Mais rien n'y fait. Alors je me lève. Lentement.

D'abord, je m'assieds. Puis j'attends que ma tête cesse de tourner et que les étoiles qui l'entourent disparaissent. Enfin, je me lève.

Un coup d'œil à mon corps me permet de prendre conscience de ce que je suis. À défaut de savoir *qui* je suis… Je suis une femme. Plutôt jeune, il me semble. Mais c'est bien là tout ce que je peux dire de moi.

Pour ce qui est de mes vêtements, je porte un pantalon de cuir marron foncé, troué, qui se perd dans des bottes de cuir à peine plus claires que mon pantalon. Un chemisier vert foncé complète ma tenue. Ah ! Et des couteaux aussi. À mes hanches, dans mes bottes, jusque dans mes bracelets de cuir. Des grands, des petits. Mais tous aussi aiguisés les uns que les autres. Qui suis-je donc pour être ainsi armée ?

Et qu'est-ce que je fais en plein milieu du Désert ? Car où que porte mon regard, je ne vois que du sable et des dunes.

De nouveau, je lève la tête vers le ciel, ma main droite toujours en visière au-dessus de mes yeux. J'y vois mieux maintenant que je me suis habituée à la luminosité environnante. J'aperçois alors cette ombre qui tournoie toujours au-dessus de moi. Elle décrit des cercles de plus en plus étroits et de plus en plus près du sol… et de moi. Enfin, je comprends ce qu'est cette ombre. Il s'agit d'un corbeau. D'un énorme corbeau.

L'oiseau se pose sur le sable à quelques pas de moi. Il me fixe de ses yeux de jais. Son plumage est comme un puits noir sans fond au milieu de l'éclatante lumière désertique. Quand il ouvre le bec et pousse un cri, je me fige. Et je me souviens.

Dans le Désert, voir un seul Grand Corbeau de bon matin porte malheur. On est le matin. Je le sais, je le sens. À cette légère fraîcheur chassée par l'écrasante chaleur d'une longue journée qui commence. À ce soleil que je discerne enfin pleinement et qui se lève encore. À ce quelque chose qui, au fond de moi, commence à se réveiller. La question est : cet oiseau me portera-t-il vraiment malheur ?

Un pas après l'autre, le corbeau se rapproche de moi. Je ne bouge pas, toujours figée. Pas même quand il ouvre ses ailes et prend son envol là, juste devant moi.

Ce n'est que lorsqu'il me percute le torse que je réagis. Je hurle, me débats, et tombe. Puis je me relève et commence à courir. Derrière moi, j'entends le battement d'ailes de l'horrible oiseau qui me poursuit. Il croasse, et moi je crie.

Mais alors que je n'ai que deux jambes, l'animal est un dieu du ciel et me rattrape rapidement, puis me dépasse. Il fait ensuite demi-tour et fonce à nouveau sur ma poitrine. Je n'ai pas le temps de réagir que, déjà, il est sur moi. Je hurle. Il croasse. J'ai beau battre des bras, tenter d'attraper l'un de ces couteaux que je porte ici et là, je n'arrive à rien. Et j'ai comme l'impression que le corbeau est dans la même situation que moi. Car aussi absurde que cela puisse paraître, j'ai l'impression que lui aussi se débat.

Soudain, je cesse de gesticuler. De toute façon, j'ai bien vu que cela ne servait à rien. Le corbeau m'imite et cesse de battre des plumes. Quand je m'assois sur le sol, il se pose juste devant moi. Nous nous toisons du regard. Puis, je vois ses yeux de jais descendre sur ma poitrine, et même un peu plus bas. Je l'imite.

C'est alors que je le découvre. Je n'y avais pas prêté attention tout à l'heure dans l'examen sommaire de ma personne, mais je vois maintenant que je porte un médaillon étrange. Au moment où je m'en saisis, le corbeau piaffe de contentement. Enfin je crois…

J'examine l'objet. Il est d'un bleu sombre et ressemble à une boussole. À ceci près qu'il n'indique pas le nord. Je le sais grâce à la position du soleil. Mais alors, s'il n'indique pas le nord, qu'indique-t-il ? De nouveau, je regarde le corbeau, comme s'il pouvait m'apporter une réponse. Et, tandis que mes yeux se perdent dans les ténèbres de son regard, je l'entends… *parler.*

— *Trouve le trésor, Annabelle. Trouve le trésor et ramène-le.*

Je ferme les yeux et secoue la tête, incrédule. Un corbeau qui parle ? Avec une voix qui ressemble à celle d'une femme ? Et qui connaît mon nom alors que, moi-même, je l'ignorais il n'y a pas deux minutes ?

— Quoi ?

— *Trouve le trésor et ramène-le…*

Il faut que j'arrête. Je délire sûrement à cause d'une insolation… Voilà que je discute avec un oiseau ! Perplexe, je secoue de nouveau la tête comme pour la libérer de mes drôles de pensées. Puis je saisis l'objet qui pend à mon cou grâce à une lanière de cuir. Cette même lanière qui m'enserre douloureusement le cou quand je cherche à l'ôter.

— *Le médaillon te guidera. Suis-le, et il te conduira à quelqu'un qui pourra t'aider. Suis-le, et il te guidera jusqu'au trésor. Suis-le, et tu sauras où le ramener.*

Le corbeau a parlé, encore. Et le pire, c'est que ce qu'il dit résonne dans mon esprit et y prend du sens. Comme si j'avais déjà entendu ces paroles. Pourtant, je ne suis toujours pas convaincue. Car je me souviens maintenant complètement de qui je suis.

Je m'appelle Annabelle et j'ai seize ans. Bien que je sois orpheline, j'ai été élevée par une famille qui descendait des Tueurs de Dragons. J'ignore encore aujourd'hui s'ils étaient réellement dotés de la magie ancestrale, mais ils vivaient comme des traditionalistes. C'est eux qui m'ont appris à manier les couteaux. À treize ans, comme le voulait la tradition, je me suis embarquée sur un bateau pour mon initiation. Je me suis déguisée en garçon et ai revêtu des habits de mousse. Depuis, je n'ai jamais quitté la mer ni les ports. Je n'ai jamais suivi d'autres ordres que ceux d'un capitaine. Pourquoi donc suivrais-je ceux d'un corbeau ?

Plus important encore : comment me suis-je retrouvée en plein milieu du Désert ? Car j'ai beau fouiller dans ma mémoire, je ne vois toujours pas ce qui m'a menée jusqu'ici…

Plongée dans mes réflexions, j'observe le médaillon qui pend à mon cou. J'examine la direction qu'il indique. Puis je prends ma décision : j'irai de l'autre côté !

Mais je n'ai pas fait trois pas que le collier de cuir commence à me serrer de plus en plus fort. Je passe alors mes doigts entre la lanière et ma peau pour essayer de l'enlever. Mais je n'y arrive pas. Derrière moi, le croassement du corbeau ressemble à un rire moqueur. Alors je me retourne et je lâche un « OK » fataliste. Ravi, l'oiseau prend son envol et me montre la même direction que le médaillon.

— Si tu sais où on va, pourquoi aurais-je besoin de ce truc ? je demande à tout hasard.

Mais le volatile ne répond pas. Et de toute façon, au fond de moi, je connais la réponse. Si le collier de cuir n'avait pas cherché à m'étrangler, jamais je n'aurais suivi un corbeau dans le Désert !

2

— Au fait ? T'as un nom ?

Devant moi, le corbeau continue de voler sans même se retourner. On dirait qu'il me snobe. Je hausse les épaules.

— Si tu le prends comme ça… Sache qu'à partir de maintenant, je t'appellerai Beaucor.

Je sais que ce n'est pas très recherché, ni même très saillant pour un animal qui a une voix de femme, mais en même temps, puisqu'il sait parler, il n'avait qu'à me donner son nom. Et s'il n'avait pas de nom jusqu'ici parce que, après tout, c'est un oiseau et non un humain, eh bien il devrait s'estimer heureux d'en avoir un à présent.

— Dis Beaucor ? On va où comme ça ?

Pour toute réponse, le volatile lâche un croassement sonore que je traduis naturellement par un « tu commences à me gonfler avec tes questions ». Alors, comme mon compagnon semble décidé à ne plus me parler, je regarde le médaillon. Nous suivons toujours la direction qu'il indique. Ça, je m'en serais doutée… En le retournant, je découvre un dessin que je n'avais pas vu jusque là. J'aurais pourtant dû puisque, quand je passe mon doigt dessus, je m'aperçois qu'il est en relief.

Le dessin représente une ancienne rune que je ne devrais pas être en mesure de comprendre, mais que je peux pourtant aisément traduire. *Brume.* Tout en caressant la rune, je réfléchis.

Brume. Trésor… Brume. Trésor…

— Mais bien sûr ! je m'écrie.

Beaucor croasse et son cri ressemble à s'y méprendre à un « quoi ? ».

— C'est le Trésor des Nébuleux que je dois trouver, c'est ça ?

L'oiseau ne répond pas. Mais contrairement à tout à l'heure, il ne me snobe pas complètement non plus. Au contraire, il vire de bord et revient vers moi. Puis, après un vol stationnaire autour de ma tête, il vient se poser sur mon épaule gauche et pousse un nouveau croassement – qui me détruit le tympan.

— Qu'est-ce qu'il y a ? Tu ne sais plus parler ?

— *Pas quand c'est inutile...*

— Donc c'est ça ?

Nouveau croassement. Je crois que ça veut dire oui. Tout comme je crois qu'il me fait confiance. À la fois pour suivre la direction indiquée par le médaillon – ce que je fais – et pour ne pas le chasser de mon épaule.

Le Trésor des Nébuleux est une légende dont j'ai beaucoup entendu parler à force de voyager sur les bateaux. Les marins, et surtout les pirates, en parlent comme du Trésor des trésors. Celui qui mettra la main dessus sera le plus puissant de tous. Le seul problème, d'après ce que j'ai compris, c'est que ce trésor n'existe que dans les fables et les légendes. Il n'est rien d'autre qu'un conte pour enfants, narré par des parents qui veulent que leur progéniture tende vers l'impossible.

Moi, je n'ai pas vraiment eu de parents. Et ma famille d'accueil n'avait pas besoin de ce genre de fables pour nous pousser à nous dépasser. Mais j'ai ce médaillon. Ce collier de cuir qui cherche à m'étrangler dès que je fais un pas de travers. Il y a ce corbeau parlant perché sur mon épaule. Mon réveil au milieu du Désert – que je ne m'explique toujours pas – et mon amnésie passagère. Alors le Trésor des Nébuleux, finalement, j'y crois. Ou en tout cas j'y croirai jusqu'à ce que le nœud coulant qui m'enserre le cou se défasse... Ou bien jusqu'à ce que l'astre solaire ait raison de moi.

Au-dessus de ma tête, le soleil darde ses rayons et j'ai l'impression que c'est autant de lances qui me transpercent le crâne. J'ai un horrible mal de tête et je sais que je ne pourrai m'en défaire qu'en passant à l'ombre et en buvant quelque chose. Car oui, en plus de cette chaleur pesante, la soif me donne mal au crâne. Tout comme la faim. Hélas, quelque chose me dit que je ne vais pas trouver une fontaine tout de suite, pas plus qu'un bon repas. Quant à dégoter de l'ombre en plein Désert, c'est encore plus hasardeux que de croire aux anciennes légendes !

De plus en plus, mes jambes ont du mal à me porter. J'ai l'impression qu'elles sont en coton. Et, tout à coup, elles ne tiennent plus et je m'affaisse sur le sable.

Mécontent de ce soudain changement d'étage, Beaucor s'envole et croasse. Puis, s'apercevant sans doute que râler ne sert à rien, il revient vers moi et se pose à mes pieds. Il cherche mon regard, mais ne le trouve pas. J'ai déjà du mal à garder les yeux ouverts, alors le regarder ?

Après un nouveau croassement, Beaucor reprend son envol. J'entends le battement de ses ailes qui s'éloigne de moi.

— Reviens… je crie faiblement.

Mais, déjà, je ne l'entends plus.

Dans un ultime effort, je pousse sur mes mains et mes genoux, et me relève. Je reprends la marche, fais trois pas, et m'étale à nouveau sur le sable. Je ne peux vraiment plus avancer. Je n'ai plus de force.

C'est étrange comme cette fatigue m'est tombée dessus d'un seul coup. Comme si quelque chose – ou quelqu'un – ne voulait pas que je continue.

Mes yeux se brouillent. J'ai du mal à les tenir ouverts. À l'horizon, j'ai l'impression de voir des formes qui se meuvent et s'avancent vers moi. Plus elles se rapprochent, plus leurs silhouettes se précisent. Ce sont des hommes et des femmes. Ils tendent leurs mains vers moi, comme s'ils voulaient m'aider… ou m'enfoncer. J'avoue que le sourire sur leurs lèvres bleutées ressemble plus à un mauvais rictus qu'à un encouragement.

Soudain, les silhouettes se distordent. Beaucor vient de passer au travers comme s'il ne s'était agi que de nuages éthérés… Mais tout le monde sait bien qu'il n'y a pas de nuages dans le Désert. Encore moins des nuages qui marchent et sourient !

Je remarque que le corbeau ne vole pas comme d'habitude. De plus, il semble avoir une forme différente. Et pour cause ! Il tient dans son bec un long morceau d'étoffe qu'il lâche à mes pieds en passant au-dessus de moi. Avec des gestes lents, je m'en saisis.

Il s'agit d'un long ruban rouge brodé d'arabesques jaunes ; un turban que je m'empresse de placer sur ma tête. Peu à peu, le mal de crâne reflue. Mes jambes répondent de nouveau. Certes, j'ai toujours faim et soif, mais au moins, je devrais pouvoir faire quelques pas de plus.

Quand je me relève, je m'aperçois que le soleil a fait une sacrée course dans le ciel. Serais-je restée longtemps inconsciente ? Aurais-je donc rêvé ces silhouettes fantomatiques ? Je n'en sais rien… et j'avoue que je préfère ne pas savoir. Tout ce qui m'importe, dans l'instant présent, c'est ce soudain regain d'énergie qui me permet d'avancer à nouveau. Alors j'avance.

Le temps s'étire, le soleil rejoint l'horizon. Enfin, j'aperçois autre chose que du sable. Des contours flous se détachent du ciel orange. Et plus j'avance, plus je vois naître cette cité. Au premier regard, je dirais que je ne la connais pas.

3

Lorsque je passe les portes de la petite ville, la nuit vient de tomber. Ici et là, des lampes à huile éclairent les rues que je ne connais pas. Et derrière ces volets qui se ferment, je discerne la lueur des bougies allumées.

— T'es perdue gamine ? me demande un homme aù nez aussi rouge que ses joues.

— Je cherche un endroit où passer la nuit.

— T'as de quoi payer ?

Je hausse les épaules. Par expérience, je sais que c'est le genre de questions auxquelles il vaut mieux ne pas répondre. Parce que si vous n'avez rien, on peut vous embaucher de force pour des métiers peu enviables – surtout si vous êtes une jeune fille ! – et si vous avez quelques pièces, on vous saute à la gorge pour vous en décharger. Pour ces deux raisons, et parce que deux précautions valent mieux qu'une, je pose la main sur la garde de l'un de mes couteaux. Que ce poivrot m'approche d'un peu trop près et il sera servi !

— J'te conseille la Taverne de la Vieille Branche. La patronne est sympa, y s'peut qu'elle te file une paillasse et un bol de soupe. Par contre, pas sûr que ton zozio soit accepté…

Je jette un coup d'œil à Beaucor qui n'a pas bougé de mon épaule. Puis je remercie l'homme que j'avais jugé trop vite, lui demande de m'indiquer le chemin de la fameuse taverne et m'y rends. Avant d'entrer, je tourne la tête vers mon compagnon de route.

— Tu l'as entendu Beaucor ? Pas sûr qu'on t'accepte ici… Vaudrait donc mieux que tu m'attendes dehors.

L'oiseau me jette un regard mauvais, comme s'il était vexé de se voir abandonné à l'entrée de la taverne. Mais finalement, non sans avoir croassé son mécontentement, il s'envole et va se poser sur l'enseigne.

La Taverne de la Vieille Branche ressemble à toutes les tavernes que j'ai vues jusqu'ici. La faible luminosité qui provient de vieilles lampes à huile décrépies est plus un choix qu'autre chose. Ainsi, on ne perçoit ni les mines désœuvrées des clients, ni la saleté qui imprègne les lieux.

Comme j'embrasse la salle du regard en connaisseuse, les clients ne font pas attention à moi plus d'une minute. Au bar, en revanche, une grosse bonne femme fait signe à sa serveuse la plus proche de venir me voir.

— C'est pour manger ? me demande-t-elle.

— Et dormir si vous avez…

La serveuse se retourne vers sa patronne. D'un signe de la main, cette dernière m'invite à la rejoindre au bar. Quant à la serveuse, elle retourne à sa tâche sans plus me prêter la moindre attention.

— Tu veux quoi jeune fille ?

— De quoi manger et dormir… enfin si c'est possible.

— Ça dépend… t'as de quoi payer ?

Je fouille dans les poches de mon pantalon. À droite, cinq petites pièces et à gauche, une grosse et deux petites. Je sors les deux petites en faisant bien attention de ne pas les faire cliqueter contre la plus grosse.

— C'est tout ce que j'ai… je fais en posant mon mensonge sur le comptoir.

La grosse bonne femme observe les piécettes, me jette un regard mi-peiné, mi-méfiant, regarde de nouveau les pièces puis s'en saisit.

— Installe-toi là-bas, on va te servir. Pour ce qui est de dormir, je n'ai que la grange derrière à te proposer.

— Ce sera parfait, merci.

La tenancière me fait un sourire qui ressemble plus à une grimace puis s'en retourne à son boulot. Quant à moi, je vais m'installer à la table qu'elle m'a indiquée. Quelques minutes plus tard, la serveuse me sert un bol de soupe accompagné d'une belle tranche de pain au fromage. L'ensemble est simple, mais bon. Mon estomac affamé l'accueille comme un repas de fête. Depuis combien de temps n'ai-je pas mangé ?

Tandis que je savoure mon repas le plus lentement possible pour éviter d'être trop vite calée et d'avoir de nouveau faim dans quelques heures, je me remets à observer la salle. Ma table est un peu à l'écart. Seuls deux hommes, des soldats à en juger par leur habit, sont assez proches pour que j'entende ce qu'ils se disent. Les autres clients sont plus au centre de la salle et leurs voix se répercutent sur les murs mal isolés. Tout ce que je peux dire, c'est qu'ils semblent apprécier le vin du coin… à moins que ce soit de la bière, je ne saurais le dire. De fait, le liquide dans leurs chopes est assez sombre, mais il est aussi mousseux. Du moins il en a l'air.

Pour ce qui est de la salle chichement éclairée, elle ne dispose pas d'autres décorations que ces tableaux de marins poussiéreux. Ici, un trois-mâts, là, des pêcheurs qui remontent leurs filets.

Soudain, la conversation des deux hommes à côté de moi m'interpelle.

— N'empêche qu'on a fait une belle prise avec ce capitaine O'Brian !

— Tu crois ?

— Un peu que je le crois ! C'est un capitaine reconnu dans le milieu.

— Je dirais plutôt c'était… Si l'on en croit la rumeur, il aurait pris sa retraite.

— Sa retraite ? Lui ? Non… ça cache quelque chose. Un pirate comme lui ne raccroche pas son tricorne en si bon chemin.

L'autre hausse les épaules, peu convaincu par l'argumentation de son collègue. Quant à moi, je plonge le nez dans mon bol. Une idée vient de naître dans mon esprit. Car qui dit pirate, dit trésor. Et n'en ai-je pas un à trouver ? Et puis, Beaucor ne m'a-t-il pas dit que le médaillon me mènerait à quelqu'un capable de m'aider dans cette mission ?

J'attends patiemment que les deux soldats s'en aillent en sauçant bien mon bol. Comme ils ne bougent toujours pas, je grignote ensuite les miettes de pain qu'il reste sur ma table. Puis je suçote ma cuillère. Et quand enfin les deux hommes se lèvent, j'attends qu'ils soient sortis de la salle pour faire de même. Évidemment, je ne les suis pas vraiment puisque ma place à moi est à la grange. D'ailleurs, en arrivant, je vois que je ne serai pas la seule à y dormir. Quelques clients ronflent déjà ici et là à même la paille. Si je passe la nuit ici, il va falloir que je garde une main sur mes couteaux…

Priant pour que les ronflements soient sincères et non factices, je m'approche des chevaux à la faible lueur de la lune. J'observe aussi bien les montures que les selles et repère rapidement celles qui appartiennent à mes deux soldats. J'ai été bien inspirée de rejoindre la grange plutôt que de les suivre dans leur chambre – bon, en même temps, c'est pas comme si j'avais eu le choix… Il me suffit de les attendre pas trop loin de leurs montures. Avec un peu de chance, je sortirai indemne d'une nuit passée au milieu de tous ces clients sans le sou. Avec encore plus de chance, je serai réveillée avant le retour des soldats demain matin. Je pourrai alors les suivre et m'assurer que ce capitaine O'Brian m'aide à trouver et ramener le Trésor du Peuple des Brumes.

Toute pleine d'espoir, je m'installe donc sur un coin de paille, non loin des chevaux de l'armée. Et j'essaie de dormir.

Ce que je parviens finalement à faire sans trop de mal.

4

Contrairement à ce que je craignais, je passe une nuit sans encombre. À mon réveil, je dispose toujours de mes cinq petites pièces dans ma poche de droite et de la plus grosse à gauche. Tous mes couteaux sont en place et on ne s'en est pas pris non plus à mon corps de demoiselle. Quant aux hommes qui ont profité, comme moi, de la générosité de la patronne, ils sont toujours là à dormir sur la paille.

Un coup d'œil me permet de vérifier que les chevaux des soldats sont toujours là eux aussi. Parfait.

Je me lève sans faire de bruit et sors de la grange. Comme ce serait sans doute abuser de la grosse bonne femme que de lui quémander un petit déjeuner, je décide de m'en passer et préfère aller m'asseoir en face de la Taverne de la Vieille Branche.

J'ai à peine pris place que Beaucor me rejoint. Dans un croassement qui m'est maintenant familier, il se pose sur mon épaule gauche.

— Bonjour à toi aussi, je lui réponds.

Puis je me concentre sur l'entrée – et la sortie – de la grange.

Le temps passe. Rien ne se passe. Je commence à me dire que mon plan n'est pas si bon que ça. Et si les soldats ne sortaient pas ? Ou pas par là ? Après tout, je n'ai pas vérifié s'il y avait une autre entrée…

Mais, comme pour m'empêcher de me flageller, les deux soldats finissent par sortir, tenant leurs chevaux à la longe. Ils sont accompagnés d'un troisième homme, qu'ils tiennent également en longe ; le capitaine O'Brian, je présume.

Le capitaine pirate est un homme dans la force de l'âge. Je dirais trente-cinq ans, quarante maximum. Autrement dit, pas vraiment l'âge de la retraite ! Il suit les soldats avec flegme, comme si tout cela lui passait bien au-dessus du tricorne.

— On va se mettre en selle, mais t'inquiète, on fera aller les chevaux au pas.

Le capitaine ne répond rien. Il ne hausse même pas les épaules. C'est tout juste s'il jette un regard au soldat qui vient de s'adresser à lui. Puis, de nouveau, il regarde droit devant lui, comme s'il fixait un point sur la ligne d'horizon. Sans plus s'occuper de leur prisonnier, les deux soldats se mettent en selle et talonnent leurs montures.

Quand ils passent devant moi, je fais mine de m'occuper de tout autre chose, mais la présence de Beaucor sur mon épaule ne m'aide pas à passer inaperçue. Je sens sur moi le regard des deux types et je les entends parler à voix basse. Quant au capitaine pirate, c'est tout juste s'il baisse les yeux vers moi.

J'attends que les trois hommes soient loin pour me lever à mon tour et me mettre en route derrière eux. Je passe ensuite ma matinée à les suivre, me faisant le plus discrète possible. Au début, dans la cité, c'est assez facile : il me suffit de raser les murs ou de contourner quelques maisons. En revanche, dès qu'ils quittent la petite ville et avancent dans le Désert que j'ai laissé la veille, j'ai beaucoup plus de mal à me cacher. Eux comme moi, nous sommes des points noirs au milieu d'une étendue d'un blanc éclatant.

À tout hasard, je demande donc à mon compagnon :

— Dis, tu ne voudrais pas m'aider ?

L'oiseau croasse. Alors je précise :

— Tu les suis de là-haut et tu reviens me voir de temps en temps… Ça doit être possible ça, non ?

Nouveau croassement. Puis le volatile déploie les ailes, plie ses pattes et s'élance à la suite du trio. De mon côté, je ralentis le pas et en profite pour jeter un œil à mon médaillon.

L'aiguille tourne sans arrêt, n'indiquant aucune direction particulière. Je n'ai pas la moindre idée de ce que cela signifie. Mais enfin, tant que le cuir ne tente plus de m'étrangler, moi, ça me va ! Au pire, je pourrai toujours demander à Beaucor lorsqu'il reviendra. Enfin, s'il accepte de parler de nouveau, ce qui n'est pas gagné étant donné son affabilité au cours de ces dernières heures…

Lorsqu'il revient vers moi la première fois pour confirmer ma trajectoire – en même temps, il n'y a qu'une route là où nous sommes… alors à moins que les soldats décident de s'en éloigner, ils n'ont pas trop le choix –, je lui montre l'aiguille du médaillon et demande :

— Pourquoi elle tourne comme ça ?

Pour toute réponse, l'oiseau croasse avant de repartir vers l'avant. Évidemment !

Je passe ainsi toute ma matinée à suivre une piste en plein milieu du Désert. Vers la mi-journée, lorsque le soleil est au plus haut dans le ciel, les soldats s'arrêtent pour manger. Je reste donc à l'écart et attends patiemment qu'ils reprennent leur route. Mon estomac gargouille, j'ai horriblement faim. En face de moi, Beaucor me regarde. Puis il tourne la tête en direction des soldats et du capitaine. Puis il me regarde à nouveau. Sans prévenir, il prend son envol dans un croassement et s'en va vers le campement improvisé des trois hommes et de leurs deux montures. De là où je suis, je peux le voir tourner autour avant de piquer vers eux puis de partir au loin, toujours en croassant, mais sous les jurons des soldats. Quelques minutes plus tard, mon compagnon revient, tenant dans ses griffes un étrange paquet. Quand il le lâche devant moi, je découvre son larcin. Beaucor leur a volé quelques biscuits.

— Merci, je souffle.

Je saisis le paquet et mange aussi lentement que possible. Les biscuits sont secs et me donnent soif, mais au moins, ils apaisent mon ventre affamé. Comme Beaucor me regarde d'un air intéressé, je lui tends un biscuit. Mais il n'en veut pas. Il tourne de nouveau la tête vers les hommes que nous suivons et, les voyant se lever, il prend son envol. J'imite donc mon compagnon et me remets en marche. Nous ne faisons pas de nouvelle halte avant que le soleil ne touche l'horizon. Là enfin, les soldats daignent s'arrêter pour la nuit.

Nous sommes au milieu de nulle part et cela me rappelle ce que j'ai vécu, pas plus tard qu'hier. La seule différence, c'est que nous sommes au bord d'une route et que je suis un but précis, un but que je me suis donné, moi, puisque l'espèce de boussole sur mon médaillon est toujours aussi folle.

Au loin, j'entends les voix des soldats. Ils parlent et rient de plus en plus fort, ce qui me laisse supposer qu'ils sont en train de boire. Parfait. Je n'ai plus qu'à attendre qu'ils tombent dans un sommeil d'ivresse pour aller libérer le capitaine pirate afin qu'il me vienne en aide. Alors j'attends. Une heure, peut-être deux.

Lorsqu'enfin, je n'entends plus le moindre éclat de voix ou de rire, je m'approche discrètement du campement. Sur mon épaule, Beaucor est aussi silencieux que moi.

Tout comme les deux soldats qui sont censés le surveiller, le capitaine pirate s'est endormi. À ceci près que lui ne ronfle pas comme un poivrot ! Sans faire de bruit, je le secoue légèrement pour le réveiller. Il râle en même temps qu'il ouvre un œil. Pour éviter que les soldats ne nous surprennent, je plaque ma main sur la bouche du pirate, lui intimant de se taire. Le capitaine ouvre alors un peu plus les yeux et nos regards se croisent.

La pâle lumière de la lune se reflète dans ses magnifiques yeux bleus. Il fronce les sourcils et c'est alors seulement que je me rends compte qu'une fine cicatrice lui barre l'œil gauche et descend jusque dans son cou. Sûr que si je n'avais pas été si hypnotisée par ses yeux bleus, je l'aurais remarquée avant !

— Je suis là pour vous libérer… je chuchote avant d'ajouter : à condition que vous acceptiez de m'aider.

— Qui te dit que je veux être libéré ? me demande-t-il sans prendre la peine de parler à voix basse.

Aussitôt, je me retourne vers les soldats pour vérifier qu'il ne vient pas de les réveiller. Heureusement, ils dorment encore profondément… loué soit l'alcool ! Mais j'ai un autre problème. Je ne pensais pas que ce capitaine pirate refuserait que je lui vienne en aide. J'insiste donc :

— Vous êtes sûr de vouloir rester leur prisonnier ? Je croyais que vous étiez un grand capitaine ?

— Je l'étais, oui, fait-il en haussant les épaules.

Puis il ferme les yeux et fait mine de se rendormir. Mais je n'y crois pas. C'est tout bonnement impossible ! Sans plus réfléchir, je me saisis de l'un de mes couteaux et coupe la longe avec laquelle les deux soldats le tiraient depuis ce début de journée. Puis je me lève et tire à mon tour sur la corde. Mais le capitaine ne se laisse pas faire et me repousse. Je m'apprête donc à rétorquer qu'il pourrait montrer un peu plus de reconnaissance lorsqu'il se lève à son tour en déclarant :

— Je n'ai pas besoin qu'on m'aide.

Puis il époussette légèrement sa tenue. D'abord sa chemise gris-bleu, puis son pantalon de cuir marron. Comme il semble gêné par les menottes qu'il porte encore aux poignets, je lui propose de les lui ôter. Mais là encore, il me repousse, arguant qu'il n'a nul besoin de mon aide. Pour bien me le montrer, il va vers l'un des deux soldats, le retourne sans le ménager et saisit son trousseau de clés. Rapide et habile, il a vite fait de se débarrasser des bracelets de fer qui tombent sur le sable.

— Tu sais monter ? me demande-t-il en se dirigeant maintenant vers les chevaux.

Je n'ai pas le temps de répondre – que je n'ai jamais essayé – qu'il me lance la bride d'une des deux bêtes.

— Tu mets ton pied là, tu te tiens bien à la selle, et tu grimpes. C'est pas compliqué.

J'applique ses conseils à la lettre. Effectivement, monter sur un cheval n'est pas difficile… mais qu'en sera-t-il de monter « à » cheval ?

— Qu'est-ce que… ?

Le soldat que le capitaine a malmené pour récupérer les clés de ses menottes vient de se réveiller et nous regarde, ébahi. Puis il se reprend et crie :

— Arrêtez !

Mais c'est trop tard. Déjà, le capitaine talonne sa monture et le trot se transforme rapidement en galop. Comme je n'ai pas son habileté, je l'imite avec grande peine et manque plusieurs fois de finir à terre. Alors je me cramponne comme je peux à la selle, priant je ne sais quelle divinité pour que l'on me vienne en aide.

5

Finalement, je n'ai besoin d'aucun dieu. Le capitaine pirate a fait ralentir sa monture, ce qui a mis la mienne au pas. Je peux donc reprendre mon souffle et me rasseoir à peu près correctement sur ma selle. Beaucor en profite pour reprendre lui aussi sa place, sur mon épaule.

— Il est à toi ? me demande le pirate en le toisant avec méfiance.

— Disons qu'il m'accompagne, dis-je en haussant les épaules, ce qui n'est pas du goût de l'oiseau qui émet un croassement.

De nouveau, le silence s'installe entre nous. Le capitaine regarde droit devant lui, et moi, c'est lui que je regarde. Bien que la lune ait bientôt parcouru la totalité du ciel, elle n'a pas encore cédé sa place au soleil ni même laissé entrer ses premiers rayons. Je dois donc me contenter de l'astre nocturne pour observer mon nouveau compagnon de route. Il affiche un air froid et peu avenant. Mais alors que je crains de devoir passer de nombreuses heures à ses côtés sans l'entendre dire le moindre mot, il souffle, sans me regarder :

— Au fait, merci de m'avoir libéré.

— De rien… mais comme vous savez, c'était intéressé.

Le capitaine ne répond rien. Il esquisse simplement une moue de ses lèvres pincées. Je prends cela pour une invitation à continuer.

— En fait, j'ai besoin de votre aide… de l'aide d'un capitaine, je veux dire. D'un capitaine pirate.

Je ne sais pas trop comment aborder le sujet. Tout simplement parce que le sujet ne m'est pas totalement connu. Beaucor a parlé d'un trésor, mon médaillon indique une direction, mais que dire de plus ? Comme pour trouver de l'inspiration, je sors l'étrange boussole de mon corsage et l'observe. Cette fois, l'aiguille ne tourne plus sans discontinuer. Au contraire, elle indique un point très précis. Elle pointe le capitaine juste à côté de moi. Je me souviens alors des paroles de Beaucor : « Suis-le, et il te conduira à quelqu'un qui pourra t'aider. » Du bout des doigts, j'effleure la rune au dos du médaillon. *Brume.* J'inspire profondément puis range de nouveau l'objet sous mes vêtements.

— Je voudrais trouver un trésor, dis-je finalement.

— Qui ne le voudrait pas… ?

— Je voudrais trouver un trésor, mais pour le ramener à son… propriétaire.

Sans doute intéressé par cette étrange requête, le capitaine tourne la tête vers moi. S'il est étonné par ce que je viens de dire, il ne le montre pas. Son visage affiche une expression impassible.

— Je suis un pirate. Les trésors que je trouve, je les garde pour moi…

Puis, après une courte pause, il rectifie :

— Enfin, j'étais un pirate.

De nouveau, le silence se fait. Mais je le brise en espérant ne pas me tromper :

— Et cela ne vous dirait pas de reprendre du service ? Pour trouver le plus précieux, le plus recherché de tous les trésors ?

— Pour le rendre ensuite à son… propriétaire ?

Bon, d'accord, mon argument n'est pas vraiment convaincant. Surtout pas face à un pirate… ou même à un ancien pirate. Pourtant, je tente encore :

— Au moins auriez-vous le mérite d'avoir trouvé ce que personne d'autre avant vous n'a été capable de trouver.

Cette fois, je crois que j'ai fait mouche. Son visage placide a cillé. Imperceptiblement, mais il a cillé. Je l'ai vu. Et il me confirme son intérêt en demandant :

— De quel trésor parles-tu exactement ?

— Du Trésor des Nébuleux.

L'espace d'un instant, il ne réagit pas. Puis il éclate de rire, renversant sa tête en arrière. Autant dire que ce n'est pas vraiment la réaction que j'espérais. Heureusement, son rire ne dure pas et il retrouve rapidement son air taciturne. Et silencieux. Je n'ose pas trop lui demander ce à quoi il pense, alors je me tais.

Au bout de ce long silence – qui a bien duré une heure ! – il me demande :

— Et comment comptes-tu dénicher un trésor que personne n'a jamais trouvé ? Un trésor qui relève sans doute plus du mythe que de la réalité ?

— Ça, c'est mon secret.

Pour le moment, je crois qu'il vaut mieux que j'en dise le moins possible. Après tout, d'une part, c'est un pirate – ou c'était, mais je suis de celles qui croient qu'on reste pirate à vie –, et d'autre part, il n'a pas encore accepté de m'aider. Alors, même si j'ai vu l'aiguille du médaillon pointer vers lui, je préfère rester sur mes gardes.

— Je vous mène au trésor, vous m'aidez à le prendre et à le ramener à qui de droit. Et on sera quitte.

Le pirate me toise puis finit par lâcher :

— Ça fait cher la libération… Sans compter que je suis libre maintenant. Rien ne m'empêche de te fausser compagnie.

— En effet, dis-je en essayant de dissimuler au mieux mon appréhension.

De fait, s'il décide de ne pas m'aider, il peut très bien talonner sa monture et m'abandonner au milieu du Désert. Cela aurait un désagréable goût de déjà vu, le cheval en plus.

De son côté, le capitaine semble réfléchir. Du moins c'est ce qu'il laisse voir en affichant un regard préoccupé tourné vers l'horizon. Un horizon qui s'éclaire peu à peu.

— Le problème, c'est que je n'ai plus ni bateau, ni équipage… dit-il en se tapotant les lèvres d'un air pensif.

Comme je suppose que cela ne m'était pas adressé, je ne réponds rien. Je le laisse réfléchir. Et je fais bien.

— Bon, d'accord. Voilà ce que je te propose : on va jusqu'à Socoroff, on récupère mon bateau et on part à la poursuite du Trésor des Nébuleux.

— Vous... vous acceptez de m'aider ? je demande, étonnée.

— Oui.

Il ne dit rien de plus. Je ne peux alors qu'émettre des hypothèses quant à sa véritable intention de me venir en aide. Soit-il le fait parce qu'après tout, trouver le trésor le plus recherché de tous les temps est une motivation suffisante ; soit parce qu'il s'ennuie de sa vie de pirate.

— Au fait, dit-il soudain alors que je m'apprêtais à faire une troisième hypothèse des plus ridicules, je suis le capitaine Richard O'Brian.

— Moi c'est Annabelle. Et lui, dis-je en désignant l'oiseau sur mon épaule, c'est Beaucor.

En entendant le nom dont je l'ai affublé, mon compagnon croasse.

— Très original, déclare O'Brian.

6

Le capitaine Richard O'Brian et moi, sans oublier Beaucor et nos deux chevaux, suivons la piste dans le Désert pendant près d'une journée entière. Souvent, le capitaine se retourne, comme pour vérifier que personne ne nous suit. J'imagine que, finalement, il n'a pas très envie de redevenir prisonnier.

J'ai horriblement faim, horriblement soif, et horriblement mal aux fesses. Bien sûr, je ne m'en plains pas, mais le capitaine le sait parfaitement. Mon ventre ne cesse de gargouiller, je tente vainement d'humidifier mes lèvres toutes les cinq minutes, et je n'arrête pas de me tortiller sur ma selle.

— On va faire une pause, lâche-t-il en stoppant net sa monture.

Il descend de cheval et, surprise, vient m'aider à faire de même. Ce n'est pas vraiment dans mes habitudes de me laisser faire, mais j'avoue qu'aujourd'hui, je ne rechigne pas face à cette main tendue.

Une fois à terre, je fais quelques flexions, histoire de retrouver mes articulations et de vérifier que j'ai encore quelques muscles dans les jambes – et dans les fesses. De son côté, le capitaine O'Brian ne semble pas le moins du monde faire les frais de notre longue chevauchée. Après m'avoir aidée à descendre, il examine ma selle, puis ma monture. Il fait ensuite de même avec son cheval.

— Voilà.

Dans une main, il tient une gourde. Dans l'autre, un paquet de biscuits, parfait sosie de celui qu'avait volé Beaucor pour moi.

— Tu veux quoi pour commencer ? me demande-t-il.

Je tends la main vers la gourde. J'ai plus soif que faim.

— Ne bois pas trop, ni trop vite.

— Je sais.

Je saisis la gourde, l'ouvre et la porte à mes lèvres. L'eau est chaude, mais me fait un bien fou. Suivant les conseils d'O'Brian et mes propres recommandations intérieures, je bois lentement, et quelques gorgées seulement. Je lui rends ensuite la gourde qu'il m'échange contre quelques biscuits. Je les mange aussi lentement que j'ai bu, tout en faisant quelques pas pour me dégourdir les jambes. Le pirate fait de même.

Je profite alors que nous sommes loin l'un de l'autre pour lui tourner le dos, sortir mon médaillon et vérifier la direction indiquée. L'aiguille pointe toujours vers le capitaine. Je range donc mon médaillon et retourne auprès de lui et des chevaux.

— Une idée de l'heure à laquelle on arrivera ?

O'Brian lève la tête, place sa main en visière au-dessus de ses yeux.

— Avant la nuit, je dirais. Peut-être pendant.

Je ne réponds rien.

— On se remet en route ? me demande-t-il.

— Seulement si on marche…

Le capitaine hoche la tête. Quand il se tourne à nouveau vers l'horizon, je crois deviner un sourire. Mais c'est si fugace que je n'en suis pas bien sûre. Puis nous reprenons la route.

La nuit vient de tomber et nous n'avons pas encore atteint Socoroff. Toutefois, comme nous avons pu discerner les contours de la ville avant que le soleil ne disparaisse, nous continuons d'avancer.

— On peut finir à cheval, je lance.

Sans rien répondre, le capitaine O'Brian met le pied à l'étrier et monte en selle. Je l'imite. Maintenant, ce n'est plus aux fesses que j'ai mal, mais aux jambes. Il faut dire que nous n'avons cessé de marcher depuis notre pause de la mi-journée ! Alors évidemment, me retrouver assise sur une selle, même de moyenne qualité, est préférable à cette marche qui martyrise mes jambes.

Le pirate, lui, ne semble pas en avoir souffert. Jamais il ne s'est plaint, et jamais je n'ai entendu son ventre gargouiller, ni vu sa langue humidifier ses lèvres sèches. Il affiche sans cesse cet air neutre sur le visage. Cet air froid et distant, comme si rien ne lui importait vraiment, comme s'il était au-dessus de tout. J'avoue que cela me fascine, au moins autant que cela m'invite à la méfiance. Je ne suis pas bonne aux cartes, mais j'en ai vu plus d'un remporter une partie après avoir dissimulé ses sentiments tout au long du jeu.

Quelques minutes plus tard, O'Brian talonne sa monture et la fait monter au trot. Encore une fois, j'imite le pirate. Quant à Beaucor, dérangé par ces sauts intempestifs, il décide de quitter mon épaule pour voler au-dessus de nous.

Lorsque nous arrivons à la cité de Socoroff, nous ne descendons pas de cheval avant d'avoir atteint une taverne. Le Héron Borgne. Un nom qui ne me dit rien qui vaille. Pourtant, c'est devant cette enseigne que le pirate attache sa monture et la mienne. D'un regard à la ronde, j'examine le quartier. On ne peut pas dire qu'il soit chic, ou ne serait-ce que bien fréquenté. Non. C'est au contraire l'archétype du coupe-gorge. Ruelles sombres, lampes à huile brisées par des jets de pierres, manants qui déambulent. Instinctivement, je porte la main à l'un de mes nombreux couteaux. Le contact de la garde de cuir me rassure, mais je sens que la nuit va être longue.

— Reste près de moi, déclare O'Brian en me voyant cramponnée à ma dague.

Je hoche la tête. Je crois que je ne vais pas le quitter d'une semelle !

Nous pénétrons dans le Héron Borgne. L'établissement ressemble à la Taverne de la Vieille Branche, en plus sombre et en moins bien fréquenté. Je n'aurais jamais cru cela possible. Aucun des clients ne semble net. Tous sont armés et ne s'en cachent même pas. Quant au patron, il veille sur sa salle tel un oiseau de proie, fusil à portée de main. Il me fait soudain penser à Beaucor. Le volatile est resté dehors et j'espère qu'il ne lui arrivera rien…

— C'est pour quoi ? nous lance le tavernier depuis son bar.

— Du rhum et une paillasse… et de quoi grailler, ajoute O'Brian en me jetant un regard de biais.

— Installez-vous, on vous apporte ça.

Le pirate me fait signe de le suivre. Tu penses bien que je vais te suivre ! J'ai pas envie qu'on me tombe dessus ! Car même si je sais fort bien me défendre, je ne pense pas faire le poids face à la clientèle du Héron Borgne.

Nous nous installons à une table en plein milieu de la salle. Visiblement, le capitaine O'Brian n'a pas l'intention de passer inaperçu. D'ailleurs, depuis que nous sommes entrés, et plus encore depuis que le tenancier nous a adressé la parole, je sens – et vois – peser sur nous de trop nombreux regards.

Cela ne fait pas deux minutes que nous sommes assis qu'on nous apporte deux énormes chopes. Jamais je n'aurais pensé qu'on puisse servir du rhum dans des chopes de bière ! Vraiment, cet endroit ne m'inspire rien de bon… Entre les brigands et les poivrots, je vais devoir rester sur mes gardes, et O'Brian aussi !

Mais à peine ai-je pensé cela que je le vois qui se saisir de la première chope et y boire goulûment, comme s'il s'était agi d'eau ou de bière. À croire qu'il ne sent pas la brûlure de l'alcool.

Je me racle la gorge et chuchote :

— Euh… faudrait peut-être y aller doucement…

— T'occupes, gamine.

Refroidie, je me tasse sur mon siège et fixe ma propre chope de rhum. Je n'ose pas y toucher. Mais au moment où je vois O'Brian s'en saisir, je me dis que j'aurais au moins dû y tremper mes lèvres, histoire de lui faire comprendre qu'on ne lui avait pas servi deux chopes à lui !

— Sacrée descente ! fait le serveur en nous apportant deux assiettes.

Le capitaine lui répond par un grognement. Quant à moi, je me tasse encore un peu plus dans mon siège. Si je pouvais, je crois que je voudrais bien disparaître sur le champ ! Surtout quand le serveur m'adresse un clin d'œil de connivence ! Je ne commence donc à manger que lorsqu'il quitte notre table, ramenant la première chope vide.

Dans mon assiette, une saucisse grasse et à moitié cramée baigne dans l'huile au milieu d'une bouillie verdâtre. Quand j'y goûte, je crois déceler un goût de lentilles, mais je n'en suis pas bien sûre. Quoi qu'il en soit, quel que soit l'aspect de ce repas, mon estomac me remercie. *Vraiment, y a pas de quoi...*

En face de moi, O'Brian continue de boire. Il en est à sa troisième chope. Cette fois, il est passé à la bière. De temps en temps, il pique dans son assiette, mais je vois bien que l'alcool l'intéresse davantage que la nourriture. Je suppose qu'il préférerait revenir au rhum, mais, allez savoir pourquoi, il l'a troqué pour un autre breuvage.

Lorsqu'il a fini sa première bière, il appelle le serveur pour qu'il lui en remette une. Et lorsque celui-ci vient le servir, le capitaine demande :

— Et pour la paillasse ?

Le serveur me regarde, puis regarde de nouveau le pirate avant de demander à son tour :

— Une chambre ou deux ?

— Une, ça suffira... mais avec deux lits si c'est possible, précise-t-il et je lui en suis reconnaissante.

— Je vais voir ça.

— Hum.

Sitôt le serveur parti, O'Brian s'assure que cela ne me dérange pas de dormir dans la même pièce que lui. Étant donné que nous venons de passer une nuit et une journée entières à cheminer pour arriver jusqu'ici, j'avoue n'avoir pas grand-chose à faire de la bien séance. Surtout pas dans un endroit pareil, et surtout pas avec cette fatigue qui m'assaille.

Le serveur, qui connaît bien son job, revient avec une nouvelle chope de bière remplie à ras bord.

— Une chambre avec deux lits, c'est possible. C'est plus cher, mais c'est possible.

— Parfait. Donne les clés à la petite, elle est fatiguée.

Le serveur hoche la tête et me donne une vieille clé rouillée. Il m'indique ensuite le numéro de chambre et où la trouver. À tout hasard, je demande s'il y a des commodités et suis presque surprise d'apprendre que chaque étage dispose d'une salle d'eau avec toilettes. Je salue donc le capitaine et le serveur et vais me coucher. Avant de monter, je glisse toutefois à l'oreille du pirate :

— Je vais charger Beaucor de vous surveiller… alors ne vous faites pas la malle, on a un deal.

Sur ce, je n'écoute pas le pirate râler et m'en vais vers notre chambre. Une fois à l'intérieur, je vérifie qu'il n'y a personne. Ni derrière la porte, ni sous les lits. Les vieilles habitudes ont la vie dure. Puis je me dirige vers la fenêtre, l'ouvre, et appelle discrètement mon oiseau préféré. Quelques battements d'ailes plus tard, le voici sur le rebord de la fenêtre.

— J'ai une mission à te confier, je chuchote. Il faudrait que tu surveilles le capitaine O'Brian. J'ai peur qu'il nous fausse compagnie… ou qu'il lui arrive quelque chose s'il boit trop. Tu peux garder un œil sur lui… ou au moins sur l'entrée du Héron Borgne ?

Pour toute réponse, Beaucor croasse et son cri se répercute dans la nuit. Un instant, j'ai peur que nous nous fassions surprendre. Mais je repense ensuite au quartier dans lequel nous sommes et suppose qu'ici, les charognards ne doivent pas manquer. Humain ou animal.

Quand je referme la fenêtre, j'ai la certitude que mon compagnon ailé veillera sur mon compagnon humain. Soulagée, je m'affale sur le premier lit et m'endors rapidement.

Soudain, un grand fracas me réveille. Je sursaute et me lève aussitôt, dague au poing. Grâce à la lumière des rayons de lune, je scrute la chambre. Dans ma poitrine, mon cœur bat une chamade effrénée. Toutefois, la petite pièce me semble vide.

Quand un nouveau fracas se fait entendre, je comprends de quoi il s'agit. Je tourne alors la tête vers la fenêtre et comme mon intuition est confirmée, je m'y dirige et l'ouvre. Aussitôt, Beaucor pénètre dans la chambre à grand renfort de battement d'ailes qui lui font perdre des plumes.

— Doucement ! Calme-toi…

Dans le regard de l'oiseau, je lis un affolement que je n'aurais jamais cru voir. Je m'approche donc de lui tout doucement, avec des gestes lents. Cela ne l'apaise pas, pourtant, il se calme, se pose sur une chaise et ouvre un large bec.

— *Le capitaine a des ennuis. Il te faut l'aider.*

Je n'ai pas le temps de me dire qu'il parle de nouveau avec sa voix de femme, que j'entends un vacarme pas possible au rez-de-chaussée. Il me semble que l'on renverse tables et chaises, ça court dans tous les sens. Ça crie et… oh ! Un coup de feu !

Sans perdre une minute, je vérifie que tous mes couteaux sont à leur place tout en descendant vers le restaurant du Héron Borgne. Dans les escaliers, je ne prends pas la peine de me faire discrète ; de toute façon, avec un bruit pareil, on ne m'entend pas !

Lorsque j'arrive dans la salle de restaurant, je tombe sur une scène surréaliste. Le capitaine O'Brian, qui jusqu'ici avait fait preuve de détachement et de froideur, est debout sur l'une des rares tables encore en état et… chante ! Une chope à la main, il danse au rythme de sa chanson et semble faire peu de cas des trois soldats qui l'entourent ou encore de la bagarre qui fait rage autour de lui. De fait, les trois hommes en uniforme qui tentent vainement de l'attraper ne sont pas les seuls dans la salle ; d'autres sont aux prises avec les clients de la taverne.

Je jette un coup d'œil à la ronde, à la recherche du tenancier. C'est son rôle d'éviter que ce genre de chose arrive ! Mais je ne le vois pas. Ce serait donc à moi de jouer ? À moi d'arrêter tout ce foutoir ? Du haut de mes seize ans, j'ai beau avoir vécu ici et là, je reste une fille – une gamine ! – et je doute que tous ces mecs m'écoutent si je leur demande de se calmer. De même, je me vois mal mettre un terme à une telle bagarre armée seulement de mes couteaux. J'ai beau être une as du lancer, avoir été formée par d'excellents combattants, j'ai bien peur que cela ne suffise pas.

Tandis que je me perds en conjectures inutiles, deux personnes arrivent en même temps… Enfin, même si l'une des deux est un corbeau ! De fait, mon compagnon à plumes vient de se poser sur mon épaule en croassant. Au même moment, le tavernier déboule enfin, fusil au poing. Surpris de nous voir ainsi, Beaucor et moi, il me demande :

— Il est apprivoisé ?

À mon tour, je suis surprise de le voir engager la discussion alors que, devant nous, ses clients sont toujours aux prises avec les soldats. Toutefois, je réponds en haussant les épaules :

— Oui et non… disons que…

— Si tu lui demandes de faire un truc, me coupe-t-il, il le fera ?

— Je… oui, je crois…

— Alors, demande-lui de voler en décrivant des cercles au-dessus de tout ce foutoir. Je me charge du reste.

Je n'ai pas le temps de comprendre, ni même de transmettre l'ordre que Beaucor est déjà en train de s'exécuter. D'un battement d'ailes, il quitte mon épaule pour survoler la salle en poussant d'horribles croassements. À son tour, le tavernier ouvre la bouche pour exécuter son plan, mais il n'en fait rien au moment où l'oiseau s'écrie :

— *Malédiction ! Malédiction !*

Aussitôt, les têtes se lèvent vers l'oiseau de mauvais augure. Les hommes, clients et soldats confondus, poussent des cris en entendant le volatile parler. Puis ils se précipitent au-dehors. Seuls quelques poivrots restent, hébétés, dans la salle de restaurant. Parmi eux, le capitaine Richard O'Brian.

— C'est quoi ce bordel ?! fait alors le tenancier. T'es une sorcière ?

— Moi ? Je… Non !

— Rappelle ton oiseau de malheur et dégagez immédiatement !

Ce disant, l'homme braque son fusil sur moi. Sur son visage, je peux lire un mélange de peur et de haine. Si je ne fais pas très vite quelque chose, son doigt qui le démange va finir par appuyer sur la détente…

— Oh là ! Oh là ! Doucement mon garçon…

Le capitaine O'Brian a sauté au bas de sa piste de danse en manquant de se rétamer par terre et s'avance maintenant vers nous d'une démarche dégingandée.

— Reste où tu es, pirate, le prévient le tenancier.

— Et te laisser faire un joli trou dans le corps de ma fille ? Ah ça non mon ami !

Le tavernier et moi nous tournons dans un bel ensemble vers O'Brian. Nous affichons tous les deux des mines étonnées. Et tandis que le pirate lâche un rot sonore et alcoolisé, je crois comprendre ce qu'il cherche à faire. Ma face stupéfaite se transforme alors en un visage à l'expression impassible. Après avoir vécu plus d'une journée au côté du capitaine, c'est presque facile !

— Elle ? Ta fille ? Tu me prends pour qui O'Brian ? Tu crois que je ne te connais pas ?

Je déglutis. Visiblement, le pirate est connu. En même temps, je me dis que c'est sans doute pour ça qu'il est pourchassé par autant de soldats.

— Parfaitement ! Ma fille, insiste le capitaine. Et si tu me connais si bien que tu le prétends, tavernier, alors tu sais que je ne te laisserai rien lui faire !!

En un éclair, le pirate a sorti un pistolet et le braque sur son vis-à-vis. Les deux hommes se regardent dans les yeux et j'ai l'impression que plus rien n'existe autour d'eux. Puis le patron du Héron Borgne hausse les épaules avant de baisser son fusil. Alors qu'un peu plus tôt, son visage exprimait la peur et la haine, le voilà qui arbore une mine entendue, presque compatissante. C'est à n'y rien comprendre…

Tout comme moi, Beaucor ne saisit pas la scène qui se joue et pousse un croassement à mi-chemin entre la parole et le cri animal.

— Le con ! s'exclame soudain le tavernier. Un instant, j'ai bien cru que ce corbeau parlait !!

Et le voilà qui se marre, suivi dans son fou rire par toute la salle.

— On dirait bien que t'as trop abusé du rhum que tu nous sers !! déclare O'Brian entre deux éclats de rire. D'ailleurs, tu devrais peut-être nous remettre une tournée !

— Pas question, vous avez… tu as assez bu papa !

Ce disant, je rejoins mon « père », le saisis par le bras et l'entraîne vers la chambre. Au passage, je vérifie qu'on ne nous suit pas. Après ce qui vient de se passer, on n'est jamais trop prudent ! D'ailleurs, je vérifierai aussi la chambre dès que nous y serons.

Dans mon dos, j'entends le tavernier qui s'adresse à ses derniers clients :

— Allez les gars, on remballe ! Le capitaine n'est pas le seul à avoir assez bu ici !

Les clients râlent, pestent, mais ils se lèvent quand même et sortent de l'établissement. De mon côté, je peine plus à faire monter le pirate à l'étage. Non seulement il pèse son poids – en même temps, il mesure près d'un mètre quatre-vingt et a la carrure qui va avec ! –, mais en plus, on ne peut pas vraiment dire qu'il y mette du sien ! Au contraire : il traîne des pieds, n'arrête pas de râler pour redescendre boire un dernier verre ou une dernière chope, et manque de se casser la figure à chaque marche !! S'il n'y avait pas ce fichu médaillon et ce fichu corbeau, je laisserais ce pirate et en choisirais un autre pour m'aider à trouver le Trésor des Nébuleux. Hélas, tous les fils du destin semblent s'être ligués contre moi…

En parlant du médaillon, je le sens qui chauffe anormalement. Bon, OK, lui et moi n'avons pas passé encore assez de temps ensemble pour que je puisse dire ce qui est normal ou pas le concernant, mais tout de même… Je me promets donc d'y jeter un œil dès que j'aurais inspecté la chambre, mis le capitaine au lit et vérifié qu'il ne me voit pas… autrement dit qu'il dort.

Dès que j'entre, j'exécute donc mon plan, à ceci près que je commence par me débarrasser du poids mort que constitue le capitaine O'Brian en le lâchant sur le premier lit. Puis, arme au poing, je vérifie chaque recoin de la chambre et laisse entrer Beaucor avant de refermer la porte et d'y mettre un tour de clé. Je m'approche ensuite du pirate qui ronfle déjà, bien qu'encore à moitié éveillé. Sans ménagement, je tire sur ses bottes pour les lui ôter et l'installe un peu mieux sur le lit dans lequel j'ai dormi. J'ai trop la flemme de le mettre dans l'autre !

— En fait, t'es sympa comme gamine ! Un peu tarée à vouloir trouver un trésor qu'existe pas, mais t'es sympa…

Ce disant, il tapote ma joue. Je lui saisis alors la main et déclare, froidement :

— Le Trésor des Nébuleux existe, j'en suis sûre. Tout comme je suis sûre que nous parviendrons à le trouver et à le ramener là où il aurait dû rester.

— Ben voyons ! fait le capitaine en riant. Tu crois vraiment à ce que tu racontes ?

— Oui. Et vous aussi vous allez y croire. Mais avant, il vous faut dessoûler.

Sans rien dire de plus, je me lève et vais rejoindre l'autre lit. De cette façon, je signifie au capitaine que la discussion est close.

Une fois sous les couvertures, j'attends patiemment que le pirate s'endorme. Sur ma poitrine, le médaillon est toujours chaud et je brûle de savoir pourquoi. Alors, dès que j'entends une respiration calme entrecoupée de ronflements bruyants, révélateurs du poivrot endormi, je me tourne sur le côté et tire le médaillon de sous mes vêtements.

Dans ma main, l'objet est chaud, mais je le sens qui refroidit. De même, la pâle lueur qu'il émettait au moment où je l'ai sorti de sous mes habits disparaît peu à peu.

— C'est quoi ce truc ? je souffle.

Posé sur la tête de lit, Beaucor m'observe. Dans ses yeux, je lis qu'il a la réponse, mais qu'il ne me la donnera pas. Encore un truc que je dois découvrir par moi-même, je suppose…

7

Les fenêtres des chambres du Héron Borgne n'ayant pas de volets, les premiers rayons du soleil m'arrachent à la nuit. Je plisse les yeux pour m'habituer à la lumière naissante. Puis je me tourne vers le lit du capitaine. Lui ne semble pas souffrir de l'éclat précoce de l'astre diurne.

Je sors du lit, chausse mes bottes et vérifie mes couteaux. Après un coup d'œil au capitaine endormi, je tire mon médaillon de sous ma chemise. Il n'est plus du tout chaud. En revanche, son aiguille recommence à indiquer une direction. Et, sur mon cou, je sens la légère pression de la lanière de cuir.

— Je suppose que nous devons nous remettre en route, je fais à l'attention de Beaucor tout autant qu'à moi-même.

Le volatile pousse un croassement. Si cela n'a rien d'une véritable réponse – même si j'en perçois la teneur – le cri du corbeau a le mérite de tirer O'Brian de son sommeil.

Le capitaine pirate grogne, s'étire, ouvre difficilement les yeux. Je lui demande alors :

— Bien dormi ?

Pour toute réponse, j'ai droit à un nouveau grognement. Décidément, mes compagnons ne sont pas très loquaces ce matin ! Pourtant, il va bien falloir qu'on parle… surtout avec le capitaine ! De fait, comme il était bourré hier soir, je ne devrais pas apporter trop de crédit à ses dires… Cependant, il a tout de même déclaré qu'il ne m'aiderait pas, car il ne croyait pas au Trésor des Nébuleux. Or, je dois absolument le convaincre !

— Il faut qu'on parle capitaine !

— Parler ? râle-t-il. De quoi veux-tu qu'on parle, gamine ?

— De vos engagements à mon égard.

Le pirate se redresse sur son lit et me toise, sourcils froncés.

— Je ne crois pas m'être engagé à quoi que ce soit… surtout vis-à-vis de toi.

— Vous voulez dire que les tonneaux de bière et de rhum avalés hier vous ont fait perdre la mémoire, capitaine ? Dois-je vous rappeler que vous aviez promis de m'aider à trouver le Trésor des Nébuleux quand je vous ai libéré des soldats ?

De nouveau, le pirate me toise. Mais cette fois, son visage affiche une certaine surprise. De fait, il demande :

— Parce que tu m'as cru ?

Cette fois, c'est moi qui ne sais pas trop quoi dire. Il m'aurait menti ? Mais dans quel but ? Après tout, lorsqu'il m'a dit qu'il m'aiderait, il était déjà libre… Pourquoi en ce cas aurait-il dit quelque chose qui l'engageait si c'était pour ne pas s'y tenir ?

— Écoute, gamine, je suis désolé de te dire ça, mais je n'ai jamais vraiment eu l'intention de t'aider à trouver ce trésor. J'avoue que ce que tu proposes est très tentant, mais moi les légendes de ce genre, je n'y crois pas. Il va falloir que tu te trouves un autre pigeon.

Éberluée, je ne sais toujours pas quoi répondre. Puis je me rends compte que je tiens encore le médaillon dans ma main. Je me souviens alors que l'aiguille s'est remise à pointer vers quelque chose… ou quelqu'un. Après tout, peut-être que l'objet magique – comment l'appeler autrement ? – s'est rendu compte qu'O'Brian n'était pas l'homme de la situation et qu'il me fallait trouver un autre capitaine pirate ! Pourtant, je ne sais pas pourquoi, mais je le sens bien moi ce gars. Il a beau être un poivrot de première catégorie, un mec qui se cache sous un visage froid et neutre jusqu'à ce que de l'alcool coule dans ses veines, je crois en lui. J'en suis presque sûre : sans lui, je ne trouverai pas le Trésor des Nébuleux. Mais que faire pour qu'il accepte d'être la personne en qui je crois ?

Dans ma main, je sens frémir le médaillon. Finalement, je sais quoi faire…

Sans un mot, je m'avance vers le lit du capitaine. Ce dernier ne semble plus s'occuper de moi et enfile ses bottes. Je m'assois alors à côté de lui et brandis mon médaillon.

— Vous voyez ça ?

O'Brian lève vers moi un regard neutre là où un autre m'aurait regardée d'un air agacé.

— Eh bien ? demande-t-il.

Je retourne le médaillon pour qu'il voie la rune. De mon index, j'en décris les contours avant de traduire :

— Brume.

— Et ?

De nouveau, je lui montre l'artefact côté « boussole ». C'est d'ailleurs à un tel objet qu'il croit avoir à faire puisqu'il déclare :

— Elle ne marche pas ta boussole.

— Sans doute parce que ce n'en est pas une…

Sans dire un mot, il me regarde d'un air interrogateur. Cette fois-ci, je crois que j'ai véritablement attisé sa curiosité.

— Ce médaillon est magique et… il indique la direction à prendre pour trouver le Trésor des Nébuleux.

— Magique tu dis ?

Je hoche la tête. Le pirate se penche alors plus en avant et saisit l'objet. Je le laisse faire. Quelque chose me dit que, de toute façon, il ne pourra pas me l'ôter.

O'Brian observe mon médaillon d'un œil expert. Il le tourne dans tous les sens afin de vérifier que l'aiguille pointe bien vers un lieu précis. Puis il le retourne et fait glisser son doigt sur la rune.

— Brume, tu dis… Ça parait logique. Ces trois traits pourraient tout à fait représenter la brume. Et donc le peuple qui est censé en être issu…

Le médaillon toujours dans les mains, le capitaine lève de nouveau son regard vers moi avant de demander :

— Et qu'est-ce qui m'empêche de t'arracher ce fameux médaillon pour aller chercher le Trésor des Nébuleux afin de le garder pour moi ?

Je hausse les épaules et déclare, sûre de moi :

— Essayez toujours.

Le capitaine pirate ne se fait pas prier et tire d'un coup sec sur le médaillon. La lanière de cuir se tend, mais rien d'autre ne se passe. Je ne sens même pas de pression supplémentaire sur mon cou.

— Qu'est-ce que…

D'un geste vif, le pirate saisit l'un de mes poignards et tente de couper le cuir du collier. Mais il ne parvient même pas à l'entailler. Je tends alors la main vers lui afin qu'il me rende mon arme et demande :

— Vous me croyez maintenant ?

O'Brian me rend mon couteau et hoche la tête.

— Sans moi, vous ne trouverez jamais le Trésor des Nébuleux. Et sans vous, je ne pourrai jamais mettre la main dessus afin de le ramener. Alors, vous allez m'aider ?

Le capitaine hoche la tête, convaincu. Cette fois, plus de doute, le pirate m'aidera.

8

— Pour commencer, nous allons devoir récupérer ma Lorelei.

— Votre quoi ?

— Mon bateau.

C'est vrai, j'avais presque oublié ce détail. Richard O'Brian est un capitaine sans bateau…

— Et comment va-t-on s'y prendre ?

Le pirate ne me répond pas. Pas plus qu'il ne me regarde. En fait, ses yeux fixent un point que lui seul semble voir. C'est comme s'il venait de glisser dans un monde où rien d'autre n'existe que ses réflexions. Alors j'attends, patiemment. Face à nous, Beaucor nous observe. Tout comme moi, il a dû comprendre que notre capitaine avait besoin de temps pour réfléchir et qu'il ne fallait en aucun cas le déranger. Alors il se tait, ne bouge pas. Et nous attendons.

Au bout d'un long moment, le pirate se lève, me dit de prendre mes affaires et de le suivre. Je pense alors que nous allons descendre vers le restaurant de la taverne, mais nous n'en faisons rien. O'Brian ne prend pas la direction des escaliers, mais celle de la salle d'eau. Il y pénètre avant moi et m'invite à le suivre. J'hésite. Après tout, cet homme est un pirate, qui sait ce qu'il a derrière la tête… Mais lorsque je vois Beaucor voler vers l'intérieur de la petite pièce d'eau, j'ai la certitude que rien ne va m'arriver. Alors j'entre à mon tour.

Tandis que je referme la porte derrière nous, je ne peux empêcher une boule d'angoisse de se former dans ma gorge. Encore plus lorsque j'entends le capitaine ôter sa veste. Machinalement, je pose la main sur le couteau que je porte sur ma hanche gauche, prête à dégainer. Mais lorsque je me retourne, je comprends à quel point j'ai fait fausse route.

Le capitaine tente d'ouvrir la petite fenêtre de la pièce. Pour ce faire, il maltraite la poignée. La veste qu'il a ôtée lui permet d'éviter que ses mains ne glissent sur la clenche. Soulagée, je pousse un soupir avant de chercher un moyen de l'aider. Mais évidemment, il n'y a rien. Cette fenêtre n'est là que pour donner un peu de clarté à la pièce et le tenancier a tout fait pour que personne ne puisse l'ouvrir. Pas même un capitaine pirate.

Dans le couloir, des pas se font entendre. J'imagine alors quelqu'un qui entre dans la chambre où nous avons dormi cette nuit et la découvre, vide. L'instant suivant, les pas ressortent de la chambre, on crie des ordres et on vient vers la salle d'eau. Il nous faut absolument en sortir, et vite ! De préférence par la fenêtre…

— Dépêchez-vous, je presse le capitaine.

Trop concentré, il ne prend pas la peine de me répondre. Je le vois qui force de plus en plus la poignée. Il bande ses muscles, faisant saillir ses veines. Hélas, j'ai peur que tous ses efforts soient insuffisants, car, déjà, on tente de forcer la porte.

Mais au moment où je crois que tout est perdu, au moment où un coup plus fort que les autres est asséné à la porte, O'Brian parvient à enfoncer la fenêtre. Le premier, Beaucor s'envole. Puis le pirate se glisse par la petite ouverture.

— Je saute et je te rattrape.

À peine a-t-il dit cela qu'il se laisse tomber. Quant à moi, je n'ai pas le temps de rejoindre la fenêtre que la porte de la salle d'eau s'ouvre avec fracas.

— Reste ici toi !

Le tenancier s'élance vers moi, main tendue. Je sors alors le couteau que je tenais toujours, décris un arc de cercle et l'atteins au visage. Aussitôt, l'homme s'arrête et j'utilise les précieuses secondes qu'il met à se ressaisir pour me faufiler par la petite fenêtre et me laisser tomber à mon tour. J'atterris dans les bras d'O'Brian… ou plutôt sur le corps du capitaine qui amortit ma chute.

Comme si cela l'amusait, Beaucor croasse au-dessus de nous en décrivant des cercles. Le pirate, lui, est loin de trouver la situation risible. Il me pousse sans ménagement et se relève. Puis, d'un simple signe de tête, il m'invite à me lever à mon tour et à le suivre. Déjà, il part en courant.

— Et les chevaux ? je crie derrière lui.

Mais, une fois n'est pas coutume, le capitaine ne me répond pas. Et, tandis que je tente tant bien que mal de le rattraper, luttant pour respirer correctement malgré le point de côté qui me creuse les reins, je sens le médaillon s'échauffer contre ma poitrine. En fait, non. J'ai plutôt l'impression qu'il refroidit. Oui, c'est ça. Il était chaud et maintenant, il refroidit. Malheureusement, je ne peux pas m'arrêter pour essayer de comprendre ce qui se passe. Alors je continue de courir, ou du moins j'essaie.

Je suis le pirate à travers les rues mal famées de Socoroff. Ici et là, j'aperçois la ville qui s'éveille, mais je n'ai pas le temps de m'y attarder. D'habitude, j'aime observer ce qui m'entoure pour savoir quoi faire et où aller en cas de problème. Mais cette fois, les problèmes m'ont pris de vitesse et je ne peux que fuir. Fuir en suivant un capitaine pirate sans bateau et un corbeau qui parle – quand il veut – avec une voix de femme. Fuir pour suivre un médaillon magique qui me mènera à un trésor de légende que je devrai ramener je ne sais où.

À bien y réfléchir, tout cela ne peut être qu'un rêve. J'ai trop longtemps vogué sur les mers en écoutant histoires et légendes… À tous les coups, je ne suis pas à Socoroff, mais au fond d'une cale, à rêver tout ce qui est en train de m'arriver. Car enfin, les corbeaux qui parlent et les médaillons magiques, ça n'existe pas ! Pas plus que les capitaines pirates à la retraite !!

— Faisons une pause.

Quand on parle du loup… O'Brian vient de me saisir la main et m'entraîne dans une ruelle encore plus sombre que toutes celles que nous avons traversées jusqu'ici. Là, il stoppe sa course et je l'imite. Essoufflée, je respire bruyamment. Beaucoup trop de l'avis du pirate qui pose d'autorité sa main sur ma bouche. J'ai l'impression d'étouffer. S'il n'enlève pas sa main, je sens que…

Il m'attire davantage vers l'obscurité. Je peine à respirer.

— Pas un bruit, chuchote-t-il.

Puis il ôte délicatement sa main de ma bouche. Enfin, je peux offrir à mes poumons en feu l'air qu'ils me réclament douloureusement. Pourtant, je m'efforce de respirer le plus calmement possible. Dans ma poitrine et sous mon crâne, je sens mon cœur qui palpite à une vitesse effrénée. Mais là encore, je fais la sourde oreille. Je dois absolument me calmer afin de respirer en faisant le moins de bruit possible. Et, à force de volonté, j'y parviens.

Au bout de la rue, le tavernier et quelques hommes rebroussent chemin. Ils abandonnent. De mon côté, j'attends d'être parfaitement sûre qu'ils sont loin pour pouvoir de nouveau respirer normalement. En ce qui concerne le capitaine pirate, il ne semble pas le moins du monde souffrir de quelque désagrément suite à notre mésaventure. Au contraire, il affiche ce visage neutre que je ne lui connais que trop bien. Quant à Beaucor, il semble avoir trouvé un parfait perchoir sur le couvercle d'une poubelle.

Dès que j'ai retrouvé mon souffle, je demande :

— On fait quoi maintenant, capitaine ?

O'Brian baisse les yeux vers moi, mais j'ai la désagréable sensation qu'il ne me voit pas, qu'il ne me regarde pas vraiment. Pourtant, au lieu de me répondre par son habituel silence, il déclare, d'un ton évidemment neutre :

— On s'en tient au plan. On retrouve la Lorelei.

Je voudrais bien lui demander comment, mais j'ai la sensation qu'il ne me dira rien de plus. Je m'abstiens donc de poser une autre question et attends qu'il daigne me donner quelques détails. Mais au lieu de cela, il sort de l'ombre de la ruelle, vérifie que le tavernier et ses hommes sont bel et bien partis, et se met en route. Vers où ? Je n'ose lui demander. Alors je le suis sans dire un mot. Beaucor m'imite et vient se ficher sur mon épaule dans un bruissement d'ailes à peine audible.

Pour traverser Socoroff, nous empruntons les rues les moins fréquentées et, bien sûr, les plus dangereuses. Ou en tout cas celles qui font le plus peur. Celles où vivent la racaille et les ivrognes, et où les seuls types à peu près friqués que l'on rencontre sont ceux qui viennent chercher une prostituée pour les accompagner vers d'autres cieux. Et si le capitaine pirate semble ne faire aucun cas de notre environnement peu rassurant, je ne peux m'empêcher de serrer fermement les deux poignards fichés dans ma ceinture. Si l'un de ces rebuts de la société m'approche, je saurais le recevoir.

Je repense alors à mon idée de tout à l'heure, lorsque je courais. Et je me dis que, vraiment, si tout cela n'est qu'un rêve, alors il a au moins le mérite d'être des plus réalistes.

— *Tu ne rêves pas !* croasse soudain Beaucor, me faisant sursauter.

À nos côtés, le pirate tressaille. Il semble que j'ai omis de le prévenir. Oui, mon sombre compagnon est doué de parole et sa voix est celle d'une femme… La chose n'a rien d'anodin. Toutefois, le capitaine ne dit rien. Après tout, il a peut-être encore quelques souvenirs de la façon dont s'est terminé la soirée au Héron Borgne… Il se contente donc de jeter un regard noir au volatile sur mon épaule avant de m'ordonner de le faire taire. Heureusement, personne ne relève ce qui vient de se passer et nous poursuivons notre chemin comme si de rien n'était.

Lorsque nous arrivons enfin aux abords du port de Socoroff, je perçois une certaine tension dans l'attitude du capitaine. D'une main tendue, il m'ordonne de rester en arrière tandis qu'il s'avance vers les quais. J'hésite alors entre le suivre – après tout, c'est pour moi qu'il fait cela – et lui obéir – après tout, c'est pour moi qu'il fait cela ! Finalement, je décide de rester en arrière pour observer le capitaine pirate.

O'Brian s'avance d'un pas de conquérant vers le premier marin qu'il voit.

— Eh ! Toi ! l'interpelle-t-il.

— Oui ? Fait le marin.

— Que sais-tu au sujet d'un navire pirate du nom de la Lorelei ?

Un instant, le visage du marin se crispe. Puis un sourire élargit ses lèvres avant qu'il se mette bruyamment à rire. Placide, le capitaine laisse le marin se reprendre sans rien dire.

— La Lorelei ? Un navire pirate ? Fut un temps, peut-être ! Mais plus depuis que son capitaine a disparu. Je veux dire, son vrai capitaine !

Visiblement, le marin ne sait pas à qui il a à faire. Car s'il l'avait su, il n'aurait pas parlé ainsi. Cependant, le pirate garde son air et son ton impassibles. Il demande :

— Et qu'est devenue la Lorelei ?

— Un banal navire commercial… Entre nous, je crois que son nouveau capitaine profite encore un peu du nom de ce bateau pour procéder à quelques trafics, mais cela ne va jamais bien loin. De la petite contrebande, voilà ce que fait la Lorelei maintenant !

— Et sais-tu où je peux la trouver ? demande le capitaine.

Tandis que le marin réfléchit, je vois que le masque d'O'Brian est sur le point de se briser. Ses bras sont tendus contre son corps et ses poings sont fermés si fort que, même d'où je suis, je peux voir les jointures de ses doigts blanchir ! À moins bien sûr que tout cela ne soit que le fruit de mon imagination.

D'ailleurs, c'est cette même imagination qui m'empêche de suivre le fil de la conversation. De fait, le capitaine est de nouveau devant moi sans que je l'aïe vu s'approcher.

— On attend cette nuit, elle va rentrer.

Sans un mot de plus, le pirate nous dégote un coin à l'abri des regards, mais avec une belle vue sur le port. Dès que la Lorelei entrera, nous la verrons.

9

Cela fait des heures que nous attendons, et toujours rien. Je commence à perdre patience et surtout espoir. Le capitaine O'Brian, lui, est toujours sur ses gardes. Il scrute le port avec la même intensité depuis que nous nous sommes dissimulés derrière des containers, il y a de cela une petite éternité.

Soudain, je le vois qui se crispe. Moi qui le croyais concentré à l'extrême quelques instants plus tôt, je m'aperçois maintenant combien je m'étais trompée. Ses yeux fixent un point bien précis au large. Ses muscles sont si tendus que je peux voir saillir les veines de ses bras et de ses mains. Son visage semble lutter pour mieux dissimuler le rictus que forment ses lèvres. Intriguée par cette métamorphose, je cherche du regard ce qu'il fixe. C'est alors que je l'aperçois. La Lorelei.

Je sais que c'est elle, car Richard O'Brian n'est pas le premier que je vois observer son bateau d'un air enamouré.

Il s'agit d'un magnifique trois-mâts. Les voiles écrues se découpent dans la lueur du coucher de soleil. Face à un tel spectacle, ce superbe bâtiment entrant dans le port de Socoroff, je me dis que je dois avoir le même regard subjugué que le capitaine O'Brian. Et mon émerveillement ne fait que croître lorsque j'aperçois la figure de proue. Il s'agit d'une magnifique sirène dont la chevelure d'or cache les attributs et descend se mêler à sa queue de poisson.

Plus le bateau s'avance dans la baie du quai, plus je peux observer de détails. J'aperçois ainsi cinq canons de chaque côté du pont. Plus bas, je discerne également cinq sabords qui flanquent la coque, à bâbord comme à tribord. Je devine donc que la Lorelei est certes un voilier, mais qu'elle peut aussi naviguer sans vent, à la force des bras de matelots transformés en rameurs.

Je veux continuer d'observer le trois-mâts, mais je vois O'Brian qui me fait signe. Je tourne alors la tête vers lui et il me signifie par quelques gestes que dès que nous le pourrons, nous monterons à bord.

— Si Kyno a fait de la Lorelei un navire marchand, il nous suffira de monter avec les caisses de chargement, précise le capitaine.

Je hoche la tête. Visiblement, il ne veut pas reprendre son navire en entrant par la grande porte – enfin si l'on peut dire. Et s'il agit ainsi, je suppose qu'il a un plan. Du moins je l'espère parce que pour le coup, moi, je ne vois pas bien ce que je pourrais faire. Mais puisque c'est – ou c'était – son navire, j'imagine que je peux lui faire confiance.

Après ce bref échange, je retourne à ma contemplation. Hélas, je ne vois plus grand-chose du vaisseau, car il est maintenant dissimulé par les autres bateaux à quai. Tout ce que je peux voir, ce sont les marins qui descendent pour amarrer la Lorelei. Mais je n'ai pas le temps de chercher à en voir plus que, de nouveau, le capitaine s'agite et m'invite à le suivre. En toute discrétion, je lui emboîte donc le pas entre les différents containers.

Au fur et à mesure que nous nous rapprochons de la Lorelei, je sens mes réflexes refaire surface… Combien de fois ai-je embarqué à bord d'un navire sans y être invitée ? Combien de fois me suis-je dissimulée dans un container, une caisse de patates, un fût de rhum ou même un simple sac de jute ? J'ignore si le capitaine l'a déjà fait, mais son attitude tend à me dire que oui. O'Brian sait ce qu'il fait. Il sait où il va.

Lorsque nous sommes enfin à portée de voix des matelots qui descendent de la Lorelei, le pirate me fait signe de me taire. Mais dans ses yeux, je lis bien plus. Surtout, ne pas bouger, rester invisible, quoi qu'il arrive. Dans ma poitrine, mon cœur s'emballe. Car si j'ai l'habitude de ce genre de situation, cela ne rend pas la chose plus facile. Il n'y a rien de pire que de pécher par orgueil !

Tout comme moi, le capitaine se plaque contre la dernière caisse de bois qui nous dissimule à la vue des marins. Ses marins. Ses pirates. Il les observe, les écoute. Je devine qu'il échafaude un plan.

— On décharge ce soir ou demain ? demande l'un des marins à son acolyte.

— J'crois que le capitaine a dit que ce serait mieux ce soir, mais que ça pouvait attendre demain…

— OK. Bah ça attendra demain alors ! rétorque le premier. On a mieux à faire que de se trimballer des caisses de lemon !

D'autres matelots rejoignent les deux premiers et, ensemble, ils décident de ce qu'ils vont faire pour la soirée. Sans surprise, les hommes d'équipage se mettent d'accord pour aller goûter la gnôle de la première taverne qu'ils trouveront. Et s'il y a des filles, ce sera tant mieux qu'ils disent. Tu penses !

Du coin de l'œil, j'observe la réaction d'O'Brian. Ou plutôt son absence de réaction. Car une fois n'est pas coutume, le pirate affiche un visage dénué de toute émotion. Ni colère, ni agacement, ni surprise, ni même amusement. Son regard n'est pas vide, mais c'est tout comme. Et c'est regrettable. De fait, si ses yeux bleus voulaient bien se teinter de sentiments, je suis sûre qu'il serait bien plus agréable à regarder ; et ce malgré cette vilaine cicatrice qui lui barre le côté droit du visage.

Soudain, le capitaine me plaque encore plus contre la caisse. Quant à lui, j'ai l'impression qu'il tente désespérément de s'enfoncer dans le bois. Son bras me comprime douloureusement la poitrine, mais je ne dis rien. Car si le visage du pirate reste immuable, je peux voir à cette veine qui bat dans son cou qu'il n'est pas du tout aussi calme qu'il le laisse paraître.

— Un problème, capitaine ? demande un matelot de la Lorelei.

— Je ne sais pas, répond le « capitaine » après un court silence. Je ne crois pas…

— Vous voulez que j'aille chercher notre contact ?

— Pas la peine, je m'en charge. Toi, reste sur le bateau et veille à ce que personne ne vienne rôder dans les environs.

— À vos ordres capitaine.

Les deux hommes se séparent. Le premier remonte sur la Lorelei tandis que le pseudo-capitaine s'enfonce dans les rues de Socoroff. Alors seulement, le pirate ôte son bras et je peux à nouveau respirer normalement.

— Il a failli nous voir ? je chuchote.

O'Brian fait oui de la tête tout en m'imposant de garder le silence. Mais finalement, c'est lui qui le brise pour m'informer :

— Nous allons rester ici jusqu'à ce qu'on sache ce qu'ils vont charger. Puis on se glissera parmi la marchandise.

À ces mots, je me dis que je me suis trompée tout à l'heure : le capitaine n'a pas du tout l'expérience du passager clandestin. Je suppose donc que cela va être à moi de jouer.

— Ça ne marche pas comme ça capitaine.

Le pirate me fusille du regard. Toutefois, devant mon air déterminé, il m'invite à poursuivre.

— Nous devons savoir quelle marchandise ils vont embarquer dès ce soir. Ainsi, c'est cette nuit que nous nous glisserons dans les caisses. C'est notre meilleure chance de ne pas être vus.

O'Brian semble réfléchir un moment. Puis il me demande :

— Et comment comptes-tu t'y prendre pour savoir ce qu'ils vont embarquer demain ?

— C'est simple : je dégote la taverne dans laquelle ils s'enivrent de vin et de femmes, et je leur soutire l'information.

10

Le pirate n'a pas le temps de me demander comment je vais m'y prendre que, déjà, je me lève et emprunte la même direction que les matelots un peu plus tôt dans la soirée. Très vite, je dégote la taverne dans laquelle ils ont plus ou moins élu domicile. À mon grand soulagement, cette taverne-ci n'a rien à voir avec le Héron Borgne. Il s'agit au contraire d'un établissement plutôt bien fréquenté où les filles sont bien traitées. Oui parce que toutes les filles de joie ne vendent pas leur corps au même prix, ni dans les mêmes conditions. Étant moi-même une fille, je juge souvent les établissements à la façon dont on traite celles qui ont eu moins de chance que moi. Quoi qu'il en soit, ici, on ne trouve que des prostituées de luxe, à l'image de ce que l'on sert dans les assiettes et dans les chopes.

Je repère très vite les matelots, autrefois pirates, qui sont aujourd'hui devenus de véritables hommes d'affaires. Du moins est-ce l'image qu'ils veulent donner – et qu'ils donnent puisqu'ils sont parvenus à se faire admettre ici.

— Bien le bonjour, mademoiselle ! m'accueille une serveuse tout sourire.

Au premier regard, je sais que son rictus n'a rien de sincère et que la jeune femme a pour habitude de s'adresser à des clients de l'autre sexe. Toutefois, elle est polie et me demande ce que je souhaite. Comme je n'ai pas assez d'argent pour m'offrir la plus petite boisson, et que je n'ai pas vraiment l'aspect d'une potentielle cliente – soyons réalistes – je prétexte vouloir vendre mon corps. La fille se rembrunit alors et me dit que l'établissement ne cherche personne.

— J'ai de bonnes références, j'insiste. Êtes-vous sûre que je ne pourrais pas en parler avec votre patronne ?

Si je demande à voir « la patronne », c'est parce que mon instinct me dit que, si les filles sont si bien traitées et si l'établissement est si bien tenu, c'est qu'il ne peut être dirigé que par une femme. De ce côté-là, mon instinct ne me trompe que rarement. Et aujourd'hui comme souvent, il fait mouche.

— Suivez-moi, finit par lâcher la serveuse après m'avoir reluquée de bas en haut puis de haut en bas.

Il faut croire que, si je n'ai pas l'habit, j'ai le physique qui convient.

En passant près d'une table de matelots, je lance des regards appuyés au plus jeune. Si l'un d'eux est assez affable pour m'en apprendre davantage sur la future cargaison de la Lorelei, je parierais sur lui.

— Quelqu'un pour vous, maîtresse.

Entendant ce dernier mot, je déglutis. Quelque chose me dit que la patronne a tout d'une matrone et qu'en fin de compte, elle ne traite peut-être pas aussi bien ses filles qu'il n'y paraît. Mon instinct m'aurait-il finalement trompée ?

Tandis que la femme – une quinquagénaire des mieux conservées – s'approche de moi, je sens mon médaillon qui chauffe sur ma poitrine. En fin de compte, c'est peut-être Beaucor qu'on aurait dû envoyer glaner des informations…

— Alors comme ça, tu veux devenir fille de joie ?

— Je…

— Si Lili t'a amenée ici, c'est que t'as dû lui dire un truc pas net.

Décidément, mon instinct m'a plus que plantée sur ce coup-là ! Et ce maudit médaillon qui me brûle… Si ça continue, je vais partir en courant ! Toutefois, j'essaie de garder mon calme. C'est donc d'une voix à peu près posée que je réitère mon mensonge :

— J'ai de bonnes références.

La matrone arque un sourcil, étonnée. Cependant, contrairement à ce à quoi je m'attendais, elle ne me demande pas à voir ces fameuses références. Aussi incroyable que cela puisse paraître, elle semble me croire sur parole. Son visage se radoucit alors et elle me demande quand je peux commencer.

— Tout de suite si vous voulez.

— Parfait.

Sans un mot de plus, la quinquagénaire me désigne la salle, m'indiquant par ce geste de me mettre au boulot. Je pensais qu'elle m'ordonnerait au préalable de passer des vêtements plus saillants, mais elle n'en fait rien. Alors, comme je n'ai pas envie qu'elle change d'avis, je retourne aussitôt dans la salle sans demander mon reste. Juste au-dessus de mon cœur qui peine à se calmer, je sens que la brûlure du médaillon diminue.

De retour en salle, j'avise la table des matelots de la Lorelei et en choisis une autre, juste à côté. Mais tandis que j'avance d'un pas décidé vers un homme bedonnant, le jeune marin de tout à l'heure me fait signe d'approcher. Je feins alors l'hésitation et, voyant que le plus âgé de la table d'à côté ne semble pas fâché de me laisser à l'autre, je change de direction et m'avance vers le plus jeune.

— Bonsoir… On dirait que c'est mon jour de chance, me salue le matelot.

— Ou le mien, je réponds.

— T'es directe, j'aime bien.

Je force mes joues à s'empourprer. Avec le temps, j'ai appris quelques trucs fort utiles.

— Je… je voulais juste dire que je venais de trouver du travail.

Confus, le marin rougit à son tour. J'en profite donc pour continuer :

— Malheureusement, je ne vais pas pouvoir rester. Je n'ai pas les habits adaptés pour ce soir.

— On peut peut-être quand même vous offrir un verre, fait un autre marin. À moins bien sûr que cela soit contraire au règlement de l'établissement…

Je fais mine de réfléchir, regarde en direction du comptoir, puis accepte le verre. Le plus âgé commande alors des shots de rhum. Lorsque nous sommes servis, il lève son verre et les autres l'imitent. Je saisis à mon tour le dernier verre et trinque avec eux.

— Aux citrons et aux pommes de terre ! fait le plus âgé

— Aux citrons et aux pommes de terre ! répètent les autres.

Puis nous avalons nos verres de rhum. En reposant le mien, je demande à mon jeune matelot :

— Pourquoi avoir dit cela ?

— Parce que nous sommes des marchands et que ce sont les citrons et les patates qui nous permettent de nous offrir une telle soirée.

D'un geste, il désigne l'établissement, la table autour de laquelle ils sont assis et qui déborde de victuailles, et, bien sûr, mon honorable personne.

Tandis que je me dis que tout cela est trop facile, je sens encore sur ma poitrine la chaleur du médaillon. Encore un peu et je le croirais responsable de toute la chance que j'ai eue depuis que je le porte. Mais aussitôt, je me rappelle également qu'il a tenté de m'étrangler et que j'ai failli finir brûlée comme sorcière au Héron Borgne. Ouais… pas sûr qu'il porte vraiment chance finalement ce truc-là ! Ça doit juste être une histoire de carma. Un coup j'ai de la chance, un coup j'en ai moins. En fait, à bien y réfléchir, ce n'est ni le médaillon, ni le carma, c'est juste la vie…

— À quoi penses-tu ?

Cette fois, je n'ai pas besoin de jouer la comédie pour paraître troublée. Le marin m'a vraiment arrachée à mes pensées. Je parviens toutefois à me reprendre et demande, à tout hasard :

— Et votre prochaine cargaison, ce sera quoi ?

— Des patates. Généralement, à l'aller, c'est des patates, et au retour, c'est du citron.

— Ce n'est pas ennuyeux de faire toujours la même chose ?

— Pas si cela me permet de rencontrer des filles comme toi… dit-il dans un sourire.

Je lui souris en retour. Mon travail n'est pas fini. Car si je sais de quoi sera faite la cargaison, j'ignore d'où elle vient. Il ne faudrait pas que le capitaine et moi embarquions par erreur sur le mauvais navire… Mais comment savoir qui est leur fournisseur ?

Soudain, un nouveau client fait son apparition sur le seuil de la porte. Malgré ses tempes grisonnantes et les quelques ridules qui parcourent son visage, il est assez bel homme. D'un regard d'aigle, il survole la salle. Dès que ses yeux se posent sur les matelots de la Lorelei, il avance vers eux, sourire aux lèvres.

— C'est donc ici que vous vous cachez ? demande-t-il en prenant place parmi les marins.

Aussitôt, je reconnais sa voix. C'est le « capitaine Kyno », celui qui a transformé un navire pirate en vulgaire bateau de marchandises ; celui qui a usurpé sa place de capitaine.

Kyno me jette un regard froid et adresse le même aux deux autres filles de joie assises à la table des matelots.

— Si vous voulez bien, mesdemoiselles, mes hommes et moi avons à parler.

— Mais bien sûr, répond l'une des deux filles.

Elle me lance alors à son tour un regard appuyé m'indiquant qu'il est temps pour moi de me retirer. Je savais bien que je n'avais pas vraiment de chance ! À regret, je quitte donc ma place. Toutefois, je ne m'avoue pas vaincue et m'installe à la table d'à-côté, celle vers laquelle je m'avançais un peu plus tôt. De là, je peux les entendre parler tout en supportant les avances du type bedonnant.

Ainsi, j'apprends enfin ce que je voulais savoir. Quelle cargaison, qui est le livreur et qui est le client, quand les matelots devront charger et, où sont entreposées les caisses. Si on m'avait dit que j'obtiendrais ces informations de la bouche même de l'usurpateur, je n'y aurais jamais cru ! Mais force est de constater que lorsqu'on n'est plus pirate, on n'a plus besoin de roublardise et que, par conséquent, le secret et la conspiration ne sont plus de mise.

Satisfaite, je prétexte un malaise, affiche une certaine déception en voyant les marins de la Lorelei quitter l'établissement, et sors à mon tour. Personne ne me dit rien, comme si mes agissements étaient normaux. Et, sur ma poitrine, mon médaillon cesse enfin de chauffer. Alors, avant de rejoindre le capitaine – le vrai ! – sur les quais, je me dissimule dans un recoin et sors l'objet. Son aiguille indique toujours le même point. Je ne comprends pas pourquoi il se met à chauffer comme ça, de temps en temps. De nouveau, je songe que cela a un rapport avec cette chance soudaine. Incertaine, je replace le médaillon sous mes vêtements et reprends mon chemin.

11

Dès que le capitaine m'aperçoit, il vient à ma rencontre. Bien que son visage soit toujours vide d'émotions, je devine qu'il veut savoir où nous en sommes et ce que j'ai appris. Je lui révèle donc les informations que je viens de glaner et lui et moi cherchons des yeux une caisse portant les noms du livreur et du client pour lesquels travaillent Kyno et ses hommes.

Tandis que nous fouillons les quais du regard, je tombe sur Beaucor. Le volatile est perché sur une grande caisse, presque un container. Il ouvre un large bec, comme pour croasser, mais aucun son ne sort. Toutefois, j'ai compris. Je fais donc signe au capitaine et nous allons retrouver l'oiseau.

Beaucor est posé sur la caisse idéale. Assez grande pour nous contenir tous les deux, le capitaine et moi, elle n'est chargée qu'à moitié. Et, surtout, elle n'est pas bien fermée, ce qui nous permet de l'ouvrir facilement.

— C'est peut-être là que Kyno compte entreposer sa marchandise de contrebande, dis-je méfiante.

— Non, répond simplement le capitaine.

Comme il est catégorique, je le crois sur parole et ne demande pas plus de détails. J'imagine que, s'il est resté sur le quai à observer la Lorelei, il a vu son usurpateur charger la marchandise illégale un peu plus tôt dans la soirée, tandis que je faisais du charme à ses hommes, ou plutôt à l'un d'entre eux. Quand j'y repense, ce métier n'est pas fait pour moi. J'aime autant risquer ma vie en embarquant clandestinement sur des navires ou en me faisant passer pour un mousse !

Nous nous faufilons donc à l'intérieur de la grande caisse en poussant les patates et, au moment de refermer, nous voyons Beaucor qui s'y introduit également.

— Non, je lui dis. Toi, tu n'as pas besoin de venir t'enfermer ici. Tu peux te percher sur l'un des mâts du bateau.

Dans un geste très humain, le volatile hoche la tête avant de sortir de la caisse. Puis nous la refermons derrière lui.

Bien que la caisse soit assez grande pour le capitaine et moi, nous nous retrouvons tout de même serrés l'un contre l'autre. Heureusement, l'obscurité m'empêche d'avoir à supporter le regard du pirate. Remarquez qu'étant donné le personnage, il doit encore afficher son éternel visage neutre.

Comme je le sens qui bouge tout contre moi, je demande en chuchotant :

— Qu'est-ce que vous faites ?

Évidemment, il ne me répond pas. Toutefois, j'obtiens quand même une réponse en voyant apparaître un faisceau de lumière dans la caisse de transport. Le pirate vient de faire un trou afin de voir ce qui se passe à l'extérieur.

— Y a plus qu'à attendre, je déclare.

Puis je m'installe au mieux pour passer la nuit. Ce n'est pas ma première fois dans un endroit pareil. Je n'ai donc aucun mal à trouver le sommeil.

Je me réveille le lendemain, lorsque les matelots se saisissent de la caisse pour la charger à bord de la Lorelei. J'ignore si le capitaine a dormi, mais il semble toujours être dans la même position que celle qu'il avait quand je me suis endormie. Son œil rivé vers l'extérieur, j'imagine qu'il vérifie que l'on ne nous charge pas dans le mauvais bateau.

— Je croyais que le capitaine leur avait dit de ne pas trop charger les plus grosses caisses ? fait l'un des porteurs.

— Il n'a pas dû être assez clair, lui répond-on.

— Ouais ben en attendant, c'est nous qui nous tapons le sale boulot !

— En même temps, t'as déjà vu un capitaine porter des caisses toi ?

Cette fois, personne ne répond. Tout ce que l'on entend, c'est le souffle court des porteurs.

Quand la caisse s'incline – et que je me retrouve écrasée contre O'Brian –, je devine que l'on monte enfin à bord de l'ex bateau pirate. Quant au capitaine, je veux dire, celui qui se trouve avec moi dans la caisse, il scrute toujours l'extérieur. L'espace d'un instant, je crois discerner une moue sur son visage, mais c'est si fugace que j'ai sûrement rêvé. Et puis, il faut dire que l'on ne voit pas grand-chose ici…

Une fois à bord du bateau, la caisse est de nouveau d'aplomb et je peux m'éloigner du pirate. Mais cela ne dure pas longtemps, car, déjà, on l'incline de nouveau.

— C'est bon les gars, vous l'avez ? demande l'un de nos porteurs.

— On tient ! fait un autre gars, en dessous de nous.

Puis notre caisse descend d'un étage.

Nous voici donc dans la cale du navire. Peu de temps après, on nous y dépose et j'entends que le chargement continue. Pour ce qui est d'O'Brian, il regarde encore par son trou jusqu'à ce qu'on vienne le boucher avec une autre caisse de marchandise. Alors je le sens quitter son poste d'observation pour s'installer autrement. Y a plus qu'à espérer que personne ne mette de caisse par-dessus la nôtre sans quoi il nous sera impossible de sortir ! Remarquez qu'il nous resterait encore une solution : hurler jusqu'à ce qu'on vienne nous libérer. Normalement, ce n'est pas comme ça qu'agissent les passagers clandestins – à moins d'un problème – mais puisqu'après tout, on est là pour qu'O'Brian reprenne le contrôle de son navire, je suppose que ce n'est pas bien grave si on devait se faire remarquer…

Toutefois, nous avons de la chance, car lorsque le chargement se termine, personne n'a posé de caisse par-dessus la nôtre. Nous devrions donc pouvoir sortir à peu près comme nous sommes entrés.

De leur côté, les matelots remontent sur le pont et manœuvrent le vaisseau.

— Dans quelques minutes, nous aurons rejoint la pleine mer.

Même si je ne peux pas le voir dans l'obscurité ambiante, je tourne la tête vers le capitaine. Je me demande alors à quoi il pense. Ce qu'il ressent. Comment un capitaine peut-il bien se sentir en montant clandestinement à bord de son propre bateau ? Sachant pertinemment que je n'obtiendrais aucune réponse si je lui posais la question, je m'en abstiens…

Quand, au loin, j'entends le croassement d'un corbeau, je porte la main à mon médaillon. Malgré ma chemise, je peux sentir l'aiguille qui bouge, se fixant sur le but de notre expédition.

ACTE II

LA LORELEI

12

D'après ce que j'en ai vu, la Lorelei est un trois-mâts plutôt grand. Je dirais dans les soixante-dix mètres de long. Malgré tout, la marchandise a été si bien chargée que nous ne sommes pas ballotés dans tous les sens. Ce qui nous permet, au pirate et à moi-même, de garder nos positions sans trop de difficulté. Mais on est tout de même assez serré dans cette caisse. Je commence donc à avoir des fourmis un peu partout dans le corps ainsi qu'un début de crampe ! Je garde toutefois mon mal en patience et tente de faire taire la douleur. J'ai déjà vécu ça, je sais que j'en suis capable. Pour ce qui est du capitaine, c'est autre chose… Je sens bien qu'il n'aime pas se retrouver de la sorte, et sûrement qu'il n'a qu'une envie : reprendre le contrôle de son navire. Mais pour le moment, nous sommes coincés au milieu des patates.

Près de nous, un matelot s'affaire. Il déplace les caisses pour pouvoir mieux lire les inscriptions. Et, lorsque l'une d'elles l'inspire, il l'ouvre. Je croise les doigts pour qu'il ne fasse pas de même avec la nôtre ! Mais heureusement, il semble trouver son bonheur dans celle d'à côté. Je l'entends qui fouille dedans, en retire je ne sais quoi et s'en va. Alors le capitaine pousse un soupir.

— J'ai bien cru qu'il ne partirait jamais…

À ces mots, le pirate s'étire et, ce faisant me donne un coup de pied dans le tibia. Je retiens un cri, à la fois de stupeur et de douleur. Sans surprise, O'Brian-le-rustre ne s'excuse pas, pas plus qu'il ne retire son pied. Au contraire, il y prend appui pour pousser sur le haut de la caisse. À l'entendre souffler, j'imagine qu'il y met toutes ses forces. Je décide donc de l'aider et, à deux, nous parvenons à faire sauter le couvercle.

Sans plus attendre, le capitaine sort et s'étire une nouvelle fois. Je fais de même, secouant mes membres pour en faire sortir les fourmis. En même temps, j'observe la cale dans laquelle nous nous trouvons. Elle doit bien faire dans les sept mètres de large et ressemble à n'importe quelle cale de bateau. Il y fait sombre, mais on y voit tout de même un peu grâce à la lumière qui filtre des sabords. Ces sabords là, comme je l'avais vu de loin lorsque la Lorelei pénétrait dans le port, ne sont pas faits pour des canons, mais pour des rames. D'ailleurs, celles-ci sont entreposées contre la coque. Pour ce qui est des caisses, comme il fallait s'y attendre, elles ont été déposées au centre de la cale, sur presque toute la longueur. Je dis bien « presque toute », car, plus loin sur ma droite, j'aperçois des câbles, des voiles pliées et autres cordages de rechange. Et quand je me tourne de l'autre côté, je peux voir des barils de poudres et des boulets…

Je cesse mon appréciation des lieux lorsque je sens peser sur moi le regard du capitaine O'Brian. Je me tourne alors vers lui et constate que mon instinct ne m'a pas trompée.

— À partir de maintenant, je prends les choses en main.

Euh… je dois comprendre quoi moi ? Les sourcils froncés, je m'apprête à le lui demander lorsqu'il déclare :

— Voilà le plan : on va voir mon Second et on lui explique de quoi il retourne. Je suis sûr qu'il ne verra aucun inconvénient à ce que l'on se lance à la poursuite du Trésor des Nébuleux.

— Si vous le dites… Par contre, capitaine, j'aimerais que cela reste entre nous…

Ce disant, je tapote le médaillon sous mes vêtements.

— Ça va de soi. Pour ça aussi j'ai un plan.

J'attends qu'il m'en dise plus, mais le pirate garde le silence. Alors, je demande à tout hasard :

— Ce n'est pas ce Kyno au moins votre Second ?

Pour la première fois, je vois le pirate afficher une mine plutôt gênée. Zut ! On dirait bien que son ancien Second n'est autre que celui qui a usurpé sa place de capitaine ! Bon, c'est vrai qu'en même temps, il ne devait pas y avoir foule pour se précipiter à la tête d'un navire pirate tel que celui dans lequel nous nous trouvons. Et il faut être rudement malin pour transformer des pirates en marchands à peu près honnêtes. Du coup, j'ai quelques doutes quant à la possibilité qu'il accepte de nous aider, ou même de céder de nouveau le commandement du navire à O'Brian.

— Vous êtes sûr qu'il sera d'accord ?

Le capitaine n'a pas le temps de répondre que, soudain, une voix retentit non loin de nous.

— Ben ça alors !

Aussitôt, O'Brian se retourne tandis que je saute à nouveau dans la caisse pour m'y cacher. Oui, je sais, c'est un peu idiot de croire que le nouvel arrivant ne m'aura pas vu faire, mais comme on dit, qui ne tente rien n'a rien !

— Capitaine Rick ? C'est bien toi ? demande le matelot en s'approchant.

— Qui veux-tu que ce soit, l'Écureuil ?

Quelques bruits de pas plus tard, j'entends les deux hommes qui se saluent et, je suppose, se prennent dans les bras. Autant pour la virilité légendaire des pirates !

— Qu'est-ce que tu fiches ici ? Après le plongeon que t'as fait, on te croyait mort...

— Et moi, je croyais que la Lorelei était un navire pirate ! rétorque O'Brian, amer.

Le dénommé « Écureuil » ne répond rien. J'imagine qu'il a un peu honte de se retrouver simple marchand face à son ancien capitaine. Mais finalement, il reprend du poil de la bête et tient tête au pirate :

— Tu sais, ça n'a pas été facile de se retourner après cet abordage désastreux lors duquel on pensait tous que tu avais rencontré la Faucheuse... Heureusement, Kyno a su prendre les choses en mains. Alors, d'accord, on n'est plus vraiment des pirates, ni même des chasseurs de trésors. Mais on a de quoi manger et boire tout notre soûl. Que peut-on demander de mieux ?

Un silence pesant s'installe entre les deux hommes et je crois un moment que l'ancien capitaine ne va rien répondre. Finalement, il se fait plus affable face à son ancien matelot qu'avec moi et déclare :

— Je ne sais pas moi… un peu d'aventure.

Cette fois, c'est au tour de l'autre de ne rien répondre, mais même si je ne le connais pas, je l'imagine très bien hausser les épaules. Puis, quelques pas vers ma caisse de patates m'informent qu'il s'avance vers moi. Je remarque alors que son pas est boiteux. Sans doute a-t-il une patte folle… Lorsqu'il se penche vers l'intérieur, je découvre un homme d'une bonne quarantaine d'années, le teint blafard et des cheveux sales coupés court – et mal. Nos regards s'agrippent un instant et je lis sur son visage tout l'effroi que ses traits tirés peuvent afficher.

— Une… une femme ? Rick, t'as ramené une femme à bord ?

L'homme recule en manquant de trébucher. Quant à moi, je sors enfin de ma cachette qui n'en était décidément pas une bonne. La main droite prête à dégainer mon couteau fétiche, je demande :

— Ne me dites pas que vous avez peur d'une fille ?

Sans se soucier de moi, le matelot quelque peu enrobé se tourne vers O'Brian et demande à nouveau :

— Comment t'as pu emmener une femme à bord, capitaine ? L'eau a dû te monter à la tête et t'enlever tout bon sens !

— Pour commencer, l'Écureuil, cette jeune demoiselle n'est pas une femme, mais une jeune fille, comme elle te l'a signifié… Autrement dit : une gamine ! Ensuite, tu sais comme moi que toutes ces histoires de malédictions ne sont que des racontars afin que les femmes de marins ne craignent pas que leurs dévoués maris leur soient infidèles. Enfin, tu imagines bien que j'ai mes raisons de l'avoir amenée ici…

L'Écureuil et moi restons bouche bée. En ce qui concerne le matelot, je ne sais pas trop pourquoi il garde le silence, mais pour ma part, je suis plus qu'étonnée de voir le capitaine lâcher une telle tirade. Jamais je ne l'aurais cru capable de parler aussi longtemps et d'une seule traite !

— Mais, mais… finit par balbutier le matelot.

— Hazel ! Qu'est-ce que tu fiches ? Ça fait des plombes qu'on t'attend en haut !

Un nouveau membre de l'équipage de la Lorelei descend à la cale. Comme il obstrue complètement la lumière qui vient du pont, j'imagine qu'il doit être baraqué. Et je ne me trompe pas ! Car tandis qu'il s'approche de nous, j'aperçois un véritable mastodonte. Deux mètres de haut sur plus d'un mètre de large. Son crâne entièrement rasé laisse voir de nombreuses cicatrices. Sans parler de celles qui longent ses bras beaucoup trop musclés à mon goût ! Ce type n'a vraiment pas l'air commode…

— Désolé, chef, fait l'Écureuil dont le véritable nom semble être « Hazel ». Mais je crois qu'on a des passagers clandestins…

— De quoi ? rugit l'autre en s'avançant vers nous.

Une étincelle plus tard, l'homme a allumé une lampe à huile et je suis presque aveuglée par sa lumière.

— Capitaine Rick ?! Mais qu'est-ce que tu fais ici ? On croyait tous que… Et c'est quoi ça ?

Ce disant, il approche sa lampe au plus près de mon visage, me faisant plisser les yeux. Comme si ça ne suffisait pas de m'avoir aveuglée quelques instants plus tôt, le voilà qui veut me faire cramer la joue ! Pire encore, j'ai l'impression qu'il cherche à me rendre sourde lorsqu'il siffle entre ses doigts avant de crier :

— Les gars, avec moi !

L'instant d'après, une foule de matelots nous rejoignent dans la cale. À voir leurs mines à la fois surprises en découvrant leur ancien capitaine, et déconfites en m'apercevant, j'imagine qu'on n'est pas prêts de les convaincre de nous suivre…

— Emmenez-les au capitaine ! ordonne le mastodonte.

Comme ses hommes hésitent, le matelot dégaine sa trique et les menace. Aussitôt, les marins s'emparent de moi. Ils me prennent par les biceps, me tiennent si fort que je peux être sûre qu'ils vont laisser de sales marques rouges, parfaites empreintes de leurs grosses paluches. En revanche, ils hésitent encore à se saisir d'O'Brian. Le plus téméraire d'entre eux va même jusqu'à demander :

— Lui aussi chef ?

Le chef en question, sans doute le maître d'équipage, jette un coup d'œil furtif à son ancien capitaine. Puis il me regarde à nouveau et ordonne qu'on le traite de la même façon que moi. Le pirate ne dit rien et se laisse faire. J'imagine qu'il pense qu'être malmené par ses hommes est le prix à payer pour aller voir son ancien Second, nouveau capitaine de son ancien bateau… Oui, je sais, on s'y perd !

Quelques minutes plus tard, nous sommes sur le pont, face au gaillard d'arrière et à la dunette. Deux hommes nous observent. Sur la dunette, je reconnais en l'un d'eux le capitaine usurpateur Kyno. Quant à l'autre, puisqu'il tient la barre juste en dessous, il ne peut être que le timonier.

13

Le capitaine usurpateur nous regarde de haut, et pas seulement parce qu'il est sur la dunette et nous sur le pont. Dans ses yeux, je peux lire tout le mépris qu'il a pour moi, mais aussi une certaine gêne de se retrouver face au véritable capitaine de la Lorelei ; une gêne qu'il tente de dissimuler derrière son regard hautain.

— Que fait une femme sur mon bateau ? demande-t-il.

— C'est moi qui l'ai fait monter, répond O'Brian.

— Ça ne répond pas à ma question... Mais puisque tu insistes... Que fais-tu, toi Rick O'Brian sur mon bateau ?

Je regarde le pirate. Il ne tique même pas, à croire que la question est tout aussi légitime que le « mon bateau » dans la bouche de l'usurpateur. Toutefois, il me parait évident que la situation ne lui plaît pas, vraiment pas.

— Tu parles de ton navire marchand ? Ou tu parles de la Lorelei ? finit par demander O'Brian.

— C'est la même chose.

— Pas pour moi !

Ce disant, le pirate joue des épaules et se libère sans mal des mains qui le tenaient à peine. En quelques sauts, il rejoint le gaillard d'arrière, réduisant l'espace – et la hauteur – qui le sépare de l'autre capitaine. Près de lui, le timonier ne lâche pas la barre, mais il ne peut s'empêcher de jeter quelques coups d'œil aux deux hommes qui se font face.

— Pour moi, ce n'est pas la même chose ! répète O'Brian avec force. La Lorelei n'a jamais été un navire marchand ! Sur ce bateau, nous sommes des pirates !

— Plus maintenant ! tonne la voix de Kyno. Aujourd'hui, nous sommes d'honnêtes hommes.

Le capitaine pirate lâche un rire cynique avant de reprendre :

— Des hommes honnêtes ? Vraiment ? Ce n'est pas ce que pensent les dockers de Socoroff. J'ai entendu dire que tu étais, je cite, « un petit contrebandier ».

Une chape de silence s'abat soudain sur le navire. Évidemment, c'est ce moment-là que choisit Beaucor pour se rappeler à mon bon souvenir. Perché sur le mât de pavillon, il observe la scène avant de braquer ses yeux noirs dans les miens. Je déglutis. J'espère qu'il n'attend rien de moi ! Pour le moment, c'est à O'Brian de jouer. Et c'est ce qu'il fait.

Le véritable capitaine de la Lorelei se retourne vers les marins – ses hommes, ses pirates – faisant dos à Kyno l'usurpateur.

— Vous n'êtes pas des hommes honnêtes ! déclare-t-il en les montrant du doigt. Et moi non plus ! En revanche, vous et moi sommes des hommes d'honneur ! Vous et moi sommes des pirates ! Des hommes avides d'aventures et de trésors ! Des hommes qui n'hésitent pas à risquer leur vie pour arracher la fortune à ceux qui n'en ont pas besoin ! Nous sommes une famille et la Lorelei est notre foyer ! Sur elle, nous voguons de port en port à la recherche de trésors inestimables ! Grâce à elle, nous abordons de fiers galions pour leur dérober leurs inutiles richesses ! Sur ce bateau, il n'y a pas de place pour les marchands… Ce sont les pirates qui sont à la barre !

Ce disant, il visse son regard dans celui du timonier. Quant à moi, je me retiens d'applaudir tant son discours est plein de hargne. Le capitaine O'Brian harangue ses hommes comme un roi ses sujets. Je ne l'ai jamais vu comme ça et pensais même ne jamais assister à une telle tirade. Tout à coup, j'ai envie de faire partie de la famille dont il parle. J'ai envie d'être une pirate, moi aussi. Hélas, si certains à mes côtés sur le pont semblent de mon avis, ce n'est évidemment pas le cas du capitaine usurpateur.

— Toi ? Un homme d'honneur ? Allons, à d'autres ! On t'a tous cru mort il y a des mois. J'ai dû gérer un navire qui venait de perdre la moitié de son équipage ainsi que son capitaine ! Et voilà que tu reviens, la bouche en cœur ? Tu nous as lâchement abandonnés, voilà la vérité ! Tu as profité d'un abordage désastreux pour te faire la malle, on ne sait trop comment, et partir couler des jours heureux on ne sait trop où… avec on ne sait trop quel argent. Alors ne viens pas nous faire la morale ! Les choses ont changé, Rick ! La chasse au trésor est devenue de plus en plus ardue pendant ton absence. Nous avons dû faire face à de nombreuses difficultés et n'avons pas eu d'autre choix que de nous reconvertir ! Les temps sont durs, Rick, en tout cas pour les marins. Mais qu'en sais-tu, toi qui es parti ?

J'avoue, ce Kyno n'est peut-être pas devenu capitaine pour rien… Ces mots sonnent juste et il les dit avec force. Je me demande comment O'Brian va répondre à cela…

— Je suis parti, tu dis ? Je suis tombé à l'eau je te rappelle ! Et aucun de vous n'a daigné me repêcher !

— On a essayé ! se défend Kyno. Mais on ne voyait rien avec la houle. On n'entendait rien.

— Je me souviens très bien de ce jour-là, tu n'as pas besoin de me le rappeler ! Toutefois, quand je pensais que tout était fini pour moi, une seule chose m'a fait tenir : vous et ma Lorelei. Je vous croyais assez forts pour continuer sans moi. Quant à toi, Kyno, je voyais en toi bien plus qu'un Second. Pour moi, tu étais la relève… Mais regarde ce que tu as fait de ce navire ! Et vous autres, regardez ce que vous avez laissé faire ! N'êtes-vous donc des pirates que lorsque votre capitaine en est un ? Êtes-vous devenus des lâches en moins d'un an ?

À ces mots, je frémis, car j'entends les marins grogner. M'est avis que le capitaine va trop loin… Si ça continue, ceux qui étaient ses hommes pourraient bien redevenir d'eux-mêmes des pirates, juste pour nous faire subir le supplice de la planche !

Peu rassurée par ce qui va suivre, je tourne la tête à droite et à gauche pour voir si une telle planche existe encore sur un navire pirate devenu marchand. Je ne vois rien. Les marins tout autour de moi me bouchent la vue. Tout ce dont je peux me rendre compte, c'est que le discours d'O'Brian, loin d'affoler l'actuel capitaine de la Lorelei, le satisfait au plus haut point. De fait, avec de telles paroles, le pirate ne risque pas de rallier son ancien équipage ! Pourtant, il ne s'arrête pas à la rumeur qu'il a créée parmi les marins et continue de les haranguer :

— Me serais-je donc à ce point trompé sur vous ? Non, je ne peux pas le croire… Je ne *veux* pas le croire ! Comme je l'ai dit tout à l'heure, vous et moi sommes frères. Comme vous, je me suis laissé abuser par Kyno. En tant que mon Second, il n'avait pas son pareil. Mais j'aurais dû me douter que la charge de capitaine d'un navire pirate était trop lourde pour lui. J'ai fait une erreur. Une énorme erreur… et elle a coûté son âme à ce bateau.

Sciemment, O'Brian laisse le silence s'installer de nouveau. Je ne sais pas trop où il veut en venir, mais au moins, les marins sont pendus à ses lèvres. Aucun d'eux ne cherche à interrompre l'ancien capitaine, pas même Kyno qui vient d'être mis en cause. Tous attendent la suite de ce discours épique. Et elle ne se fait pas attendre bien longtemps.

— Je suis profondément désolé de ce que je vous ai fait subir en tombant à l'eau ce jour-là. Je pensais qu'avec ou sans moi, la Lorelei resterait le bateau pirate le plus redouté de l'océan. Après tout, elle l'était bien avant que j'en devienne le capitaine ! Hélas, j'ai échoué à trouver quelqu'un capable de perpétuer mon héritage… De toute évidence, j'avais mal choisi mon Second. Mais il n'est pas trop tard ! Si vous voulez encore de moi, je peux redevenir votre capitaine ! Je peux refaire de vous, de nous, des pirates dignes de ce nom ! Toutefois, je vous préviens : si vous faites ce choix, alors nous devrons nous débarrasser de Kyno. Je ne supporterais pas de voguer au côté de celui qui a sabordé mon navire. Si vous faites le choix de me reprendre, je vous promets que nous nous mettrons en quête des trésors les plus prestigieux et les plus recherchés… et je vous promets que nous les trouverons ! Nous serons à nouveau fiers ! Nous aborderons de nouveaux navires et nous nous approprierons leurs richesses ! Si vous me reprenez, je ferais de vous des hommes riches, bien plus riches que de simples marchands ! En redevenant votre capitaine, je redonnerai à ce navire ses lettres de noblesse ! Vous et moi redeviendrons les hommes d'honneur que nous étions. Des pirates légendaires ! Maintenant, c'est à vous de choisir : voulez-vous rester simples marchands ou revenir avec moi à l'aventure et retrouver votre honneur de pirate ? Décidez-vous ! Mais sachez que si je suis élu capitaine à nouveau, je larguerais tous ceux qui ne m'auront pas choisi en même temps que Kyno. Je ne peux me permettre de naviguer avec des hommes qui ne veulent pas de moi…

C'est sur ces mots peu engageants que se termine le discours du capitaine. J'avoue que, même s'ils y ont été attentifs, je n'ai pas la moindre idée de ce qui va se passer. Les matelots vont-ils voter en faveur d'O'Brian ou de Kyno ? Et qu'en sera-t-il de nous – de moi surtout ! – s'ils veulent garder l'usurpateur pour capitaine ?

— Qui pour le capitaine Rick ? s'écrit soudain le dénommé Hazel en levant la main.

Un frisson me parcourt tandis que les marins hésitent une seconde. Puis c'est une marée de bras qui s'érige sur le pont. En fait, mis à part Kyno, tous les matelots lèvent la main. Tous veulent redevenir pirates. Tous veulent qu'O'Brian reprenne le commandement de la Lorelei. Je pousse un soupir de soulagement. Pendant un instant, j'ai cru que tout était fichu.

14

Une fois l'excitation retombée, il reste à décider ce qu'il va advenir de l'usurpateur… et de moi. Car oui, je suis toujours entre les mains des marins – euh, pardon, des pirates – et ils ne semblent pas vouloir me lâcher sous prétexte qu'O'Brian est redevenu leur capitaine. Je lève donc les yeux vers ce dernier, espérant happer son regard. Hélas, ce n'est pas moi qu'il regarde, mais l'homme sur la dunette, Kyno.

— Pour ce que tu as fait à mon bateau, et à mon équipage, tu mériterais la planche ! le menace-t-il. Mais je vais te laisser une chance de vivre.

Les deux hommes se toisent. Puis O'Brian demande qu'on lui donne un sabre et intime à l'usurpateur de se saisir du sien. Je comprends que le temps des discours est terminé. À présent, l'heure est venue pour eux de combattre. Mais tandis qu'ils se mettent en garde sous les regards excités des membres de l'équipage, le capitaine informe son vis-à-vis :

— Par ce combat, c'est toi qui choisiras ta fin. Soit tu parviens à rejoindre la cale et je te ferai enfermer dans l'une de tes précieuses caisses de marchandises avant de te débarquer quelque part…

— Je ne suis pas lâche à ce point. Cesse de jacasser Rick !

À ces mots, Kyno engage le combat. Il saute au bas de la dunette et, d'un geste précis, vise le visage d'O'Brian. Mais celui-ci pare sans mal le coup, feinte et attaque à son tour. Si, au début, les lames semblent danser au gré d'une valse douce, l'échange se transforme rapidement en duel à mort. Chaque coup porté espère toucher pour tuer. Mais les deux hommes sont d'excellents bretteurs et les lames ne rencontrent que le métal ou le bois du navire.

Toutefois, à force d'acharnement, O'Brian parvient à faire reculer son ancien Second. Il le pousse jusqu'à la rambarde du gaillard d'arrière. Et, lorsque Kyno est acculé, le capitaine le désarme. La pointe de son sabre tient l'usurpateur en respect.

— La planche ! s'écrie soudain un pirate.

— La planche ! reprennent d'autres voix.

— Tu entends ? demande O'Brian à Kyno. Il semblerait que nos hommes ne te portent déjà plus dans leur cœur... Ni moi non plus d'ailleurs ! Alors dis-moi, qu'as-tu fait de la planche ?

L'homme acculé déglutit. Visiblement, il n'a rien à répondre à la question du capitaine. Et de toute façon, quelqu'un se charge de le faire à sa place. La planche a été enlevée dès que la Lorelei est devenue un navire marchand. Mais les matelots, pirates dans l'âme, l'ont conservée.

— On la replace tout de suite capitaine ! fait la voix du maître d'équipage.

Puis il donne des ordres et, en l'espace de quelques minutes, la planche retrouve sa place à bâbord.

— Allez ! fait O'Brian. Voyons voir si tu as autant de chance que moi lorsque tu seras seul au milieu de l'océan !

Sans un mot de plus, le capitaine pousse Kyno jusqu'à la planche. Il le force à monter dessus puis monte à son tour. Sabre en avant, il intime à l'usurpateur d'avancer jusqu'à l'extrémité de la planche.

Je retiens mon souffle. J'ai déjà vu des mises à mort, mais j'avoue que celle-ci me dérange presque. Cet homme ne mérite pas un tel supplice. Après tout, même s'il en a fait un navire de marchandises, Kyno a su garder la Lorelei ainsi que ses hommes. Il a su leur offrir une vie tandis que leur capitaine avait disparu. Comment peuvent-ils bien vouloir sa mort ? Je me rappelle alors que ce sont des pirates. Que même lorsqu'ils étaient grimés en marchands, ils ont gardé cette planche précieusement, espérant sans doute renouer avec leur vraie nature.

— Maintenant saute !

La voix du capitaine me ramène à la réalité.

Évidemment, Kyno n'a pas envie de sauter. Toutefois, il ne dit rien, ne supplie pas O'Brian de lui laisser la vie sauve. Lui aussi a été pirate.

— Je vais le faire Rick. Mais j'espère pour toi que je n'aurai pas ta chance… Car dans le cas contraire je passerai ma vie à chercher vengeance.

Puis il se tourne vers l'équipage et les menace :

— Vous le regretterez !

Ce sont ses derniers mots, car le voilà qui se laisse tomber. C'est à peine si j'entends le bruit de son corps qui rencontre les vagues. Déjà, les voix des hommes sur le pont crient longue vie au capitaine Rick. Ce dernier se penche par-dessus bord, comme pour vérifier le destin tragique de son usurpateur. Puis il hoche la tête et se tourne à nouveau vers nous. Vers moi.

Sans un mot, il braque ses yeux bleus sur moi. J'ai l'impression qu'il pénètre mon âme, s'insinue dans mon esprit. Je détourne donc le regard, mal à l'aise. Que va-t-il faire de moi à présent que Kyno n'est plus ? Va-t-il tenir sa promesse et m'aider ? Ou va-t-il me faire subir à mon tour le supplice de la planche ?

— Amenez-la-moi ! déclare-t-il soudain.

Les hommes qui me tiennent me poussent vers lui – et donc aussi vers la planche. Lorsque je suis face au capitaine, on lui demande ce qu'il compte faire de moi. Comme quoi, je ne suis pas la seule à me poser la question !

— Lâchez-la, elle n'ira nulle part.

Les pirates obéissent, mais ils restent toutefois près de moi, la main sur leur rapière ou sur la crosse de leur pistolet.

Après un nouveau regard appuyé, O'Brian se tourne encore vers son équipage.

— Les amis, c'est grâce à cette fille que j'ai pu revenir sur la Lorelei.

Je déglutis. C'est peut-être la vérité, mais ce n'est pas toute la vérité… Qu'en sera-t-il lorsque le capitaine aura mis ses hommes au courant de ce qu'il compte faire ? De ce que je dois faire ? Mais visiblement, de tels « aveux » ne sont pas pour tout de suite. Au lieu de cela, il raconte notre « histoire ». Il explique à ses marins comment je l'ai libéré, comment nous avons rejoint Socoroff et toute l'aide que je lui ai apportée lors de ce voyage. Il leur raconte également comment, grâce à moi, il a pu monter à bord de son bateau en tant que passager clandestin. À ce moment, quelques murmures s'élèvent. Ceux des marins qui reconnaissent en moi la fille de la taverne. Toutefois, je ne les écoute pas longtemps. Je préfère me concentrer sur l'histoire que leur raconte le capitaine. Notre histoire. Et le récit d'O'Brian emplit mon cœur de fierté.

À le croire, je suis une véritable héroïne sans laquelle ce qu'il vient de se passer n'aurait jamais pu avoir lieu. Malheureusement, ses matelots ne semblent pas convaincus. Contrairement au discours de tout à l'heure, ils ont des doutes sur la véracité de cette fable que leur conte leur capitaine. Et les rares qui n'en ont pas sont de toute façon d'accord sur le fait qu'une femme n'a rien à faire sur un navire, encore moins sur un navire pirate !

— Ne me dites pas que vous croyez à ces fadaises ! s'exclame le capitaine en entendant les murmures de ses hommes. Une femme ne porte pas plus malheur à un navire qu'un chat ! Or, vous savez comme moi que ces animaux sont très utiles contre les rats ! Et bien croyez-moi, les femmes aussi peuvent être utiles !!

À ces mots, l'assemblée des pirates s'esclaffe de rire. Encore une fois, je ne suis pas sûre que le capitaine choisisse les bons mots…

— Et puis, reprend-il lorsque les hommes se taisent à peu près, Annabelle n'est pas une femme, c'est une timonière ! Voilà pourquoi, dès à présent, elle prendra ta place, mon bon Heimata.

O'Brian se tourne alors vers celui qui tient la barre, sur le gaillard d'arrière. Quant à moi, je suis sous le choc. Le capitaine a retenu mon prénom ? Je n'en reviens pas ! Moi qui pensais qu'il n'en avait rien à fiche de moi… Il faut croire qu'il me considère un peu finalement. Sans que je comprenne trop pourquoi, un sourire de satisfaction se dessine sur mes lèvres. Sourire bien éphémère lorsque je vois la tête de l'actuel timonier-pilote.

Ses yeux bridés sont arrondis de surprise. Puis ils s'étrécissent à nouveau. De rage. Sur la roue, ses mains se crispent. Visiblement, il n'a aucune envie de céder sa place.

— Capitaine, tu n'y penses pas ! Une femme sur le bateau passe encore, mais de là à lui donner la barre…

Le capitaine éclate de rire.

— Tu as raison mon ami ! Il est hors de question qu'elle touche à la roue !! Voilà pourquoi j'aurai encore besoin de toi. Tu es le meilleur pilote des océans et je compte bien te garder à mes côtés pour diriger la Lorelei…

— Mais alors…

— Anna… je peux t'appeler Anna ? me demande-t-il en se tournant vers moi.

Je hoche la tête et me souviens que c'est ainsi que m'appelait ma famille d'accueil.

— Anna, disais-je, s'occupera de nous guider. Crois-moi, elle n'a pas son pareil pour conduire les gens vers la fortune… Ne m'a-t-elle pas, moi, conduit vers vous ?

Heimata hausse les épaules, résigné. Bon gré, mal gré, il accepte de partager son poste avec moi. Il doit rudement faire confiance à son capitaine !

— Bien ! dit encore O'Brian en se tournant vers le pont. Des questions ?

— Qui sera ton Second, capitaine ? demande le maître d'équipage, cette brute au crâne rasé et à la peau couverte de cicatrices.

— Je n'en aurai pas. Après le fiasco « Kyno », je ne crois pas qu'il soit nécessaire que je prenne un nouveau Second. Vous connaissez tous ce bateau, vous savez tous ce que vous avez à faire. Et puis… je peux bien donner mes ordres moi-même, non ?

— Ça oui ! s'écrient plusieurs marins.

— Parfait ! Dans ce cas les gars, mettons les voiles et débarrassons-nous de ces saletés de marchandises qui envahissent ma cale et nous empêchent de stocker des trésors !

15

Depuis mon initiation, à treize ans, j'ai souvent voyagé à bord de bateaux. La première fois que je suis montée sur une embarcation, j'avais la boule au ventre, peur d'avoir le mal de mer. Ma famille d'accueil, en bonne traditionaliste des descendants des Tueurs de Dragons, m'avait pourtant promis que j'adorerais cela. Ils m'avaient parlé des paysages, des couchers de soleil, des teintes que prenait l'océan aux différents moments de la journée. Malgré tout, j'avais eu peur. J'étais angoissée à l'idée de n'être entourée que d'eau. Je craignais de ne plus pouvoir rejoindre la terre ferme saine et sauve.

Jusqu'à ce que je lève les yeux.

Aussitôt, j'étais tombée amoureuse de l'horizon. Depuis, je n'ai jamais vraiment mis pied à terre. J'ai toujours quitté un navire pour en rejoindre un autre. Et, surtout, j'ai apprécié le moindre de mes voyages.

C'est donc d'un œil aussi émerveillé que d'habitude que j'observe ce qui m'entoure. Le pont rempli de matelots affairés, les voiles fouettées par les vents, et partout ailleurs, la mer. Les embruns qui déposent sur mon visage de minuscules cristaux de sel. L'air iodé que je respire à pleins poumons. Après l'épisode que nous venons de vivre, tout semble calme, paisible…

— Anna ! s'écrie soudain le capitaine, brisant la tranquillité que je voulais savourer. Viens voir par ici.

Je lève les yeux vers le gaillard d'arrière. Le capitaine O'Brian se tient au côté de Heimata, son pilote et ancien timonier. Ce dernier me jette un regard noir avant de se concentrer à nouveau sur l'horizon.

Peu sûre, je me hisse à l'arrière du bateau pour rejoindre O'Brian. Quand il s'adresse à moi, il ne me regarde pas. Tout comme son pilote, il a les yeux braqués sur l'horizon.

— Je suppose que tu as besoin de cartes, timonière…

Je m'apprête à répondre « non », mais, au dernier moment, je me mords la langue. Tout le monde sait bien que les timoniers ont besoin de cartes. Je fais donc oui de la tête.

— Et je suppose aussi qu'en tant que… jeune fille, tu as aussi besoin d'intimité…

— Je…

— Parfait ! Dans ce cas, tu prendras ma cabine.

À ces mots, Heimata se tourne vers son capitaine, étonné.

— Tout va bien pour toi, Rick ?

— C'est capitaine Rick, ne l'oublie pas…

— Ma question reste la même *capitaine* Rick… t'es sûr que tout va bien ?

Le capitaine ne répond pas. Comme si l'affaire était réglée, O'Brian lâche un nouveau « parfait » avant de me faire signe de le suivre. Nous nous tournons alors vers la cabine privée du capitaine, située juste derrière la barre.

Le pirate ouvre la porte et me laisse passer la première. Puis il entre à son tour et referme derrière nous. Tandis que le capitaine se dirige, en maître des lieux, vers le bureau et y prend place, j'inspecte la pièce devant moi.

La cabine est spacieuse et en même temps modeste. Le grand lit double est défait. À sa gauche se trouve une vieille armoire en bois maintes fois repeinte, sans doute pour dissimuler au mieux les trous de mites. À moins que la peinture utilisée ne soit un traitement contre les xylophages. À droite, je trouve une grande bassine qui doit servir de baignoire. Jamais je n'aurais cru que les pirates se lavaient ! Et donc, devant le lit, le bureau du capitaine.

— Tu as bien réagi tout à l'heure, me dit-il après m'avoir laissé le temps d'observer la pièce. Personne ne doit savoir pour le médaillon. Du moins, pas avant que je l'aie décidé.

Ça me parait sage. Mais je n'en dis rien. Après tout, je n'ai que seize ans : quelle idée puis-je bien avoir de ce qui est sage ou non ?

— Tu resteras ici à partir de maintenant. Ainsi, mes hommes n'auront pas à te voir… et tu pourras nous guider sans qu'ils sachent comment.

Je fronce les sourcils. Pourquoi ses hommes ne devraient-ils pas me voir ? J'ai envie de le lui demander, mais finalement, je choisis de me taire. La réponse est peut-être tout simplement parce qu'ils n'ont pas encore complètement accepté ma présence à bord. Ni le poste auquel vient de me propulser le capitaine. Ou encore parce que la vue d'une femme, même jeune – peut-être même *surtout* jeune – attise leurs désirs.

— Bien. Puisque nous nous sommes compris, je vais te laisser. Je viendrai te voir de temps en temps pour « te demander où nous devons aller ».

Ce disant, il mime les guillemets. Puis il se lève et prend la direction de la sortie. Cette fois, c'en est trop. Je ne peux plus me taire. J'ai beau être une fille, n'avoir que seize ans, c'est tout de même grâce à moi – si ce n'est pour moi – qu'il a récupéré son navire ! Et puis je ne suis pas complètement idiote, je sais ce qu'être timonier signifie.

— Et comment suis-je censée guider un navire si je ne peux voir où nous sommes ?

À deux pas de la porte, le capitaine se fige. Puis, sans se retourner, il admet que j'ai raison. Je sortirai donc deux fois par jour, le matin et le soir, pour prendre connaissance de notre position.

— En dehors de ces deux sorties journalières, tu resteras en cabine.

Cette fois, il ne me laisse pas le temps de répondre et sort. Un instant, j'ai envie de courir après lui, de lui rappeler pourquoi il est là, pourquoi *je* suis là. Mais je n'en fais rien. Car en réalité, je crois comprendre pourquoi il me traite ainsi, pratiquement comme une prisonnière. J'imagine qu'en m'enfermant ici, le capitaine veut éviter à ses pirates de voir en moi une menace ou pire, une tentation… Après tout, ils restent des hommes.

Et puis, je ne suis pas vraiment prisonnière. D'une, j'ai plus de place que je n'en ai jamais eue sur un bateau. De deux, la porte n'est pas fermée à clé. Je peux donc sortir quand je veux… Certes, on m'a donné l'ordre de rester enfermée ici, mais en pratique, si je voulais sortir, je pourrais. Cela étant, il semble plus sage de rester à l'intérieur. Mais que vais-je bien pouvoir faire pendant tout ce temps ?

D'un pas incertain, je me dirige vers le bureau où était assis le capitaine un peu plus tôt, en fais le tour, puis finis par y prendre place. Le siège est assez confortable, mais j'imagine qu'il n'est pas fait pour que l'on y reste des heures. Mes yeux parcourent la table devant moi. Elle est faite de bois, simple, sans fioriture. Les bords du bureau remontent pour éviter que les cartes ne se fassent la malle au moindre changement de trajectoire. Quelques parchemins sont d'ailleurs étalés ici et là. Sur la droite, je trouve un encrier et une plume. En dessous, j'aperçois deux tiroirs auxquels je n'avais pas prêté attention jusque là. J'ouvre le premier et y trouve un carnet de bord. J'hésite à le feuilleter avant de le remettre dans le tiroir qui, en dehors du petit cahier, est entièrement vide. J'essaie ensuite d'ouvrir le second tiroir, mais il me résiste. Visiblement, il est fermé à clé. Pourtant, je ne vois pas de serrure…

Ne sachant trop que faire, je tire le médaillon de sous ma chemise. La boussole magique trouve parfaitement sa place dans ma paume et j'observe l'aiguille qui se positionne rapidement vers notre destination. À en croire le collier qui ne me serre pas, j'imagine que nous suivons la bonne direction. J'ignore comment une telle chose est possible alors que nous sommes sans doute en plein milieu de l'océan, mais je ne vais pas m'en plaindre !

Après avoir longuement observé mon médaillon, je le glisse à nouveau sous mes vêtements et me lève. Toujours à la recherche d'une quelconque occupation, j'ouvre l'armoire et la fouille sommairement. Sans surprise, je n'y trouve que des vêtements d'homme. À première vue, ceux du capitaine O'Brian. Mais vu le temps que l'usurpateur a passé dans cette cabine, je revois mon jugement. Ce n'est pas parce que ces habits ressemblent à ceux que porte le pirate en ce moment même qu'ils ne peuvent pas appartenir au marchand… Mais je m'égare, à la recherche de la moindre distraction.

Je referme donc l'armoire et vais m'allonger sur le lit. Le matelas est mou, j'imagine qu'on n'y dort pas très bien. Mais sans doute mieux que dans les hamacs dont j'ai l'habitude ! Je laisse d'ailleurs volontiers la fatigue s'emparer de moi et m'endors rapidement.

16

Un long croassement me réveille, tout de suite suivi par des éclats de voix. Le temps que je réalise ce qui se passe, un deuxième retentit, plus affolé que le premier.

— Oiseau de malheur ! s'écrie quelqu'un sur le pont.

Il ne m'en faut pas plus pour comprendre ce qui se passe. Beaucor a dû se faire remarquer et, à n'en pas douter, les pirates voient en lui un mauvais présage. Ni une, ni deux, je saute au pied du lit. J'aurais voulu me précipiter vers l'extérieur avant que ne retentisse ce troisième croassement des plus sinistres, mais une douleur dans le dos me retient. Et dire que je pensais cette couche plus confortable que les hamacs des matelots ! Oui, mais voilà, c'est peut-être ça le problème : je n'ai pas l'habitude de ce… confort. Quoiqu'à bien y réfléchir, ce n'est pas la première fois que je dors dans un lit tout de même ! Ma famille d'accueil me traitait fort bien, j'étais comme leur fille et avais ma propre chambre…

Un quatrième croassement me rappelle que je n'ai pas de temps à perdre. Je cesse donc de ressasser des souvenirs, vérifie que je peux sortir de la cabine telle que je suis et fonce sur le pont. Dès qu'ils me voient apparaître sur le gaillard d'arrière, les pirates me montrent du doigt et m'accusent d'être la cause de leur malheur. Si je n'étais pas à bord, ce « maudit volatile » ne serait pas là, lui non plus. Je n'ai pas le temps de répondre que Beaucor pousse un nouveau cri. Je lève alors la tête et l'aperçois. Il est perché juste au-dessus de la vigie et semble narguer l'un des gabiers.

— Beaucor ! je m'écrie en descendant sur le pont, sans me soucier de ce que vont penser les pirates.

Aussitôt, le volatile baisse la tête vers moi et nos regards se croisent. Ses perles de jais rencontrent mes iris verts et nous restons un instant à nous fixer. Puis il ouvre un large bec et crie « *Annabelle* », avant de plonger vers moi. Évidemment, les pirates ont entendu, comme moi, ce que l'oiseau vient de dire. Et, dès qu'il se pose sur mon épaule gauche, ils n'hésitent pas à me traiter de sorcière.

Tandis que la plupart des pirates reculent, de peur, les plus courageux d'entre eux s'approchent dangereusement de moi, arme au poing. Je me saisis alors également de mes couteaux et leur crie de ne pas faire un pas de plus. Ils hésitent un instant, puis continuent leur avancée. C'est alors que résonne la voix du capitaine O'Brian :

— Qu'est-ce qui se passe ici ?

D'un bond de félin, il descend à son tour sur le pont et vient se placer entre ses hommes et moi.

— Capitaine, fait le maître d'équipage qui avance parmi les plus téméraires, cette fille est une sorcière. Son corbeau parle, nous l'avons tous entendu !

O'Brian se retourne vers moi, avise Beaucor puis fait de nouveau face à ses hommes. C'est à peine s'il m'a regardée.

— Annabelle a un corbeau qui parle, et alors ? N'avez-vous jamais entendu parler de pirates qui se trimballent avec un oiseau sur l'épaule, comme elle en ce moment ? Et n'avez-vous jamais entendu dire que ces oiseaux parlaient ?

Dans un silence de mort, le maître d'équipage lance :

— Les oiseaux dont tu parles sont des perroquets capitaine, pas des corbeaux !

— La plupart du temps, c'est vrai. Mais crois-tu que j'aurais insisté pour qu'une sorcière et son familier montent à bord de la Lorelei ? Après tout, le nom de mon bateau n'est-il pas aussi celui d'une célèbre sorcière justement ?

Tous se taisent, comme si le capitaine venait de donner un argument irréfutable mettant fin au débat. Mais ce qu'il vient de dire n'a rien d'un argument, c'est plutôt une ruse. Et elle fonctionne puisque le maître d'équipage finit par hausser les épaules avant d'intimer aux autres de reprendre leur labeur.

De son côté, le capitaine O'Brian se tourne vers moi et me demande ce que je fais hors de la cabine. Je lui dirais bien que j'avais perçu la détresse de Beaucor dans ses cris, mais j'ai comme l'impression que ce serait jouer avec le feu. Alors je mens en affirmant que c'est ma sortie du matin. Bien qu'il ne soit pas dupe, le capitaine finit par acquiescer et m'invite à les rejoindre sur la dunette.

Tandis que je prends place à côté de lui, je sens le regard de Heimata peser sur moi. Si, jusqu'ici, il ne m'aimait pas parce qu'il estimait, avec raison, que j'avais usurpé sa place, maintenant, il se méfie de moi. L'homme me toise de haut en bas, revenant sans cesse à Beaucor. Ce dernier frissonne, sentant qu'on ne l'apprécie guère plus que moi – vu la race à laquelle il appartient, il devrait pourtant avoir l'habitude !

— Alors timonière… on va où ?

La voix de Heimata est aussi hostile que son regard. Je ne réponds rien. Quelque part, je le comprends.

D'instinct, je porte la main à mon médaillon, sans toutefois aller jusqu'à l'étreindre. Car si le capitaine a pu convaincre ses hommes que je n'étais pas une sorcière malgré mon corbeau qui parle, pas sûr que son argumentaire lacunaire parviendrait à les retenir de me brûler vive s'ils voyaient ce médaillon ! Moi-même, j'avoue que je ne sais toujours pas quoi en penser. Bien sûr, je sais qu'il nous conduira au Trésor des Nébuleux – enfin si on suit ses indications – et, par la suite, à l'endroit où nous devrons le déposer… Mais je ne peux m'empêcher de me demander pourquoi il m'a été donné. Et pourquoi, depuis que je le porte autour du cou, ce corbeau me suit-il ? Ce corbeau qui parle d'une voix de femme…

Comprenant à son regard interrogatif que le pilote attend réellement une réponse de ma part, je regarde l'horizon, fronce les sourcils en prenant un air de réflexion avant d'affirmer que nous suivons toujours la bonne route.

— La route pour aller où ? veut-il encore savoir.

— Vers la piraterie, répond le capitaine O'Brian avant que j'aie le temps de dire quoi que ce soit.

Puis, renonçant à me faire monter sur la dunette, il me fait signe de retourner dans la cabine – dans ma prison. Je serre les poings, plantant mes ongles dans ma chair. Je n'ai vraiment pas envie qu'il me traite comme ça pendant tout le temps qu'on passera ensemble. Mais pour le moment, je ne sais pas quoi faire pour qu'il l'entende. Alors je me tais, et je souffre en silence. Et, surtout, j'obéis et retourne dans la cabine.

Quelques minutes plus tard, O'Brian fait irruption dans la pièce qui me sert de prison. En repoussant la porte derrière lui, je découvre qu'il a maintenant une clé et qu'il s'en sert pour nous enfermer. L'espace d'un instant, je crains le pire. Mes muscles se tendent et j'attrape mes couteaux. Puis, face à son regard toujours aussi vide, je me rassure en me disant qu'il n'est pas ce genre d'homme. S'il voulait abuser de moi, il aurait pu le faire à de nombreuses reprises avant aujourd'hui. Mes muscles se détendent donc. Pour autant, je ne lâche pas mes couteaux. On n'est jamais trop prudent !

Après notre bref échange de regard, le capitaine se dirige vers l'une des deux bibliothèques et en sort quelques cartes. Il les étale ensuite sur le bureau et, une boussole à la main, semble étudier notre direction. Je me racle alors la gorge et lui demande d'un ton hésitant :

— Où… Où allons-nous ?

Sans dire un mot, il place son doigt vers une île. Elle me parait toute petite comparée à celle qui se trouve de l'autre côté du Continent, mais peut-être est-ce seulement dû au fait que je n'ai jamais lu la moindre carte. Quelle timonière je fais, vraiment ! Lui en revanche, il sait ce qu'il fait. Il sort un sextant et commence à mesurer la distance qu'il nous reste à parcourir. Ses yeux bleus, soudain plus vifs que jamais, oscillent entre la carte et la boussole. Soudain, il me demande :

— Fais voir le médaillon !

Ce disant, il tend la main vers moi. Je suis sûre qu'il l'a fait par réflexe, car il sait très bien que je ne peux pas ôter l'objet de mon cou.

Lentement, je tire le médaillon de sous mes vêtements et m'approche du capitaine. Nous voyons alors que l'aiguille de sa boussole indique la même direction que le médaillon.

— Parfait, déclare O'Brian.

Puis il range le sextant et la boussole du côté droit de la carte qu'il a dépliée sur le bureau et se dirige vers la porte. Il la déverrouille, mais laisse la clé de mon côté. Sans se retourner, il m'indique que c'est pour moi, pour que je me protège, au cas où… Je comprends alors que ses arguments – ou plutôt sa ruse ! – ne tiendront pas longtemps face au scepticisme de ses hommes. Et, dès qu'il est dehors, je m'empresse de fermer la porte à clé derrière lui.

17

La vie en cabine n'est finalement pas si horrible que ça, même si mes deux sorties journalières sur le pont me font penser à une vie de prisonnière. De plus, en dehors de ces moments où les pirates me regardent comme si ma présence à bord signifiait leur mort prochaine, je n'ai pas vraiment de contacts humains. Le capitaine O'Brian passe me voir une fois par jour, mais en fait il ne vient pas tant pour moi que pour étudier les cartes. Armé de sa boussole et de son sextant, il accomplit le travail que je suis censée faire. Ses hommes ne disent rien, mais je suis sûre qu'ils se doutent de quelque chose. Surtout Heimata. De fait, on ne peut pas dire que je sois très prolixe quant à la route que suit la Lorelei. C'est toujours O'Brian qui donne les ordres.

J'ai l'impression que le capitaine me parle le moins possible. Il vient dans la cabine, fait ce qu'il a à faire, et repart. Parfois, c'est à peine si j'ai droit à un bonjour ou même à un regard. Bien sûr, il consulte aussi mon médaillon. Pour l'instant, la direction qu'il indique est la même que celle qu'O'Brian veut prendre pour atteindre l'île sur laquelle il a le projet de se débarrasser de la marchandise de l'usurpateur et sans doute aussi de ravitailler son navire. Bref, il n'a pas besoin d'échanger avec moi. Je l'ai très vite compris quand, penché sur ses outils de navigation, il me tend la main pour que je lui montre mon médaillon. Car si au début, il me le demandait, maintenant, il ne fait plus que tendre la main.

J'ai bien pensé à protester, à demander à pouvoir sortir plus de deux fois par jour afin de ne pas me sentir coincée ici… Mais à chaque fois, les mots sont restés bloqués dans ma gorge. Et puis il faut dire que les regards que me lancent les pirates sont des plus dissuasifs. Il faudrait être bête pour vouloir rester aux côtés de ceux qui, ostensiblement, veulent votre mort !

Mais alors que je m'asperge le visage d'eau pour me réveiller avant de sortir sur le pont pour mon tour d'horizon du matin, j'entends la vigie qui crie :

— Terre ! Terre !

Aussitôt, les pas des pirates se précipitent sur le pont et j'entends que l'on s'affaire avec les cordages et la voilure. Excitée à l'idée de voir la terre approcher – même si je sais que c'est en réalité l'inverse qui se passe –, je ne prends pas le temps de me sécher le visage et sors en trombes de la cabine. Contrairement à d'habitude, personne ne semble me remarquer. Ils sont tous trop occupés à effectuer leurs tâches respectives. J'en profite donc pour courir jusqu'au gaillard d'avant afin d'avoir la meilleure vue possible.

Là, je manque de percuter le capitaine O'Brian. Alors que je recule en m'excusant, il me jette un bref coup d'œil avant de visser de nouveau son regard sur l'horizon... et la terre qui nous attend.

Vue d'ici, cette île ne semble pas en être une. Je veux dire par là qu'on ne voit pas où elle s'arrête. Elle est comme une langue de terre au milieu de l'océan. Et pour le moment, les Dieux seuls savent jusqu'où s'étend cette langue. Les Dieux, et les bons timoniers. Ce que je ne suis pas. J'ai beau avoir regardé la carte en même temps que le capitaine, j'ai du mal à m'imaginer les lieux. Sur le papier, l'île paraissait si petite... Mais maintenant, elle emplit l'horizon !

— On y sera en fin de journée.

Voilà bien longtemps que le capitaine ne m'avait pas adressé la parole et, bien sûr, il ne s'est pas encombré d'un « bonjour, comment vas-tu ? ». Toutefois, je suis mauvaise langue, car le voilà qui reprend :

— Tu devrais rester dans la cabine. On n'a plus besoin de toi, on sait où on va... Et enferme-toi ou tu risques d'être débarquée en même temps que la marchandise.

Sans un mot de plus, il me tourne le dos et saute sur le pont avant de rejoindre l'arrière du bateau et le pilote. Pour l'amabilité, on repassera hein !

Après être restée quelques minutes supplémentaires à contempler cet horizon de terre, je descends à mon tour du gaillard d'avant et retourne dans la cabine. Sur ordre du capitaine – car faut pas se leurrer, c'était bien un ordre –, je ferme la porte à double tour. Toutefois, comme je ne peux garder pour moi la colère que je ressens, je pousse un grognement de rage. Cette colère, je la dois à l'idée d'être enfermée ici alors que tout ça, tout ce chemin, c'est pour moi. Oui, c'est bien moi qui ai demandé son aide au capitaine. C'est bien moi qui l'ai mis sur la piste du Trésor des Nébuleux. Moi, et Beaucor. Car il ne faudrait pas l'oublier celui-là !

Depuis que les pirates l'ont trouvé et ont voulu le chasser, il n'a plus quitté la cabine du capitaine ; pas même pour m'accompagner lors de mes deux sorties quotidiennes. Au lieu de cela, il est resté là, perché sur le bord du tonneau qui me sert de baignoire. Il passe son temps à me regarder, fixant inlassablement sur moi ses perles d'ébène.

— Je ne sais pas combien de temps on va rester là, dis-je en m'affalant sur le lit.

Pour toute réponse, j'ai droit à un croassement. En même temps, ce n'était pas une question… et puisque de toute façon, lui, il reste ici, ça ne fait pas de grand changement. Le voilà d'ailleurs qui s'ébroue un peu, fait deux pas sur le bord du tonneau et continue de me regarder, comme si de rien n'était. Quant à moi, je tends le bras vers la table de nuit et me saisis du bouquin que j'y ai laissé la veille. Car à part lire, il n'y a pas grand-chose à faire ici. Alors je bouquine, piochant l'un après l'autre les livres qui font ployer sous leur poids les bibliothèques du capitaine. En ce moment, je suis l'histoire d'un pirate déjanté qui part à la recherche de la Fontaine de Jouvence. Comme si une telle chose pouvait exister ! Une eau qui vous permettrait de savourer une jeunesse éternelle. Non, vraiment, les auteurs ont trop d'imagination !

Quand mes yeux sont fatigués de lire les petits caractères et que mon ventre grogne sa faim, je repose le bouquin et me lève. Debout, je m'étire et fais craquer les os de mon dos puis de ma nuque. Je vais ensuite au bureau et prends un biscuit dans l'assiette laissée par le capitaine la veille. Le gâteau sec est un peu rassis, mais il passe très bien dans mon estomac affamé. D'ailleurs, ce dernier en veut encore. J'en mange donc deux de plus. Le dernier, le plus petit, je l'émiette avant d'inviter Beaucor à me rejoindre. Après un croassement et un bref regard à sa pitance, l'oiseau déploie ses ailes et vient se poser près de l'assiette. Tout comme moi, il semble savourer ce repas frugal.

Je passe le reste de la journée à attendre. Je lis quelques chapitres, dors un peu, observe l'aiguille de mon médaillon… Rien de bien passionnant, mais je fais mon possible pour oublier que je suis prisonnière ici alors que je pourrais assister à l'entrée dans le port de la Lorelei depuis le gaillard d'avant.

À un moment, je sens le navire ralentir et ses lests cogner contre le quai. Nous sommes arrivés. Sur le pont, des hommes s'affairent encore à descendre les voiles tandis que d'autres s'occupent à amarrer le vaisseau. Depuis la dunette, juste au-dessus de moi, j'entends le capitaine lancer ses ordres, relayés par le maître d'équipage un peu plus loin.

Ensuite, tout va très vite. On décharge les marchandises et tout l'argent du transport est divisé entre les marins. Le capitaine, lui, n'en veut pas. Pirate un jour, pirate toujours. Toutefois, il ne peut empêcher ses hommes de toucher ce qui leur est dû. Après tout, ils ont travaillé… et on ne fait jamais rien pour rien.

Comme l'ambiance sur le pont semble apaisée, j'en profite pour sortir. C'est alors que je vois le coq Hazel apostropher O'Brian :

— Capitaine Rick, je te rappelle qu'on a besoin de ravitaillement. Et je crois que les jumeaux vont aussi vouloir deux ou trois trucs pour le bateau.

O'Brian hoche la tête. Il fait ensuite venir les jumeaux, que je devine être le charpentier et le voilier. Les deux blonds au regard d'eau lui confirment qu'ils ont besoin de toile, de cordages, de bois et de suif pour les réparations en cours et à venir.

— On fait escale ? demande soudain le capitaine en m'apercevant.

Machinalement, je porte la main à mon médaillon. Cette fois, je ne suis pas assez prompte dans ma réflexion et ne peux m'empêcher de le saisir à travers mon vêtement. Heureusement, à part le capitaine, personne ne semble comprendre mon geste. Je le lâche donc comme si je ne venais pas de toucher à un puissant objet magique et déclare, nonchalamment :

— C'est vous le capitaine.

O'Brian hoche la tête.

— On reste à quai jusqu'à l'aube… Veillez à ce que personne ne s'approche de la Lorelei !

18

— On va rester ici cette nuit, me répète O'Brian. Tu peux descendre, mais je te conseille de rester à bord.

Toujours la même histoire…

— Et vous, capitaine ? Vous faites quoi ?

Il ne répond pas tout de suite. Son regard est vissé sur un point que lui seul peut voir. Lorsqu'il reprend la parole, c'est avec ce même ton neutre dont il ne se départit que pour haranguer ses hommes.

— Je vais fureter ici et là, à la recherche d'un navire à aborder en mer… Ensuite, je reviendrai.

À son attitude, j'ai l'intime conviction qu'il ne s'adressait pas à moi. Il vient d'énoncer ce qu'il allait faire, certes, mais c'était plus pour lui-même que pour me faire la discussion. Comme je n'ai pas envie de rester encore dans cette cabine à m'ennuyer ferme, je lui demande si je peux l'accompagner. Après tout, il le sait, je n'ai pas mon pareil pour soutirer des informations ! Il me lance alors un regard dubitatif avant de déclarer :

— Seulement si tu arrêtes de me servir du « vous ».

Puis, sans un mot de plus, il quitte la cabine. J'avoue que je ne m'attendais vraiment pas à ce qu'il accepte… en tout cas pas avant que j'argumente ! Du coup, je m'empresse de lui emboîter le pas. Si la seule condition pour que je le suive, c'est que je le tutoie, pas de problème !

Derrière moi, j'entends le battement d'ailes de Beaucor qui, l'instant d'après, se pose sur mon épaule.

— Je te préviens, lui dis-je, tu ne vas peut-être pas pouvoir rester…

O'Brian se tourne vers moi. Il a dû croire que c'était à lui que je m'adressais. Mais en voyant le corbeau, il comprend et se remet à marcher. Avant de quitter la Lorelei, le capitaine donne ses instructions. Des hommes resteront à bord tant qu'il ne sera pas revenu. Certes, il n'y a pas encore de trésor dans nos cales, mais ce n'est pas une raison pour laisser le navire sans surveillance. On n'est pas des marchands, perdre ce bateau signifierait notre mort en tant que pirates. Les hommes hochent la tête et commencent à organiser des rondes jusqu'au retour du capitaine. Parmi eux, quelques-uns m'observent à la dérobée et je sens l'animosité percer dans leurs regards. À moins que ce ne soit autre chose…

Nous marchons dans les rues les plus sombres de la Cité État. Car c'est là que nous sommes. Et plus précisément dans un quartier surnommé « Port de Plomb », je ne sais pas trop pourquoi… Aucun réverbère ne nous éclaire. Nous avançons à la pâle lueur du fin croissant de lune et, surtout, à celle qui filtre à travers les volets fermés des habitations.

Pas très rassurée, je ne lâche pas mes couteaux, prête à toute éventualité. O'Brian, lui, ne semble pas se préoccuper de l'hostilité de la nuit. J'ignore s'il connaît Port de Plomb, mais il parcourt les ruelles comme si c'était le cas.

Finalement, nous finissons par rejoindre des rues plus larges et éclairées. Les rues marchandes. Ici et là se tiennent des boutiques en tous genres. Beaucoup ont les volets clos, derrière lesquels la lumière des lampes à huile nous informe que les commerçants n'ont pas vraiment fini leur journée. Quant aux commerces qui sont encore ouverts à cette heure tardive, ce sont tous des tavernes.

Soudain, le capitaine s'arrête. Il observe les tavernes, cherchant sans doute celle dans laquelle il trouvera des hommes prolixes qui lui parleront d'un bateau à aborder. Je ne dis rien. J'attends qu'il m'explique comment nous allons procéder. Ce qu'il ne tarde pas à faire.

— Nous allons entrer dans chacune des tavernes. Ensemble. Dès qu'on aura trouvé ce qu'on cherche, on en fera encore deux de plus, puis on rentrera.

Je hoche la tête. Et je me dis que c'est vraiment un bon pirate. En tout cas, le meilleur que j'ai rencontré. Nous nous dirigeons donc vers la première taverne. Mais au moment d'entrer, il me barre le passage en flaquant son bras juste devant, à la hauteur de mon cou. Je déglutis. Beaucor, lui, a tellement pris peur qu'il s'est envolé. D'un air entendu, O'Brian le regarde se poser sur la boutique en face de la taverne. Comme je suppose qu'il voulait simplement me rappeler que les oiseaux – et encore plus les corbeaux – n'avaient rien à faire dans une taverne, je relâche la pression et m'apprête à avancer. Mais le capitaine n'abaisse toujours pas son bras.

— Je m'appelle Rick, OK ?

Il n'attend pas ma réponse et pénètre dans l'établissement. J'inspire largement avant de l'imiter.

La taverne ressemble plus à un restaurant qu'à un repaire de marins. Si le capitaine peut presque passer inaperçu avec ses habits entre deux, ce n'est pas mon cas. Ici, personne n'est armé comme je le suis… ou en tout cas, personne n'affiche ses armes comme je le fais. Pour la première fois, je sens mes couteaux peser lourd à ma ceinture et sur mes jambes.

Sans prévenir, O'Brian éclate d'un rire presque sincère et déclare :

— On dirait que tu n'as pas à t'en faire pour ta vertu ici Anna !

Quelques clients rient avec le capitaine. Puis ça leur passe et ils reviennent à leur occupation première. Le pirate me saisit alors par la taille et m'entraîne vers le comptoir. Se baissant vers moi, il me glisse à l'oreille qu'on ne trouvera sans doute rien ici, mais qu'on doit continuer à jouer jusqu'à ce qu'on soit sorti. Il affirme aussi que je suis très douée… Il faut dire qu'en même temps, contrairement à lui, je ne joue pas, moi ! J'éprouve réellement de la gêne à me retrouver ici, au milieu de tous ces gens qui appartiennent à un autre monde. Et presque autant à sentir le capitaine tout près de moi. Même si, il faut bien l'avouer, ce contact n'a rien de désagréable…

Lorsque nous nous installons au bar, le gars derrière nous regarde avec méfiance. Malgré le jeu du capitaine, j'imagine qu'il a très vite compris que nous n'étions pas dans notre élément. Toutefois, quand O'Brian étale quelques pièces sur le comptoir et commande à boire, l'homme parait rassuré et nous sert sans dire un mot, encaissant au plus vite les quatre sous que lui a donnés le capitaine.

— Tu veux manger quelque chose ? me demande-t-il après plusieurs gorgées.

Toujours trop impressionnée par le lieu où nous sommes, je ne parviens pas à prononcer le moindre mot. Je me contente donc de secouer la tête.

— Je m'en doutais… Finis ton verre, on y va.

Avant que j'aie le temps de faire quoi que ce soit, le capitaine finit le sien, cul sec. Je déglutis et tente de faire de même, mais au bout de quelques instants, je me rends à l'évidence. Je ne sais pas boire comme un trou, moi ! Je suis donc obligée de finir mon verre en plusieurs fois. Pendant ce temps, O'Brian me regarde faire. Ses yeux bleus me scrutent et j'ai l'impression qu'il cherche quelque chose de particulier en moi… Mais quoi ? La raison d'être de ce médaillon qui pend à mon cou ? La certitude qu'il nous mènera bien au Trésor du Peuple des Brumes ? Ou peut-être se demande-t-il tout simplement, tout comme moi d'ailleurs, pourquoi tout cela est tombé sur mon humble personne…

Dès que j'ai fini mon verre, le capitaine salue le barman, descend de son tabouret et… me tend la main. Hésitante, je glisse ma paume dans la sienne et descends à mon tour. Ensuite, il me lâche et se fraye un chemin vers la sortie. Je déglutis. Un instant, j'ai pensé qu'il allait me tenir la main jusque là-bas. Mais ce n'est pas le cas, évidemment. Et j'ignore si cela me soulage ou me déplaît… allez savoir pourquoi !

Une fois dehors, O'Brian se tourne vers moi, hoche la tête d'un air approbateur, puis me montre la prochaine taverne. Il nous faut continuer. Et c'est ce que nous faisons.

Les tavernes se suivent et se ressemblent de moins en moins. Plus nous avançons dans la rue, plus nous pénétrons dans des lieux qui me sont davantage familiers. Peu à peu, les restaurants guindés se transforment en troquets où une fille armée de couteaux ne fait plus se retourner sur elle la moitié des clients. Et, au bout de quatre établissements, nous tombons sur celui que nous cherchons.

La clientèle de la taverne est hétéroclite. On y trouve autant de marins que de soldats du Continent, ou encore d'hommes de la terre. Il y a aussi des femmes, et toutes ne sont pas des filles de joie. Certaines sont des clientes, venues seules ou avec leurs maris. Voilà pourquoi j'ai la certitude que si nous devons dégoter un bon navire à pirater, ce sera ici. D'ailleurs, le capitaine doit penser comme moi puisqu'au lieu de se diriger vers le bar pour commander un verre comme il l'a fait jusqu'ici, il s'assoit à une table.

Quand une jeune serveuse arrive, me regardant un peu comme si j'étais un obstacle entre elle et O'Brian, il nous commande un plat et une chope. Voyant que le capitaine ne lui renvoie aucun des sourires qu'elle lui fait, la serveuse me fusille encore du regard. Je hausse les épaules. Si elle savait… Ce n'est pas qu'il veut l'ignorer, c'est juste qu'il est comme ça tout le temps… du moins tant qu'il n'a pas bu. À ce propos, avec tout ce qu'il a ingurgité dans les établissements précédents, je me demande comment il fait pour arborer cet air impassible qui est un peu sa marque de fabrique. Normalement, il devrait déjà être un peu plus prolixe… À moins qu'il ne boive pas vraiment les verres qu'on lui apporte ? Non, impossible, ce pirate aime trop s'imbiber !

Lorsque la serveuse nous apporte notre commande, elle tente à nouveau d'attirer le regard d'O'Brian. Mais là encore, c'est peine perdue. Tout juste lui jette-t-il un regard pour la remercier avant de commencer à manger. Du coup, la fille me lance presque mon assiette à la figure et s'en va en râlant.

Tandis que nous mangeons, le capitaine et moi observons les différents clients de la taverne. Les plus susceptibles de posséder un navire aux cales remplies de richesses sont évidemment les marins. Bien sûr, il se peut aussi que les soldats soient en mission sur un bateau et qu'ils transportent également d'intéressants butins. Toutefois, je suppose que pour reprendre une activité de pirate, les hommes du capitaine doivent passer par la case « abordage facile ». Du coup, quoi de mieux qu'un simple navire marchand ?

Nous jetons donc notre dévolu sur un vieux loup de mer, capitaine d'un certain *Wurm*, navire marchand qui partira demain à l'aube pour livrer une cargaison d'agrumes. Or, quoi de mieux que de récupérer un peu de vitamine C quand on décide de partir en mer pour un bon moment ? Ainsi, le vieux capitaine barbu nous donnera – contre son gré, bien sûr – les moyens de voguer plus longtemps sans craindre la maladie, mais aussi l'assurance d'un piratage réussi !

O'Brian attend que le capitaine du Wurm soit sorti. Il ne veut surtout pas que le vieux loup de mer se doute de quoi que ce soit. Lui ou un autre d'ailleurs ! Il nous commande donc deux chopes supplémentaires et nous sortons près d'une heure plus tard. Finalement, le capitaine ne pense pas qu'il soit nécessaire de continuer notre pseudo-tournée. Il ne me dit rien – évidemment –, mais c'est ce que je comprends lorsque nous reprenons le chemin des quais. Étant donné que nous ne nous sommes pas fait remarquer dans la dernière taverne, donnant l'impression d'être de véritables clients, je ne pense pas que cela nous sera préjudiciable.

Toutefois, quand nous sommes sur les quais, le capitaine ne se dirige pas tout de suite vers son bateau. Au contraire, il semble en chercher un autre. Le Wurm, de toute évidence.

C'est moi qui l'aperçois la première. Il s'agit d'un petit deux-mâts ; une goélette dont la figure de proue est un ver de terre. Ma foi, le moins qu'on puisse dire, c'est que c'est original !

Après avoir vérifié que personne ne nous observe, je le montre au capitaine. Il ne répond rien, se contentant d'acquiescer. C'est ce moment que choisit Beaucor pour se percher à nouveau sur mon épaule. Jusqu'ici, je l'entendais voler derrière nous discrètement. Il a dû se dire qu'il n'y avait plus de risque… Bon, je pense peut-être un peu trop à la place de ce simple volatile… Encore que « simple » n'est pas vraiment le mot qui le qualifie le mieux !

Quoi qu'il en soit, je me rends soudain compte que Rick – tiens, je l'appelle par son petit nom maintenant ? –, le fixe intensément. Je lui demande donc pourquoi.

— Tu crois qu'il pourrait surveiller le Wurm pour nous ? me demande-t-il.

— Comment ça ? je fais en fronçant les sourcils.

— Est-ce que ton oiseau pourrait rester perché dessus et venir nous chercher au moment le plus propice pour l'abordage ? … Ou tout simplement nous permettre de le suivre à la trace dès qu'il aura quitté le port.

— Mais… on sait où il va.

— Certes… mais de cette façon, cela vous donnerait une certaine légitimité, à toi comme à lui.

— Et tu n'as pas peur que tes hommes y voient là de la sorcellerie ?

— Possible que si, fait le capitaine en haussant les épaules. Mais si cette sorcellerie leur permet de renouer avec la piraterie, je crois qu'ils s'en remettront.

Possible, mais pas certain. Cela étant, qui ne tente rien n'a rien, comme on dit. Je tourne donc la tête vers Beaucor pour lui demander s'il peut nous aider, mais le volatile n'a pas besoin que je lui répète quoi que ce soit.

— *Je peux le faire !* croasse-t-il en s'envolant.

Ni le capitaine, ni moi, ne nous attendions à ce qu'il réponde. Du coup, nous nous retournons dans tous les sens pour vérifier que personne ne l'a entendu. Heureusement, nous ne voyons personne. Bien sûr, il se peut que quelqu'un, tapi dans l'ombre, nous ait aperçus, mais nous ne pouvons rien faire. Nous regardons donc Beaucor prendre place sur le grand mât du Wurm. Puis, pour dérouter nos éventuels espions, nous nous promenons un peu sur les quais avant de retourner sur la Lorelei. Là, le capitaine libère les derniers hommes restés à bord pour garder le vaisseau et s'installe sur la dunette tandis que je rejoins la cabine.

19

Le lendemain matin, nous levons l'ancre relativement tard. Nous pensions partir à l'aube, mais le navire marchand que nous prévoyons de piller n'ayant lui-même quitté le port qu'après le lever du soleil, nous avons été obligés d'attendre.

Lorsque je sens que nous sommes au large – après environ une heure à tourner en rond dans ma cabine –, je monte sur le pont pour ma première sortie journalière. Là, je vois que les matelots ne sont pas très frais… Sans doute ont-ils abusé de quelque alcool hier soir et cette nuit ! De fait, ce n'est pas Heimata qui tient la barre, mais le capitaine Rick lui-même ! Ne voyant pas le pilote, j'en profite pour me placer à ses côtés.

— Capitaine, dis-je simplement.

Évidemment, il ne me répond pas. Comme je m'y attendais un peu – je commence à le connaître –, je ne fais pas cas de sa non-réponse. Au lieu de cela, je braque moi aussi mon regard sur l'horizon et demande :

— Au fait… Pourquoi tiens-tu à ce qu'on aborde un navire marchand ?

Le capitaine pivote vers moi. Cette fois, ses yeux expriment une émotion : la surprise. À son tour, il me demande :

— Comment vois-tu la vie d'un pirate sans abordage ?

Je fronce les sourcils. Bien sûr que je sais que ça fait partie intégrante de la vie d'un pirate ! Je ne suis pas idiote à ce point !

— Ce que je veux dire, c'est… Pourquoi ne pas leur proposer de partir tout de suite à la poursuite du Trésor des Nébuleux ?

Le capitaine me toise un instant, et j'ai presque l'impression qu'il vérifie que je pense bien ce que je dis. Comme si, encore une fois, je posais une question qui n'avait aucun sens. Finalement, il se tourne de nouveau vers le pont et, du menton, me désigne ses hommes.

— Ils n'ont plus l'habitude d'être de véritables pirates, me précise-t-il. Avant de les embarquer vers une quête telle que celle-ci, je dois les réhabituer à être ce qu'ils sont. Leur dire ne suffit pas. Ils doivent le vivre ! Et quoi de mieux qu'un abordage ?

Je hoche la tête. Évidemment, il a raison. Quand on les regarde, ces hommes ont certes l'air de marins chevronnés, mais aucun ne possède une aura de pirate… comme Rick. Lui, on dirait qu'elle ne l'a jamais quitté. Pas même après ce temps passé loin de son navire et de ses hommes.

— Et puis, continue-t-il sans me regarder, ils ont besoin de se faire confiance à nouveau. De *me* faire confiance. L'équipage doit se ressouder…

Il fait une nouvelle pause, mais je sais qu'il va encore parler. Je le sens. Pour une fois, il semblerait que le capitaine laconique ait envie de causer un peu. Je décide donc de me taire en attendant qu'il continue. Et cela ne tarde pas.

— De plus, je dois aussi me réapproprier leur loyauté. Redevenir leur capitaine est une chose, retrouver leur confiance en est une autre. Pour cela, rien de tel qu'un pillage dans les règles de l'art.

Il sourit. Je crois bien que c'est la première fois que je le vois sourire ! Mais ça ne dure pas. Aussitôt, il resserre sa prise sur la roue en même temps qu'il resserre les dents. J'imagine que c'en est fini du capitaine prolixe et que le voilà à nouveau silencieux. De toute façon, je ne vois pas bien ce qu'il y a à ajouter…

Pour lui signifier que j'ai compris que nous en étions arrivés à la fin de notre discussion, je hoche la tête et me retourne en direction de la cabine. C'est alors qu'Heimata grimpe sur le gaillard d'arrière et me demande où on va. D'un mouvement du menton, je lui désigne O'Brian et rétorque qu'il n'a qu'à voir ça avec le capitaine. Puis je me faufile dans ce qui me sert de cellule avant de m'enfermer à double tour. C'est plus prudent !

Une fois de l'autre côté de la porte, je sors mon médaillon de sous mes vêtements. Nous suivons toujours la trajectoire indiquée par l'aiguille bien que cela ne soit pas vraiment notre intention. On dirait bien que le destin joue en notre faveur et j'en suis soulagée. De fait, si nous nous éloignions de la route à prendre pour retrouver le Trésor des Nébuleux, je risquerais de finir étranglée !

Pour m'occuper, en attendant que les pirates abordent le Wurm, je reprends mon livre de chevet. Toutefois, je n'ai pas le temps de lire plus d'une dizaine de pages que j'entends trois coups bien distincts à la porte.

— C'est moi, fait la voix du capitaine.

Je lâche alors mon bouquin en prenant soin de marquer la page et vais lui ouvrir.

— Je crois que ton oiseau est de retour.

Sans un mot de plus, il me plante là. Comme je suppose que ce n'était rien d'autre qu'une invitation à sortir de la cabine, je le suis à l'extérieur. Sur le gaillard d'arrière, Heimata est de nouveau à la barre. Quand il me voit arriver à la suite de Rick, il ne pose pas de question et continue de fixer l'horizon. Toujours sans parler, le capitaine m'invite à monter sur la dunette afin d'avoir une meilleure perspective. Là, il me tend une longue-vue et m'indique un point dans le lointain. Je presse alors l'objet contre mon œil et constate que c'est bien Beaucor qui vole vers nous. Vu d'ici, il ressemble à n'importe quel corbeau. Mais j'ai la certitude qu'il s'agit du mien. Et puis de toute façon, normalement, aucun corbeau ne vole au-dessus des océans !

— C'est lui, je déclare en rendant sa longue-vue au capitaine.

Il redescend alors sur le gaillard, tend la lunette à son pilote et lui demande s'il voit l'oiseau. Comme l'homme aux yeux bridés acquiesce, Rick lui ordonne de voguer vers lui. Heimata fronce les sourcils en nous regardant tour à tour, le capitaine et moi. Il doit se dire que nous sommes fous de vouloir suivre, ou plutôt rejoindre, ce volatile.

— Tu es sûr capitaine ? Dois-je te rappeler que ce corbeau parle. Qu'il lui parle, à elle, fait-il en me désignant du pouce.

— Je sais ce qu'il en est Heimata, merci. La question est : vas-tu suivre mon ordre et nous permettre de faire une belle prise, ou vas-tu n'en faire qu'à ta tête et empêcher la Lorelei de redevenir un navire pirate ?

Un instant, le pilote réfléchit. Il nous toise à nouveau. Sans doute cherche-t-il une réponse à la question de Rick. À moins qu'il espère trouver une troisième solution…

— Heimata ! s'écrie soudain le capitaine. Tu as le choix alors décide-toi. Mais n'oublie pas ce qui arrive à ceux qui vont à l'encontre de ce qui est bon pour nous. N'oublie pas ce qui est arrivé à Kyno…

— Et moi je pense que si la fille est une sorcière, alors c'est elle qui devrait finir sur la planche.

— Je ne suis pas une sorcière ! j'interviens en descendant à mon tour de la dunette. Mais je peux vous permettre de faire des prises bien plus belles que tu n'en as jamais rêvé !

Le regard noir que me jette O'Brian me dissuade de continuer. Autant pour mon petit coup d'éclat ! Mais tandis que je me dis que tout est perdu, que le pilote va soudain me dénoncer à l'équipage, qu'il va s'insurger contre son capitaine, ce dernier lui propose un marché. Étonnant de la part de Rick…

— Voilà ce qu'on va faire, déclare le capitaine. Tu suis le corbeau et on aborde le navire. Si le pillage se passe mal, alors tu pourras jeter Annabelle à la mer.

De quoi ? Comme je suis en train de m'étrangler, je n'ai pas le temps de poser la question que le pilote a déjà accepté. D'un coup de roue, il prend la direction indiquée par son capitaine.

De longues minutes plus tard, Beaucor survole la Lorelei avant de venir se poser sur mon épaule gauche. Je tressaille. Non pas à cause des griffes plantées dans ma peau, mais bien à cause du regard noir que me jette Heimata. Je plonge alors mes yeux dans ceux de l'oiseau en espérant lui transmettre mes pensées – si tant est que cela soit possible. Il ne doit pas parler en présence du pilote. Je ne voudrais surtout pas le provoquer…

J'ignore si la transmission fonctionne, mais toujours est-il qu'il ne dit rien. Et j'ai la quasi-certitude qu'il continuera à se taire jusqu'à ce que je l'autorise à parler.

De son côté, le capitaine hoche la tête avant d'attirer l'attention de ses hommes vers nous.

— Mes amis, il est temps pour nous de revêtir nos habits de pirates ! Il est temps pour la Lorelei de redevenir un bateau que l'on craint ! Mes amis, il est temps pour nous de partir à l'abordage !!

Sur le pont, les hommes d'O'Brian lui répondent par des hourras et des applaudissements. Quand l'assemblée est de nouveau calme, Rick leur explique que, grâce à moi et à mon corbeau, nous allons retrouver le parfait navire à aborder. Aussitôt, une rumeur enfle parmi les pirates. Le mot « sorcière » est dans toutes les bouches et je vois celle de Heimata s'étirer en un rictus mauvais. Toutefois, le capitaine n'en fait que peu de cas, se tourne vers moi et me fait signe d'avancer. Les jambes quelque peu flageolantes, je m'exécute.

— Ça suffit ! s'écrie Rick. Vous vouliez savoir ce qu'une fille et son corbeau faisaient à bord de mon bateau, eh bien vous allez voir. Il est temps pour vous de changer de cap. Il est temps pour nous de renouveler les codes de la piraterie !

Malheureusement, sa petite harangue ne prend pas. La rumeur gagne à nouveau les matelots et j'entends des hommes affirmer que Kyno avait raison. Alors, une fois de plus, le capitaine leur propose de voir cet abordage comme un coup d'essai. Si ça passe, on ira fêter ce renouveau. Mais si ça casse, alors je finirai sur la planche pour les avoir tous bernés, lui le premier.

Je ne rétorque rien. Je sais que je n'ai pas mon mot à dire. Alors, sur ordre du capitaine, je me tourne vers Beaucor et lui demande de nous montrer le chemin. L'oiseau s'élève dans le ciel en croassant et vole au-devant du bateau. Aussitôt, Rick ordonne à Heimata de le suivre. Pour prendre plus de vitesse, le pilote vogue en zigzags pour attraper les courants. Sous la force du vent, quelques toiles menacent de se détacher alors les matelots les resserrent.

Tandis que les embruns me fouettent le visage, le capitaine félicite Heimata pour ses prouesses. Puis il me jette un regard. Qui n'a rien de neutre. J'en conclus que Rick s'enorgueillit de voir ses hommes renouer avec la piraterie.

20

Moins d'une demi-heure de navigation plus tard, nous voyons très distinctement les voiles du Wurm. Et à en croire ses tentatives d'accélération, lui aussi nous a vus. Malheureusement, les marins du deux-mâts semblent moins habiles que les pirates du trois-mâts. Nous rattrapons donc le navire marchand à grande vitesse.

Lorsque nous sommes juste derrière lui, Heimata manœuvre pour placer la Lorelei à sa droite, de façon à lui couper le vent. Le Wurm a beau faire, il ne parvient pas à éviter que nous venions naviguer à côté de lui, prêts à l'abordage.

— Lancez les pics ! s'écrie alors le capitaine.

Aussitôt, son ordre est relayé par le maître canonnier. J'aurais cru que ce genre d'ordre incombait plutôt au maître d'équipage, mais je comprends vite pourquoi il n'en est rien.

Les artilleurs s'activent près des canons, trafiquant dans leurs mécanismes. L'instant d'après, ils mettent le feu aux poudres. Mais au lieu de voir des boulets filer vers le Wurm, ce sont de longues cordes précédées de pics acérés qui en sortent. Ces derniers se plantent dans la coque du navire marchand et cinq autres artilleurs s'empressent d'attacher les cordes aux amarres de notre vaisseau.

— Encore ! crie le maître canonnier.

Et les artilleurs répètent leur manœuvre. Deux fois. C'est visiblement ce qui est nécessaire pour que les deux bateaux restent attachés l'un à l'autre le temps de l'abordage. D'ailleurs, en parlant d'abordage, c'est précisément l'ordre que donne le capitaine. Aussitôt, la plupart des pirates crient en tirant leurs armes au clair et en sautant à bord du Wurm. Rick est parmi eux. Je veux alors m'élancer pour le rejoindre, mais je suis retenue par Heimata.

— Certains d'entre nous doivent rester à bord… en cas de problème.

Si je ne l'avais pas entendu dire qu'il voulait me faire subir le supplice de la planche, j'aurais pu croire qu'il ne cherche qu'à me protéger. Mais je vois bien dans ses yeux qu'il n'a qu'une chose en tête : se débarrasser de moi. Quelque part, il doit espérer que cet abordage se passe mal afin de pouvoir me jeter à la mer. Il est évident que je ne veux pas lui donner cette satisfaction ! Je me plie donc à sa volonté et reste sur la Lorelei. Comme lui, j'observe de loin Rick et ses hommes.

À leur côté, le capitaine brandit sa rapière. Il aurait pu prendre son pistolet et, ainsi, être sûr de faire mouche à chaque fois, mais il ne le fait pas. Au lieu de cela, je le vois qui danse en combattant l'un des marchands. Dès qu'il peut, il l'assomme et passe au suivant. Très vite, il se retrouve face au capitaine du Wurm, lui aussi armé d'un sabre. Contrairement à ses matelots, le vieux loup de mer semble savoir se battre et O'Brian met plus de temps à le faire plier. Malgré le craquement des coques qui se rencontrent et les cris des combattants, j'ai l'impression d'entendre distinctement le cliquetis des armes qui se croisent. Rick tente de repousser son adversaire, mais le capitaine marchand ne se laisse pas faire. Il rend le moindre coup qu'O'Brian lui porte. Il pare la moindre attaque.

Hypnotisée par le duel, je ne sens pas le mouvement de Heimata, près de moi.

— Te fais pas de bile pour notre capitaine, petite, me glisse-t-il à l'oreille. Il va le maîtriser le marchand.

Il a à peine dit cela que Rick parvient à faire sauter le sabre de son vis-à-vis. Puis, il change d'arme et met en joug l'autre capitaine de son pistolet. Comme il fait des mouvements secs du poignet, j'imagine qu'il lui demande d'ordonner à ses hommes de se rendre ; ce qui ne tarde pas à arriver. Les pirates hurlent alors de joie en lançant momentanément leurs armes au-dessus de leurs têtes.

Cette courte hystérie passée, les hommes d'O'Brian se remettent au travail. Car après avoir vaincu l'équipage du navire abordé, il faut maintenant le délester de son chargement. Les pirates forcent alors les marchands à rapporter leur butin sur la Lorelei. Pour que cela ne dure pas trop longtemps, ils leur ordonnent de tout laisser sur le pont tandis que ceux qui sont restés à bord du navire pirate descendent la nouvelle cargaison dans la cale. J'aimerais bien leur donner un coup de main, mais là encore, Heimata m'en dissuade. J'observe donc les derniers marchands quitter notre navire pour rejoindre le leur tandis que les pirates remontent à bord de la Lorelei.

Quand l'équipage est de nouveau au complet sur le bateau, le capitaine s'écrie :

— Coupez les câbles !

De l'autre côté du pont, son ordre est relayé par le maître canonnier. Aussitôt, les artilleurs armés de sabres sectionnent les cordes qui relient la Lorelei au Wurm. Pendant ce temps, O'Brian nous rejoint près sur le gaillard d'arrière. Et, dès que tous les câbles sont coupés, il fait signe à Heimata de reprendre la route. Le pilote donne alors un grand coup à la roue et nous virons de bord, nous éloignant des marchands spoliés.

Tout s'est déroulé à une vitesse incroyable et j'ai encore du mal à réaliser que je viens d'assister à mon premier abordage. Bon, il faut dire que je n'y ai pas vraiment assisté puisque je n'ai fait que l'observer de loin, mais tout de même ! Sans compter que la liesse des pirates est communicative. Comme eux, je me sens joyeuse, j'ai envie de rire, de crier. Toutefois, je me rappelle la menace de Heimata et me contente de sourire. Mais au moment où Rick prend la parole devant ses hommes, je ne peux empêcher mes yeux de pétiller de fierté.

— Mes amis ! dit-il en levant les mains. Je savais que vous n'aviez pas perdu votre âme de pirate !

Des cris et des applaudissements s'élèvent et le capitaine leur laisse le temps de s'exprimer. Puis il reprend :

— Et cet abordage, vous savez à qui vous le devez... À votre dévoué capitaine, bien sûr, fait-il en se courbant face à son public tandis que retentissent rires et applaudissements. Mais aussi à notre nouvelle recrue ! J'ai nommé Annabelle !!

À ma grande surprise, les pirates m'applaudissent. Certains entonnent même un petit « Anna ! Anna ! » qui m'arrache un rire gêné.

— Mais vous l'aurez aussi sans doute remarqué, ajoute le capitaine, ceci n'était qu'une remise en selle. Ce piratage était des plus faciles...

Cette fois, personne ne dit quoi que ce soit lorsqu'O'Brian fait une pause. Quant à moi, je doute qu'il ait choisi le bon angle d'attaque. Inquiète, je jette donc un regard à Heimata. Contrairement à moi, le pilote semble confiant. Il s'autorise même un hochement de tête à mon égard. Aurait-il abandonné l'idée de me passer sur la planche ?

— Pourtant, reprend O'Brian, votre tâche n'est pas terminée... Il nous faut encore fêter cette victoire ! Car elle signe notre grand retour !! La mer n'a qu'à bien se tenir, la Lorelei fend de nouveau les flots à la recherche de trésors plus extraordinaires les uns que les autres !!! Parce qu'on ne va pas s'en tenir à de la petite marchandise, nom d'une sirène !

Encore une fois, le capitaine n'a pas, selon moi, rattrapé son petit couac en affirmant que le piratage était facile. Pourtant, encore une fois, il a su redonner confiance à ses hommes qui applaudissent de nouveau.

— Bien ! dit-il encore. Et maintenant, en route pour une taverne digne de ce nom, où le rhum sera servi par les plus belles filles !!

Sur le pont, les pirates crient de joie. Mais très vite, le maître d'équipage – qui semble le seul à avoir perçu l'ordre caché dans les paroles du capitaine – remet les hommes au travail.

21

Après seulement quelques heures de navigation, la Lorelei jette l'ancre dans un port miteux qui ne me dit rien qui vaille. Seuls quelques vieux rafiots y sont amarrés et je n'ai pas l'impression qu'il y a grand monde d'honnête dans la cité qui borde le port. Bon, en même temps, je fais route avec des pirates alors il faudrait peut-être que je me fasse à l'idée de fréquenter ce genre de personnes, non ?

— Des volontaires pour un premier tour de garde ? questionne le capitaine.

À ma grande surprise, je vois pas mal de mains se lever. Dont celle de Heimata. Comme je fronce les sourcils, il consent à répondre à voix basse à ma question muette :

— Les premiers à descendre boivent moins que les autres, car ils doivent pouvoir rester alertes à leur retour…

C'est donc ça !

Devant la marée de volontaires, O'Brian fait le tri. Puis il se tourne vers moi et m'invite à aller fêter avec eux leur retour à la vie de pirates. Évidemment, je ne me fais pas prier ! Ce sera une fois de plus l'occasion de me faire accepter par l'équipage.

— Prends ton oiseau… juste au cas où.

Bien que cela ne me semble pas la meilleure manière de m'intégrer, j'opine du chef et appelle Beaucor. Je suis presque sûre que le volatile n'aime pas être sifflé ainsi, toutefois il se plie à ma requête et vient se percher sur mon épaule gauche, comme à son habitude. Puis nous quittons le navire.

À quelques pas du port se trouve une taverne miteuse. La première que nous rencontrons dans cette petite ville. Sans concerter ses hommes, le capitaine s'y engouffre. J'imagine qu'il n'a pas envie de chercher pendant des heures le meilleur spot de ce trou paumé… À moins qu'il ne connaisse déjà la cité et qu'il sache que toutes les tavernes du coin se valent !

— Tournée générale de rhum ! s'écrie-t-il en poussant la porte.

Aussitôt, des cris de joie s'élèvent dans la salle. Quant au tavernier, il s'empresse de remplir des chopes et de les distribuer à ses clients. Un instant, je suis surprise qu'il n'ait pas demandé au préalable si Rick avait de quoi payer. Mais finalement, vu l'endroit, je me dis qu'il doit avoir l'habitude de voir débarquer des hordes de pirates avides de fêter leurs prises. D'ailleurs, il n'est pas le seul puisque les clients se poussent pour faire place au capitaine et à ses hommes.

Dès que chacun est servi, O'Brian lève sa chope et déclare :

— À la piraterie !

— À la piraterie !! répondent les autres.

Et nous buvons. En ce qui me concerne, je repose assez vite ma chope, peu habituée à boire le rhum dans un si grand contenant… Bon, OK, peu habituée à boire du rhum tout court. Le capitaine en revanche, est rôdé à l'exercice. Et lorsqu'il repose la sienne, elle est entièrement vide. Il attend alors que ses hommes aient terminé les leurs également pour les faire resservir. Cette fois, la tournée n'est que pour les membres de l'équipage de la Lorelei. Avant de boire, il se penche en avant pour n'être entendu que par eux.

— Je sais que je vous avais promis le meilleur rhum et les plus belles filles, mais… Je n'ai pas eu la patience d'attendre de trouver le bon endroit. Quand il y a des choses à fêter, faut le faire tout de suite, ou jamais !

À ces mots, il lève de nouveau sa chope et ses hommes l'imitent. Bien que je ne sois pas une adepte des « plus belles filles », je lève également mon verre pour trinquer avec eux.

— À Anna ! s'écrie soudain le maître canonnier.

— À Anna répètent les autres !

Je souris avant de plonger à mon tour dans ma chope.

— Au fait, où as-tu laissé ton corbeau ? veut savoir un membre de l'équipage.

Je finis ma gorgée en faisant fi de l'alcool qui me brûle le gosier et repose mon verre avant de répondre nonchalamment :

— Je ne sais pas. Il a dû rester dehors… il n'aime pas trop ce genre d'endroit.

— Il faut dire que la dernière fois qu'il est entré dans une taverne, il a bien failli y rester !

Ah oui, j'avais presque oublié ! Une fois que l'alcool a pénétré son sang, le capitaine est beaucoup plus affable. Surtout avec ses hommes, j'imagine ! Le voilà donc parti à leur raconter nos aventures en duo… ou plutôt en trio avant que nous ne rejoignions la Lorelei. Il parvient toutefois à leur dissimuler les éléments qui pourraient les laisser penser que je suis une sorcière, comme dans cette fameuse taverne justement ! De mon côté, je n'ai pas l'habitude qu'on parle de moi en des termes si élogieux, mais il faut bien avouer que cela n'a rien de désagréable !

— Eh ben ! siffle le maître canonnier. T'es une sacrée gamine toi !

Je hausse les épaules tandis qu'il continue :

— Au fait, moi c'est William, mais tout le monde m'appelle Willy…

— Tu parles ! Tout le monde t'appelle Le Canon !! rétorque O'Brian.

— Aussi… sans doute grâce à mon charme naturel… tu sais, celui que tu m'envies !

Les deux hommes partent alors dans un éclat de rire et sont vite rejoints par les autres. Moi, je me contente de sourire à moitié. Il est évident que William n'a rien d'un canon de beauté. Barbu, une chevelure hirsute, le visage à moitié rongé par la maladie et un regard dur plus repoussant qu'attirant.

— Tu connais déjà l'Écureuil ici présent et lui, c'est Rob, notre médecin.

J'ai comme l'impression que le maître canonnier est parti pour me présenter tout l'équipage, ou en tout cas tous ceux qui sont présents ici. Et il peut être sûr que je n'en retiendrai pas la moitié étant donné tout l'alcool que je bois pour me donner une contenance.

— Bon allez, le coupe O'Brian. Une dernière tournée et on s'en va. Y a pas que nous qui devons fêter la reprise !

— Une petite minute, rétorque William. Tu ne crois pas que tu vas t'en tirer à si bon compte, capitaine Rick…

O'Brian lève un sourcil vers le maître canonnier. Tout comme moi, il ne doit pas comprendre où ce dernier veut en venir. Les autres en revanche…

— C'est vrai ça, fait Hazel. Quand est-ce que tu vas nous dire ce qui t'est arrivé pendant tout ce temps où on te croyait mort ?

C'était donc ça… En même temps, c'est logique. Et je dois bien avouer que je suis curieuse, moi aussi, de savoir comment il est passé de l'état de capitaine du plus grand navire pirate à celui de prisonnier des soldats du Continent.

— Ok, répond-il. Mais pas sans une chope dans la main !

Ce disant, il lève la sienne et hèle un serveur pour passer commande. Puis, lorsque tout le monde est à nouveau servi, il entame son récit.

Le jour du fameux abordage désastreux, lorsque la mer s'est levée et qu'il est tombé à l'eau sans qu'on puisse le repêcher, il a fait une rencontre pour le moins étonnante…

— Arrête Rick ! le coupe soudain William. Tu veux nous faire croire qu'une sirène t'aurait sauvé la vie ?! M'est avis que t'as un peu trop abusé du rhum !

— Et pourtant, c'est la vérité Le Canon. Oh, bien sûr, elle n'était pas aussi belle que la figure de proue de la Lorelei. Pour commencer, sa chevelure était poisseuse et ne servait qu'à cacher ses ouïes. Bon d'accord, sa poitrine aussi. Mais croyez-moi les gars, une fois que vous aviez vu sa tête, vous n'aviez aucune envie de vous attarder entre ses seins !

Rires gras des hommes qui m'entourent. Mais comment leur en vouloir ? On a beau dire que c'est la beauté intérieure qui compte, c'est ce qu'il y a à l'extérieur que l'on voit en premier. Et c'est sans doute pour cela que je préfère le capitaine à son maître canonnier même si ce dernier me semble plus sympathique. Après tout, n'avait-il pas commencé à me présenter tout le monde ? Mais je digresse…

— Bref ! Elle m'a sorti de la tempête et mené dans une espèce de grotte. Je ne sais pas combien de temps elle m'y a gardé. Tout ce que je sais, c'est qu'elle se donnait du mal pour me satisfaire, si vous voyez ce que je veux dire… Et, surtout, elle n'arrêtait pas de vouloir « mon amour ». C'est ce qu'elle me disait en tout cas.

— Ben voyons ! lâche l'un des hommes à la table. Les femmes, toutes les mêmes, queue de poisson ou pas !!

Je grogne. Il ne faudrait pas voir à faire des généralités hein ! Comme pour abonder dans mon sens, l'Écureuil déclare en claquant sa main sur mon épaule :

— T'inquiètes gamine, on sait que t'es différente toi !

Ben voyons ! J'aurais dû me douter que son geste cachait quelque chose dans ce genre-là. Mais je n'ai pas le temps de rétorquer quoi que ce soit que le capitaine reprend son histoire.

Plus il restait dans cette grotte avec la sirène, plus il faiblissait malgré toutes les victuailles qu'elle pouvait lui apporter. Alors qu'il aurait dû aller de mieux en mieux, il se sentait de plus en plus las. Il a vite compris que c'était elle qui le rendait malade et que lorsqu'elle disait vouloir son amour, ce n'était pas tant de sentiment qu'elle parlait que de vie…

— Car elles se nourrissent de cela mes amis ! Les sirènes, elles vous font les yeux doux et vous entraînent pour une seule et bonne raison : se repaître de vos vies !

— Ça… tu peux le lire dans n'importe quel bouquin, bon ou mauvais, s'exclame Rob, le médecin de bord.

Tandis que le capitaine explique comment, finalement, il a pu échapper à la sirène – qu'il rebaptise « sorcière » – j'observe le doc. Il a des cheveux châtains légèrement bouclés et un regard vert perçant. Sa petite barbe et sa moustache contournent sa bouche aux lèvres humides d'alcool. Sa chemise bleue remontée jusqu'aux coudes laisse voir des bras musclés et des mains agiles. Si je ne le savais pas boiteux pour l'avoir vu marcher sur le pont et dans les rues, il est évident que c'est lui que je qualifierais de canon ! Bon, après, c'est vrai qu'avec tout l'alcool que j'ai dans le sang, il se peut que mon jugement soit quelque peu altéré…

Soudain, le capitaine me tire de mon observation.

— Bien ! Maintenant que vous savez tout, on en boit une dernière et on lève le camp !

Aussitôt, il commande une nouvelle pinte de rhum pour chacun. Cela dit, je ne suis pas sûre d'arriver à la finir, car je commence à avoir la gorge en feu…

22

Soudain, je ne peux plus respirer. J'étouffe. Je porte la main à la gorge, car c'est de là que vient mon incapacité. Je suffoque. Je me sens partir. J'émets des râles douloureux et mon attitude finit par alerter mes compagnons.

— Houla ! On dirait qu'il y en a une qui a abusé du rhum ! s'amuse William.

Et je perçois les rires des autres pirates tandis que je lutte pour retrouver un peu d'air. Je me lève. Il faut que je sorte. Je titube. On me rattrape. C'est O'Brian.

— Anna, ça va ? me demande le capitaine.

Je ne lui réponds pas. Je n'arrive déjà pas à respirer, comment pourrais-je parler ?

Son regard se pose sur ma main. J'étreins mon cou, je tente de passer mes doigts sous la lanière de cuir qui se resserre inexorablement sur ma gorge. À voir les yeux de Rick, je sais qu'il comprend. Ce n'est pas l'alcool qui m'empêche de respirer… Aussitôt, il m'amène dehors et je peux happer l'air nauséeux de la cité. Mais comme on s'arrête pour qu'il puisse avertir ses hommes de l'urgence de la situation, je dois me contenter de haleter.

— Il faut qu'on retourne au bateau. Tout de suite ! Rob, aide-la à marcher pendant que je paye !

Le médecin se précipite vers moi pour me soutenir, aussitôt rejoint par le coq Hazel. Pendant ce temps, j'entends Rick se précipiter vers le comptoir.

— Y s'passe quoi ? demande un pirate que je ne peux identifier tant je suis occupée à me concentrer sur ma respiration.

— J'en sais rien, mais la p'tite a pas l'air bien, répond l'Écureuil. Et ça m'étonnerait que ce soit à cause du rhum !

— On rentre, ajoute Rob en m'aidant à marcher, comme le lui a demandé son capitaine. Je la soignerai sur la Lorelei.

À chaque pas, j'ai l'impression de pouvoir vivre à nouveau. L'air que j'aspire me semble de plus en plus pur, il me brûle de moins en moins. Et, surtout, je sens la lanière de cuir se desserrer peu à peu.

— Je m'en occupe, fait Rick, de retour.

Aussitôt, Rob lui cède sa place et Hazel me lâche. Je sais que je pourrais marcher toute seule, que je n'ai plus besoin de l'aide de personne, juste de prendre mon temps. Toutefois, je ne peux me résigner à éloigner le capitaine. Grâce à lui, je progresse bien plus vite et chaque pas m'est moins douloureux. Je finis cependant par m'écarter de lui pour avancer seule dès que nous arrivons sur le port. Un peu moins de la moitié de l'équipage vient d'être témoin de ma faiblesse passagère, hors de question que les autres me voient !

Soudain, un cri retentit au-dessus de nous. Je lève la tête et aperçois Beaucor. Avec tout ça, je l'avais presque oublié celui-là ! Mais j'imagine que son lien avec le médaillon l'a averti de ce qui m'arrivait.

Lorsqu'il se pose sur mon épaule, il me toise d'un air mauvais. Dans ses yeux, je lis tous les reproches qu'il voudrait me faire. Mais nous nous sommes mis d'accord. Il ne doit pas parler en présence d'autres personnes que Rick ou moi. Il en va de sa survie comme de la mienne.

— On met les voiles ! ordonne le capitaine dès qu'il a posé un pied sur son bateau.

— Quoi ? Mais nous on n'a pas…

— Désolé mes amis, mais on n'a pas le choix !

Les pirates restés à bord râlent. Et je les comprends. Contrairement à nous, ils n'ont pas pu fêter notre prise. Sans compter qu'ils espéraient pouvoir s'enivrer jusqu'au petit matin puisqu'ils auraient pu cuver dans leurs hamacs pendant que nous repartions. Au lieu de cela, les voilà privés de récompense !

— Capitaine, c'est injuste, fait remarquer le maître d'équipage resté à bord.

— Je peux la soigner ici pendant que les autres vont boire un coup, fait le médecin.

— Je vais mieux, je renchéris.

Rick me toise. Tout comme moi, et contrairement à Rob et aux autres, il sait ce qui se passe. Il sait que si nous ne partons pas à la recherche du Trésor des Nébuleux, ça va recommencer. Toutefois, comme je me sens mieux, j'ajoute :

— Tes hommes ont mérité d'aller faire la fête, non ? Et puis, si j'ai une autre crise, on n'aura qu'à envoyer quelqu'un les chercher.

— C'est toi qui vois, lâche Rick.

Puis il se tourne vers son maître d'équipage et lui donne l'autorisation de descendre du bateau pour aller s'envoyer quelques chopes dans une taverne. Toutefois, il lui demande de quitter leur spot illico si jamais on vient les chercher.

— Merci capitaine, fait le maître d'équipage.

Mais ce n'est pas O'Brian qu'il regarde, c'est moi. Si je m'attendais à ce que la brute au crâne rasé me remercie un jour de la sorte… Il saute ensuite au bas de la Lorelei avec les quelques pirates restés à bord. Heimata hésite un instant. Nos regards se croisent. Va-t-il me remercier lui aussi ? Ce serait un comble après avoir voulu ma mort ! D'ailleurs, il n'en fait rien et rejoint les autres. Leur beuverie les attend !

Tandis que les pirates s'installent sous les gaillards de proue ou de poupe pour se reposer avant le prochain départ, Rob me propose de m'ausculter dans la cabine.

— Ça va aller, je fais, mal à l'aise.

— T'as failli étouffer ! Tu veux pas savoir pourquoi ?

— J'vous l'ai dit, intervient Rick en percevant mon malaise, c'est une gamine, pas une femme. Elle ne supporte pas l'alcool, c'est tout.

Si j'avais été en pleine possession de mes moyens, et si je n'avais pas eu un lourd secret à cacher, je lui aurais dit ma façon de penser ! Finalement, c'est l'Écureuil qui s'en charge. Gamine ou pas, si ç'avait été l'alcool le problème, j'aurais vomi, je ne me serais pas étouffée. Diagnostic confirmé par Rob. Cependant, comme il est hors de question qu'ils découvrent mon secret, je n'abonde pas dans leur sens et me contente de déclarer :

— Je vais me reposer et ça ira mieux.

— Tu m'appelles si t'as besoin ! lance Rob avant de s'engouffrer à la suite de Hazel sous le gaillard d'arrière.

Sans doute qu'eux vont aller à la recherche d'un hamac pour se reposer.

À peine ai-je mis un pied dans la cabine que Rick me pousse à l'intérieur. Comme je ne l'avais pas entendu derrière moi, je suis surprise et me retourne, les mains sur la garde de mes couteaux.

— Oh là ! Doucement !

Il referme la porte derrière lui et, d'un geste, m'invite à m'asseoir sur le lit. Je m'exécute et attends qu'il me dise ce qu'il fait là. Il m'informe alors que, dès que tous ses hommes seront à bord, il leur parlera du Trésor des Nébuleux. Car plus vite on partira à sa recherche, plus vite on le trouvera… et plus vite il pourra reprendre sa vie. Sans les soucis que je lui cause. Ça, il ne le dit pas bien sûr, et peut-être n'est-ce que pure spéculation de ma part… Mais comment le savoir puisqu'il se tait ?

23

Durant la nuit, je suis réveillée par le bruit des pirates qui rentrent à bord de la Lorelei. Ils sont ivres, cela ne fait aucun doute. Ils chantent, ils dansent. J'en entends même certains qui s'affalent sur le pont avant de se mettre à ronfler ! J'imagine que le capitaine va préférer attendre que ses hommes soient en état pour leur parler du Trésor…

— Allez ! Allez ! Pas de temps à perdre ! Rob ! Sur le pont !

Ah ben non, je me suis trompée, il ne va pas attendre…

Appelé par son capitaine, le médecin sort précipitamment de son hamac pour rejoindre O'Brian.

— Oui capitaine Rick ? demande-t-il d'une voix ensommeillée.

— Débrouille-toi comme tu veux, mais je les veux tous dispos pour l'aube !

— Bien capitaine !

J'entends alors le médecin qui s'affaire tandis que Rick fait les cent pas juste au-dessus de ma tête. J'espère qu'il ne va pas faire cela toute la nuit… Déjà qu'elle a été interrompue par le retour des pirates éméchés, il ne manquerait plus qu'elle ne puisse pas reprendre à cause d'O'Brian !

Mais encore une fois, je me trompe. Car si le capitaine ne s'arrête pas de tourner en rond sur la dunette, moi, je m'endors. En fait, ses pas rythmés me font l'effet d'une berceuse qui me guide vers un sommeil régénérateur.

Le lendemain, je suis réveillée par des coups frappés contre ma porte.

— Ouvre, c'est moi !

Pas besoin de préciser qui est ce « moi », j'ai reconnu la voix du capitaine Rick. Je me lève donc et vais lui ouvrir. O'Brian me dévisage un instant. Puis il pousse le vice en me reluquant de la tête aux pieds. Si je n'étais pas encore à moitié endormie, je suis sûre que je rougirais.

Enfin, sans préambule, il m'ordonne :

— Habille-toi. On sort le bateau du port et on leur parle du Trésor.

Mes sourcils arqués demandent pourquoi il veut attendre qu'on ne soit plus à quai. Et avant même que j'aie le temps de poser la question, il répond :

— Ce n'est pas le genre de sujet qu'on aborde dans un port comme celui-ci.

Évidemment.

Sans un mot de plus, le capitaine me tourne le dos et s'en va distribuer ses recommandations. Celles-ci sont tout de suite répétées par le maître d'équipage puis suivies par les marins. Quant à moi, je referme la porte de la cabine et pars enfiler mon pantalon, mes bottes et surtout mes couteaux. Oui, on l'aura compris, je dors en chemise, ce qui signifie que Rick m'a vue en petite tenue. Pas étonnant qu'il m'ait évaluée de la tête aux pieds ! Pour finir, je passe mes cheveux dans le turban rouge que Beaucor m'avait déniché dans le Désert… il y a de cela une éternité !

D'ailleurs, en parlant de lui, je me demande bien où peut se trouver mon oiseau. La réponse m'est donnée dès que je sors de la cabine et qu'il me fonce dessus. Il est agité. Il ne cesse de tourner autour de moi et de venir piquer sur ma poitrine. Évidemment, c'est sur le médaillon qu'il s'énerve. Je retourne alors brièvement dans la cabine. À l'abri des regards, je sors l'objet et découvre qu'il indique une direction avec frénésie. Comment je le sais ? Tout d'abord parce que je le sens au fond de moi. Mais aussi parce que j'ai l'impression qu'il vibre dans ma main. L'aiguille tremble. Et la lanière de cuir se resserre presque imperceptiblement sur mon cou. Pas encore assez pour m'étrangler, mais suffisamment pour que j'en comprenne l'ordre. Je m'empresse donc de remettre le médaillon sous mes vêtements avant de rejoindre le capitaine.

— Pas trop tôt ! me lance O'Brian lorsque je suis à ses côtés.

Je serre le poing. Non, mais pour qui il se prend ? Derrière lui, les lèvres d'Heimata s'étirent en un sourire moqueur.

Puis, sans plus attendre, le capitaine prend la parole haut et fort.

— Mes amis, le temps est venu pour nous de nous attaquer à un véritable challenge ! Hier, vous avez repris confiance en vous et nous avons rétabli la piraterie à bord de la Lorelei. À présent, l'heure est venue de faire de ce navire le plus redouté de tous les temps ! L'heure est venue de faire de nous des légendes parmi nos pairs !

O'Brian marque une pause tandis qu'une clameur enfle parmi ses hommes. Il me tend alors la main pour que je m'approche. Je le fais, mais ne saisis toutefois pas la poigne de Rick. Je ne suis pas une demoiselle ! Devant mon attitude, le capitaine sourit brièvement avant de retrouver son sérieux et de reprendre la parole.

— Comme vous le savez, nous devons notre retour à la piraterie à Anna. Et c'est encore grâce à elle que nous allons devenir les pirates les plus riches que la mer ait jamais portés !

Déjà, la petite foule massée sur le pont scande mon nom. Je souris franchement pour les en remercier tandis que, d'un geste, Rick les fait taire. Il est temps pour lui de leur annoncer ce pour quoi il m'a fait monter à bord de son navire. Ce pour quoi il a repris les rênes de la Lorelei.

— Mes amis, grâce à Annabelle, nous allons nous lancer à la poursuite du plus célèbre de tous les trésors : le Trésor du Peuple des Brumes !

À ces mots, les pirates restent bouche bée. Eux qui s'apprêtaient à applaudir leur capitaine laissent tomber leurs bras le long du corps, médusés. Le premier, le maître d'équipage ose mettre les pieds dans le plat :

— Pardon de demander ça, capitaine, mais ce trésor n'est-il pas réputé impossible à trouver ? Je veux dire… beaucoup pensent même que ce n'est qu'une légende…

— Je le sais Joe. Mais, crois-moi quand je te dis que nous allons le trouver. Et maintenant, tout le monde au travail !

Une rumeur monte sur le pont. Les hommes de Rick se demandent s'il a toute sa tête. Mais devant sa mine sévère, le maître d'équipage comprend que ce n'est pas le moment de discuter. Il se tourne alors vers les autres et s'assure que tous suivent les ordres.

Lorsque ses hommes retournent à leurs tâches respectives, le capitaine pivote vers moi et me demande de le suivre dans la cabine afin d'étudier ensemble la route à suivre.

24

Rick étale une immense carte sur son bureau. Aux quatre coins, il place un objet lourd – bibelot ou livre, il n'est pas très regardant. Il m'invite ensuite à m'approcher avant de poser son doigt sur un point précis.

— On est là, déclare-t-il.

Je hoche la tête et tente de me repérer. Hélas, si j'ai vécu sur des bateaux depuis l'âge de 13 ans, je n'ai jamais vraiment eu l'occasion de me pencher sur une carte et d'étudier ma position. Mon rôle à moi, c'était plutôt de nettoyer le pont… Et si, depuis que je suis à bord de la Lorelei, le capitaine me fait passer pour une timonière et consulte les cartes en ma présence, je n'ai toujours pas compris comment m'y repérer. J'ignore donc totalement où nous sommes réellement et si je suis déjà passée par là.

Bien loin de se préoccuper de mon questionnement, le capitaine me demande de sortir mon médaillon. Je le tire donc de sous mes vêtements et lui montre. Un instant, il hésite à me le prendre. Mais il suspend son geste à quelques centimètres de l'objet et fait retomber son bras. Il ne l'a encore jamais touché, et j'ai l'impression que ce n'est pas près d'arriver. Tout comme moi, il doit craindre la magie qu'il contient. Sauf que lui, il peut y échapper !

Après avoir étudié la direction indiquée par l'aiguille, il fixe de nouveau son regard sur la carte. Puis il se saisit du sextant afin de déterminer notre trajectoire.

— Nord, Nord-Est, déclare-t-il alors avant de quitter la cabine sans un mot de plus.

Je suis scotchée. Comment peut-il être aussi froid ? Je veux dire, je sais bien que c'est dans sa nature, qu'il était comme ça quand je l'ai rencontré dans le Désert, mais après ce qu'on a vécu ? Après sa libération – grâce à moi –, après sa reprise du commandement de la Lorelei – encore grâce à moi – et après son retour dans le monde de la piraterie – toujours grâce à moi –, comment peut-il faire comme si je n'existais pas ?

Bon, d'accord, tout n'est peut-être pas *que* grâce à moi… Mais tout de même ! Ses hommes n'ont-ils pas scandé mon nom à plusieurs reprises ? Ne m'a-t-il pas lui-même félicitée devant tout le monde ? Alors, avant qu'il ne referme la porte de la cabine qui me sert toujours plus ou moins de prison, je lui crie :

— De rien !!!

Ses épaules tressaillent. Sans doute ne s'attendait-il pas à ce que j'ouvre le bec. Mais quand il se retourne vers moi, j'ai la certitude qu'il y a bien plus que cela. Ses propos me le confirment.

— Merci… Merci de mettre tous mes hommes en danger pour sauver ta précieuse vie. Merci de m'obliger à faire des choses alors que cela fait bien longtemps que je n'ai plus reçu d'ordre de personne. Oh oui Anna, merci !

Il me toise encore un instant, plongeant son regard de glace dans le mien. Il attend certainement que je lui réponde quelque chose, que je fasse encore une fois preuve d'impertinence. Au lieu de cela, je baisse les yeux, honteuse. Si c'est vrai qu'il peut, en tant que capitaine pirate, tirer profit d'une telle prise, il n'en reste pas moins qu'il le fait pour sauver ma vie, à ses risques et périls. Car qui dit trésor de légende dit bien sûr danger mortel. La lanière de cuir qui retient mon médaillon est là pour me le rappeler. Je murmure alors un « je suis désolée » à peine audible. Mais de toute façon, c'est déjà trop tard, car il vient de claquer la porte. Quant à moi, c'est ma joue que j'ai envie de claquer ! Non, mais quelle gamine je fais !!

Alors que des larmes acides envahissent mes yeux, je me rends compte que, pour la première fois depuis longtemps, le capitaine est parti sans m'ordonner de fermer la porte à clé. Ainsi, quelle que soit sa façon de me traiter, quelle que soit sa rancœur envers moi, il ne me considère plus vraiment comme sa prisonnière.

— Tu n'as jamais été sa prisonnière, je me rappelle soudain à voix haute. S'il t'a mise ici, c'était pour te protéger de ses hommes…

Mais maintenant, c'est différent. Maintenant, je fais partie de l'équipage.

Je laisse alors partir tous les mauvais sentiments que j'éprouve à cet instant pour Rick et me raccroche au fait que, depuis que j'ai quitté les Tueurs de Dragons, j'ai de nouveau une famille. Ou en tout cas quelque chose qui s'en rapproche. Des gens qui comptent sur moi… et qui comptent *pour* moi. Je prends donc une grande respiration, vide tout l'air de mes poumons en même temps que mes ressentiments, et je sors.

Sur le pont, l'activité des pirates est à son comble. Car pendant que je me focalisais sur mes sentiments, le capitaine a donné ses instructions. Sur le gaillard d'arrière, Heimata a été le premier à les appliquer en virant de bord afin de suivre le nouveau cap indiqué par O'Brian. Perchés sur les mâts, les gabiers font et défont les nœuds pour repositionner les voiles, à l'image des matelots restés sur le plancher. Les artilleurs, eux, se préparent à d'éventuelles complications en astiquant les canons. Quant à Hazel, je ne le vois nulle part, mais je suis sûre qu'il est en train de concocter de quoi encourager les troupes à sa manière.

Comme il me voit sortir de la cabine – et que je dois avoir une sale tête –, Rob vient s'assurer que je vais bien. Je souris au médecin de bord. Mais mon sourire est timide et il s'en rend compte. Il pose alors sa main sur mon épaule et déclare, comme s'il avait lu dans mes pensées :

— Ne t'en fais pas Anna, Rick est comme ça avec tout le monde. Il nous en fait voir de toutes les couleurs, mais, au fond, c'est un gars bien.

— Je sais, dis-je en souriant plus franchement.

Il me sourit à son tour avant de partir vérifier son armoire. Lui aussi veut être prêt à affronter les complications à venir. Car elles viendront, c'est certain !

25

Un grand fracas me sort de mon rendez-vous avec Morphée. Quelque chose vient de heurter la coque. Violemment. En réaction, le bateau tangue si fort que j'ai l'impression qu'il ne va pas tarder à se retourner. Mais qu'est-ce qui peut bien faire valdinguer un trois-mâts à ce point ? Avide de connaître la réponse, je sors du lit, enfile quelques vêtements, remets mes bottes et mes couteaux, et me relève.

Mais aussitôt, je retombe. La Lorelei a de nouveau été percutée par je ne sais quoi.

— UNE AUTRE À BÂBORD !!

J'ignore ce dont parle la vigie… Mais je sens que je ne vais pas tarder à le savoir. Enfin, si j'arrive à me remettre debout et à sortir de cette cabine !

Peu sûre, je m'accroche au bord du lit et me redresse. Comme le bateau continue d'être malmené par la mer furieuse, j'avance difficilement jusqu'à la porte. Avant de sortir, je jette un coup d'œil à Beaucor. Malgré les ténèbres ambiantes, j'aperçois l'oiseau. Il est perché sur une étagère de bibliothèque, parfaitement insensible à ce qu'il se passe. Grand bien lui fasse ! Moi en revanche, je veux savoir ce qui m'a tirée du lit. Je veux savoir si cela va m'empêcher de trouver le Trésor du Peuple des Brumes. Alors, sans plus attendre, je sors.

Dehors, la nuit commence tout juste à se retirer. Sur la Lorelei, quelques lampes à huile sont encore allumées ici et là, permettant aux hommes d'O'Brian de mieux se repérer. Pour ne pas se foncer dedans par exemple ! Car ça court dans tous les sens. Trop occupée à chercher ce qui secoue le navire de la sorte, je n'ai pas prêté attention à la bruyante agitation des matelots. Bien que le bateau tangue, ils vont et viennent. D'un mât à l'autre. Si quelques-uns tombent, ils se relèvent vite pour retourner à leur labeur.

— La coque est touchée ! s'écrie Hazel en sortant des cales.

Aussitôt, le charpentier blond s'y précipite, suivi de quelques autres. Comme je ne comprends toujours pas de quoi il s'agit, je m'apprête à demander à Heimata. Mais c'est alors que la vigie s'écrie :

— BALEINE À TRIBORD !!

Je me tourne donc vers la droite et vois les rayons du soleil levant se refléter par intermittence sur le gigantesque mammifère marin. Il nous fonce dessus. Derrière lui, deux énormes navires fendent les flots. À en croire l'agitation des baleines – car si j'ai bien compris, il n'y en a pas qu'une –, ce sont des baleiniers.

— Heimata ! Écarte-toi !!

La voix du capitaine résonne juste au-dessus de nous. L'instant d'après, le trois-mâts vire de bord et évite de peu d'être percuté par notre poursuivante.

— Il faut qu'on sorte de là !

Plus facile à dire qu'à faire ! Sur la dunette, je vois Rick balayer l'horizon de sa longue-vue, sans doute à la recherche d'un passage. Quant au pilote juste devant moi, il fait de son mieux pour tenir une barre malmenée par le tumulte ambiant.

Soudain, je me rends compte que je suis là, à observer les autres s'échiner alors que moi, je ne fais rien. J'ai été mousse bon sang ! Ce n'est pas la première fois que j'assiste à une chasse à la baleine !! Sans plus attendre, je rejoins donc ceux qui sont descendus en cale. Si la coque a été touchée, alors le plus urgent est de la réparer. C'est donc là qu'on aura besoin de bras.

Bien que pressée, je descends prudemment du gaillard de poupe. Sur le pont, je manque à plusieurs reprises de tomber et m'étale même une fois, lorsqu'une vague plus haute que les autres s'écrase contre la Lorelei.

— Qu'est-ce que tu fais ? me demande Hazel alors que je descends rejoindre les autres.

— Je donne un coup de main.

— Tu devrais plutôt rester dans la cabine…

— Ferme-la l'Écureuil ! Son aide est la bienvenue !! lui crie la brute qui sert de maître d'équipage à la Lorelei.

Aussitôt, je comprends pourquoi. Lorsque la baleine nous a heurtés tout à l'heure, elle a créé une faille dans la coque. Et, avec le remous, l'eau s'infiltre de plus en plus. Il faut réparer cette avarie au plus vite !

Bien sûr, le charpentier est déjà sur le coup, aidé de quelques matelots. Mais il nous faut aussi écoper l'eau avant qu'elle n'atteigne les caisses de vivres ! Je me joins donc aux autres, prends un seau et une serpillère et m'attèle à la tâche. Les gestes me reviennent alors rapidement.

Éponger, essorer, vider.

Recommencer.

Tandis que nous nous efforçons de repousser cette menace et que le charpentier calfeutre la brèche avec du suif et des planches, d'autres pirates nous rejoignent. Pour la plupart, ce sont des artilleurs. Puisque les chasseurs de baleines verraient d'un très mauvais œil qu'on tue leurs proies, William a dû leur dire de quitter leur poste. Les baleiniers étant au moins au nombre de deux, il est inutile de mettre la Lorelei encore plus en difficulté en donnant aux chasseurs des raisons de s'en prendre à nous aussi. Les artilleurs donc, aident Hazel à déplacer les caisses les plus proches de l'avarie. Puis, lorsqu'ils ont fini, ils s'arment eux aussi de seaux et de serpillères et nous rejoignent.

À présent, nous sommes une bonne dizaine à éponger le sol. Un coup d'œil au charpentier m'indique qu'il n'est pas au bout de ses peines alors je m'active davantage. Tant que la faille n'est pas colmatée, nous ne pouvons pas ménager nos efforts. Heureusement, le danger que constituaient les baleines semble être écarté. De fait, voilà un moment que la vigie n'a plus crié. Ou alors j'étais trop occupée pour l'entendre…

— ILS EN ONT EU UNE !

Quand on parle du loup…

— C'EST UN RORQUAL !!

Avec un peu de chance, les baleiniers s'en tiendront à cette prise. Car on peut difficilement faire meilleure chasse ! Près de vingt-sept tonnes d'huile qu'ils pourront vendre pour les éclairages publics, des os assez solides pour confectionner toute sorte de matériaux, des fanons pour ces dames, du cuir pour ces messieurs, des dizaines de mètres d'intestins qui seront séchés avant d'être vendus à une fabrique de cordage, sans parler des kilos de graisse aux usages divers ! Vraiment, ils ne pouvaient pas espérer mieux…

Et nous non plus d'ailleurs ! De fait, comme je le pensais, la chasse s'arrête là. C'est en tout cas ce que nous indique la vigie qui s'égosille toujours depuis le grand mât.

— Ça devrait tenir…

Ce disant, le charpentier rassemble ses outils et les amène un peu plus loin. C'était peut-être – par chance ! – la seule brèche, mais c'est loin d'être l'unique avarie du vaisseau. Son travail n'est donc pas terminé. Et le nôtre non plus, même s'il touche à sa fin.

Soudain, je sens la lanière de cuir qui retient mon médaillon se resserrer autour de mon cou. Comme si l'objet avait attendu que le danger soit écarté pour se rappeler à mon bon souvenir. Comme si cela ne suffisait pas que je sois essoufflée à force d'écoper, il faut maintenant que je lutte pour respirer.

Je tousse. J'aspire difficilement. Un sifflement s'échappe de ma gorge à chaque fois que je respire. Il n'en faut pas plus à Hazel pour appeler le médecin de bord.

Quelques instants plus tard, Rob est à mes côtés.

— Ça recommence ? me demande-t-il.

Je hoche la tête. Cette fois, on ne pourra pas mettre ça sur le dos de l'alcool… Avec difficulté, j'articule :

— Le cap… i… il faut chan… le cap…

— L'Écureuil ! s'écrie le médecin. Va me chercher Rick.

Je saisis alors le bras de Rob et réessaie :

— Nous devons… reprendre le… cap.

— Pourquoi tu me parles de ça ? T'es en train de t'étouffer et tu te soucies du cap ?! Non, mais je rêve !!

Je voudrais m'énerver, mais je n'en ai pas la force. Le cuir continue de serrer mon cou et l'air me manque de plus en plus. Dans un dernier effort, je parviens toutefois à repousser le médecin. Puis je me lève et fais quelques pas en direction de l'escalier qui mène au pont. Résigné, Rob m'attrape pour m'aider à monter.

— Qu'est-ce qui se passe ici ?

Penché au-dessus de l'ouverture, O'Brian nous éclaire. Dès qu'il me voit dans les bras de Rob, il comprend. Il tend la main vers moi et m'aide à son tour. Puis il se tourne vers le maître d'équipage :

— Joe ! Va voir Heimata et dis-lui de remettre le cap en Nord, Nord-Est !

L'homme au crâne rasé prend à peine le temps de me dévisager avant d'opiner du chef et de se précipiter en direction du gaillard d'arrière. De son côté, O'Brian me porte presque jusqu'à la cabine.

— Qu'est-ce que t'avais besoin de sortir ? me réprimande-t-il en fermant la porte derrière nous.

Tandis que je halète pour expliquer que je voulais aider, il me fait signe de sortir le médaillon. Je me tais alors et m'exécute. Inutile de me fatiguer pour un homme qui, de toute manière, ne m'écoute pas ! Il compare ensuite la direction indiquée par l'aiguille à la carte qu'il a sous les yeux.

— C'est bon, lâche-t-il, le cap n'a pas changé.

Puis, sans un mot de plus, il quitte la cabine. Froid et laconique : du grand O'Brian !

26

Les jours qui suivent sont plus calmes. Hélas, si nous sommes toujours sur sa piste, nous ne voyons toujours pas l'ombre d'un trésor. Chaque matin, le capitaine et moi suivons notre progression sur la carte et dessinons la route à suivre. Mais j'ai de plus en plus l'impression que c'est une route sans fin. Et je ne suis pas la seule.

Sur le bateau, les vivres commencent à manquer si bien que Hazel a de plus en plus de mal à faire des plats dignes de ce nom. En réalité, cela fait bien longtemps que nous n'avons plus fait de véritable repas. Quant aux marins, je sens bien qu'ils commencent à perdre espoir. Au début, ils se cachaient dans la soute de proue, sous le gaillard d'avant, pour discuter de l'éventuelle folie de leur capitaine. Et ils n'étaient que quelques-uns. À présent, il n'est pas rare de les entendre en parler à voix haute aux quatre coins du navire. Et, surtout, ils doutent de mes capacités en tant que timonière. Oui, il me paraît déjà bien loin le temps où ils scandaient « Anna ! Anna ! » avec le sourire aux lèvres… D'ailleurs maintenant, à chaque fois que je croise des pirates autres que le maître d'équipage, le maître canonnier, le médecin, le coq ou même Heimata – qui semble résolu à ne plus vouloir ma mort –, je tâche de me faire toute petite. Malheureusement, je n'ai jamais pu passer inaperçue sur le trois-mâts.

— Hey ! Femme !

Je resserre ma prise sur la garde de mon couteau préféré. Bien que l'envie me brûle les lèvres, je ne relève pas l'insulte du pirate. Car oui, c'en est une. Au lieu de cela, je me tourne simplement vers lui.

— On peut savoir où t'as appris à naviguer ?

Face à moi, il n'y a pas un, mais cinq pirates. Et leur nombre augmente à chaque minute qui passe. Les dents serrées, je décide que je ne leur ferai pas le plaisir d'appeler à l'aide bien que je sache leurs intentions douteuses.

— Je ne vois pas en quoi ça vous concerne, je rétorque en prenant une voix assurée.

— Ah oui, tu vois pas ?

— Tu crois qu'on va t'laisser nous m'ner en bateau sans rien dire, nous et l'capitaine ?

— Eh bien… il me semble pourtant que c'est mon boulot… de vous mener en bateau je veux dire.

Bon, OK, l'humour n'est peut-être pas la bonne solution dans une situation pareille. Mais d'une, le pirate m'a tendu une perche grosse comme le mât de misaine, et de deux, sur le coup, il ne m'est rien venu d'autre à l'esprit.

Comme ils ne s'attendaient sûrement pas à une telle répartie de la part d'une pauvre femme acculée, les hommes restent un instant sans rien dire. Certains me toisent quand d'autres essaient de comprendre où je veux en venir. Je crois bien qu'ils n'ont pas tous saisi mon humour.

— Arrête d'essayer de nous embrouiller et dis-nous où c'est que t'as appris à piloter !

— Que je sache, le pilote ici c'est Heimata, pas moi.

— Me cherche pas, gamine !

Le visage du pirate tourne au cramoisi et il n'est pas le seul à s'énerver. Quant à moi, je commence à me dire que j'aurais mieux fait de ne pas l'ouvrir autant. Mais bon, en même temps, je suis une femme sur un bateau pirate. Je suppose donc que si je ne leur tiens pas tête, ils vont finir par me manger toute crue. Et puis je suis sûre que, même de loin, les quelques hommes dignes de confiance de la Lorelei tiennent ceux-là à l'œil et ne ratent rien du spectacle. Toutefois, si je ne veux pas que les choses s'enveniment, il va falloir que je trouve rapidement une parade…

— J'ai passé ma vie sur des bateaux comme celui-là, ça vous va ?

— Ça veut rien dire ! Nous aussi on a passé notre vie sur le pont et on n'est pas devenus timoniers pour autant !

Je hausse les épaules. La discussion est stérile. Alors, malgré ma détermination du début, je lève la tête en direction du gaillard d'arrière.

Mais j'ai à peine ébauché le début du mouvement qu'une chaleur fulgurante irradie mon corps. J'en ai le souffle coupé et porte la main à ma poitrine. Car oui, l'épicentre de cette soudaine radiation n'est autre que mon médaillon.

— Qu'est-ce t'as ? T'as tes règles ? ironise un pirate.

Je ne réponds pas. Je suis trop contente de savoir que la radiation n'a été visible pour personne.

— *Trouve le trésor, Annabelle !*

J'ai parlé trop vite… Beaucor fonce sur moi sous les yeux éberlués des pirates. La bouche ouverte, ils semblent incapables de mettre des mots sur ce qui vient de se passer. Mon corbeau a parlé ! De nouveau… Impossible donc de faire croire aux hommes d'O'Brian qu'ils avaient bel et bien rêvé la première fois !

Aussitôt, je crie son nom pour qu'il se taise. Et, bien qu'il m'écoute, il reste plus excité que jamais… ou plutôt, tout autant qu'il l'était le jour où je l'ai rencontré. À intervalles réguliers, il fonce sur ma poitrine pour me désigner le médaillon. Bien sûr, il ne m'en faut pas plus pour comprendre ce que cela signifie. Sans plus tarder, je remonte dans la cabine. Je dois en avoir le cœur net.

À l'abri des regards, je sors le médaillon de sous mes vêtements. Il est chaud. Agréablement chaud, pas comme son irradiation de tout à l'heure.

— *Trouve le trésor Annabelle ! Trouve le trésor et ramène-le !*

Tout excité, Beaucor tourne au-dessus de moi. En vain, je lui fais signe de se taire et de se poser quelque part. Mais comme il continue, je dois prendre sur moi pour faire abstraction de ses cris et de ses ailes qui battent l'air.

Quand j'ai l'esprit à peu près clair, je baisse à nouveau les yeux sur la boussole magique. L'aiguille n'indique aucun point en particulier. Au contraire, elle tourne sur elle-même à une vitesse incroyable. Je ne prends pas le temps de me demander pourquoi, car j'ai ma petite idée. Toute cette agitation ne peut signifier qu'une seule chose : on est tout près du Trésor du Peuple des Brumes !

Vite, je range le médaillon sous mes vêtements et me retourne pour sortir. À peine ai-je posé la main sur la poignée de la porte que j'entends la vigie s'écrier :

— NAVIRE EN VUE !!!

Encore une fois, le doute n'est pas permis. Sans perdre une seconde, je tire la porte et m'apprête à rejoindre Rick sur la dunette. En sortant, j'aperçois les pirates qui me harcelaient quelques minutes plus tôt sur le pont. Ils n'ont pas bougé, ni même repris leurs esprits. Et me voir fuser hors de la cabine comme un boulet de canon suivie par Beaucor ne va certainement pas arranger les choses ! Tant pis, je n'ai pas de temps à perdre avec eux.

Sitôt arrivée près d'O'Brian, je veux lui dire que c'est le bon, que c'est ce navire, que c'est là que nous trouverons le Trésor. Mais il le sait déjà. D'un geste presque blasé, il me tend sa longue-vue pour que je puisse y jeter un coup d'œil. Je place alors l'objet dans le prolongement de mon œil droit, ferme le gauche et observe.

Le bateau vers lequel nous a menés le médaillon est un navire de guerre. Sur ses voiles en partie déchirées, on devine l'emblème de la famille royale du Continent. J'ai comme l'impression que ça ne va pas être facile de s'emparer du Trésor… Si O'Brian voulait de la piraterie digne de ce nom, je crois bien qu'il va être servi !

Je déglutis en lui rendant sa longue-vue et demande :

— On va vraiment… ?

— Oui. Tu voulais le Trésor du Peuple des Brumes ? Eh bien le voilà. Et bientôt, il sera à nous !

Ce disant, le capitaine descend sur le gaillard et tend sa longue-vue à Heimata. Puis il s'approche de la rambarde, de manière à avoir une meilleure vue sur le pont. Le moment est venu pour lui de motiver ses troupes !

— Pirates ! Nous allons enfin faire de ce bateau le plus redouté, mais aussi le plus riche de tous les temps !! Car ce navire que vient de nous annoncer la vigie n'est autre que celui qui fera de nous des légendes !!!

Tandis qu'il fait une pause, ses hommes regardent dans la direction indiquée par la vigie. Mains au-dessus des yeux, ils tentent d'apercevoir le bateau que pointe leur capitaine. Et même si, pour le moment, ils ne voient qu'un point sur l'horizon, cela suffit à les mettre en joie. Des hourras commencent même à s'élever parmi les hommes sur le pont, célébrant O'Brian tout autant que moi. Finalement, on dirait bien qu'il n'y a plus personne pour le traiter de fou ou pour m'accuser de sorcellerie… Car si sorcellerie il y a, il semblerait qu'ils soient prêts à l'accepter pour devenir les fameuses légendes dont parle leur capitaine ! Oui, on peut le dire, ces pirates sont pour le moins versatiles…

Après avoir laissé ses hommes s'enorgueillir de leur future prise, il lève la main pour les faire taire avant de prendre à nouveau la parole. En effet, il doit les avertir du type de navire qui les attend.

— Mes amis, voilà comment nous allons procéder…

27

Comme lors de l'abordage du Wurm, la Lorelei fonce droit sur le navire de guerre. Rôdé à l'exercice, le maître d'équipage hurle des ordres que les pirates s'empressent de suivre. Le vent gonfle les voiles et pousse notre vaisseau. Étrangement, le bateau dont nous approchons ne bouge pas. C'est comme s'il voulait qu'on vienne à lui. J'hésite à en faire part au capitaine.

Pas longtemps.

— Capitaine Rick ! je fais en levant la main comme une écolière.

O'Brian se retourne. Il a les sourcils froncés et la mine sombre. Je le dérange, c'est indéniable ! Pourtant, il faut que je lui fasse part de mon sentiment. Mais au moment où j'ouvre la bouche pour le faire, la lanière de cuir qui retient le médaillon se resserre violemment contre mon cou et m'empêche de parler. Elle me coupe le souffle, littéralement. Je tombe alors à quatre pattes et suffoque. Bien qu'il sache pertinemment qu'il ne peut rien y faire, le capitaine se baisse à mon côté avant de répondre :

— C'est trop facile, je sais.

Et soudain, le nœud coulant se desserre. Rien ne pourra nous empêcher de nous saisir de ce navire et du trésor qu'il contient.

Rick me tend alors la main pour m'aider à me relever. Bien que je mette un point d'honneur à ne pas passer pour la demoiselle en détresse, je la saisis et me redresse.

— Cette fois, tu viens avec nous, déclare-t-il lorsque je suis debout.

Je hoche la tête. Mon esprit est en joie. Cet abordage aux côtés des pirates va me permettre d'intégrer pleinement la famille de la Lorelei. Sans compter que je vais pouvoir me dégourdir un peu et taquiner mes couteaux !

Lorsque nous sommes à côté du navire où se trouve le Trésor des Nébuleux, le maître d'équipage passe le relais au maître canonnier. Celui-ci donne alors l'ordre tant attendu sans que Rick n'ait rien à dire.

— Lancez les pics !

Aussitôt, les artilleurs embrasent leurs canons et les pics sont tirés. Ils viennent se ficher dans la coque du bateau. Les cordes sont alors attachées aux amarres et les canons de nouveau chargés.

— Encore ! s'écrie William.

Comme le vaisseau de guerre est bien plus grand que le navire marchand que nous avons abordé il y a quelques jours, les tirs se répètent de nombreuses fois. J'ai l'impression que Le Canon n'arrêtera jamais d'ordonner à ses hommes de « lancer les pics ». Mais lorsque je sens la main du capitaine se poser sur mon épaule – celle où Beaucor n'a pas élu domicile –, je sais que c'est fini. Ou plutôt, que ça va commencer !

— À l'abordage !!! s'écrie alors O'Brian en levant son cimeterre.

— À l'abordage !! reprennent ses hommes avant de sauter à bord du navire de guerre.

Et tandis que quelques-uns des nôtres restent sur la Lorelei, Rick me pousse en avant.

Je rejoins le mouvement des pirates. Je cours à leur côté. D'un bond, je me hisse sur la rambarde. Puis je saute à bord du bateau de guerre. Là, les nôtres combattent déjà. À l'épée, au pistolet, au couteau. Alors je sors les miens. Je les lance sur nos ennemis.

En vain.

Non pas que je manque mes cibles, mais je m'aperçois que mes coups, pourtant mortels, ne mettent aucun homme à terre. Tout ce que nous faisons semble n'avoir aucun effet sur les soldats du Continent. Les gardiens du Trésor du Peuple des Brumes semblent invincibles. Nos armes, si elles répandent leur sang, ne semblent pas les blesser réellement. Un paradoxe que je ne m'explique pas.

— Ça ne leur fait rien capitaine ! s'écrie le maître canonnier.

— Je le vois bien Willy !

— Qu'est-ce qu'on fait ? demande un autre pirate qui tente de repousser un assaillant.

Soudain, un soldat lui vient en aide. De son sabre, il coupe en deux son frère d'armes. Puis, d'un mouvement habile, il replace sa lame dans son fourreau avant de saisir le buste remuant pour le jeter à l'eau. Nous le regardons faire, éberlués.

— Ils sont possédés, déclare-t-il en dégainant de nouveau son arme. La seule chose à faire est de réduire leurs capacités de combat.

— En les jetant à la mer ? questionne O'Brian.

— Ce n'est pas le mieux à faire puisqu'ils peuvent toujours remonter à la force de leurs bras s'ils en ont encore. Le mieux est de les brûler, mais…

Le soldat ne finit pas sa phrase. Fous de rage qu'il se soit retournés contre eux, les autres membres du bataillon le prennent maintenant pour cible. Ils foncent sur lui sans plus se préoccuper de nous. Comme s'il était l'ennemi à abattre. Comme s'ils n'avaient rien à faire des pirates qui cherchent à piller leur navire du plus inestimable des trésors.

D'un même mouvement, nous lui venons alors en aide comme il vient de le faire pour nous. Armes au poing, nous nous ruons sur ces morts-vivants. Suivant les conseils du soldat, nous tranchons dans le vif. Nous découpons. Morceau après morceau, nous jetons les corps à la mer. J'essaie de ne pas y penser, sinon cela ferait bien longtemps que j'aurais rendu mon dernier repas !

Hélas, comme l'avait prédit le soldat, les morts qui ont encore un bras et une tête remontent à bord sitôt qu'ils ont touché mer. Et certains des nôtres commencent à faiblir, touchés par les lames des soldats du Continent… ou de ce qu'il en reste.

— Si vous voulez le Trésor, prenez-le !

— Comment ? demande le capitaine, dos à dos avec le mutin.

— Je sais ! s'écrie William. Rick, certains de nous doivent continuer le combat pendant que les autres…

Le maître canonnier ne finit pas sa phrase. Mais nous avons tous compris ce qu'il voulait dire.

Aussitôt, Rick ordonne aux artilleurs de se battre deux fois plus afin que les autres puissent s'emparer des caisses.

— Dans les cales ! précise le soldat.

— Va avec eux, m'ordonne O'Brian.

— Je peux vous aider ! je fais en envoyant l'un de mes couteaux dans l'œil d'un mort-vivant.

— Tu nous aideras en portant le Trésor à bord de la Lorelei !

Mon instinct rebelle me pousse à le contredire. Je sais que je peux les aider. Grâce à moi, de nombreux corps ont déjà été jetés par-dessus bord. Toutefois, je me plie finalement à la volonté du capitaine. Après tout, si je tiens vraiment à faire partie de cette famille, il faut que j'accepte son autorité. Je rejoins donc les autres dans les cales.

28

À peine a-t-on ouvert les portes menant aux cales que la luminosité du Trésor des Nébuleux nous éblouit. Attirés comme des insectes de nuit par une lampe à huile, les morts-vivants se tournent vers nous, nous prenant de nouveau pour cible principale. Nous, qui voulons les spolier de leurs biens. Nous, qui osons prendre ce qui leur appartient.

— Retenez-les ! s'écrie Rick.

Et tandis que les artilleurs et les meilleurs combattants les occupent comme ils peuvent, nous plissons les yeux et pénétrons dans les cales. Un à un, nous sortons des coffres restés ouverts, car bien trop-plein pour pouvoir être fermés. Toutefois, je ne suis pas sûre que ce soit la bonne solution. À chaque fois, nous devons lutter contre au moins un mort-vivant et manquons de renverser le coffre que nous portons. Sans compter que les changements incessants de luminosité brouillent notre vision lorsque nous passons des cales au pont et du pont aux cales. Hélas, je sais que je n'ai pas l'autorité pour donner des ordres. En revanche, je sais qui peut le faire.

Je me fraye alors un chemin vers le maître d'équipage qui coordonne le pillage du navire de guerre et lui fait part de mon idée.

— Nous devrions créer une chaîne, non ?

L'homme au crâne rasé fronce les sourcils. Puis sourit. Mon idée lui plaît. Aussitôt, Joe intime aux pirates de créer une chaîne humaine qui nous permettra de vider le navire plus efficacement. Je me place alors parmi eux. Tous les bras sont les bienvenus.

Au début, nous prenons toutes les précautions du monde pour nous passer les coffres. Nous avons peur de perdre la moindre pièce. Car le Trésor du Peuple des Brumes doit être entier pour être considéré comme tel. Et même si je pense que jamais il n'a été amputé du moindre sou, nous veillons à ce que les coffres restent tels que nous les trouvons.

Mais en fin de compte, avec l'habitude, nous parvenons à faire fonctionner la chaîne à plein régime. Sans compter que les artilleurs qui nous défendent ont pris position devant nous et nous protègent tant qu'ils peuvent. Malheureusement, cela n'empêche pas quelques percées des morts-vivants qui nous obligent à combattre, nous aussi. Et tandis que certains de mes camarades tombent, j'ai l'impression d'être protégée par une bonne étoile. Car aucun coup porté par ces anciens soldats ne m'atteint. Moi, en revanche, je fais mouche à chaque fois que je dois recourir à mes couteaux.

Au bout de plusieurs heures passées entre combats et transport de coffres, le Trésor du Peuple des Brumes se retrouve bientôt entièrement à bord de la Lorelei. Et lorsqu'enfin, le dernier coffre quitte le navire de guerre, les morts-vivants cessent de combattre instantanément. Et s'effondrent sur le pont de leur bateau. Cette fois, je crois qu'ils sont bel et bien morts. Il faut dire qu'ils ont été coupés en un nombre incalculable de morceaux ! Bien qu'occupée à être un maillon de la chaîne, j'ai bien vu que, parfois, un seul bras ou une seule main avait suffi à mettre en difficulté les pirates. Une lame entre les doigts, ils avaient tranché dans le vif, s'en prenant aux pieds et aux jambes des pirates. Et moins il y avait de coffres à bord du navire de guerre, plus les monstres devenaient agressifs. Mais maintenant que le Trésor se trouve sur la Lorelei, le Peuple des Brumes n'a plus besoin de torturer ces pauvres hères…

Cette pensée me fait froid dans le dos. D'où me vient-elle ? Je l'ignore… Il faudra que je demande confirmation à Beaucor dès que nous serons de nouveau seuls dans la cabine lui et moi.

Et en parlant de solitude, le soldat qui nous est venu en aide doit se sentir bien seul lui aussi… Non seulement il est l'unique rescapé du carnage, mais en plus il a trahi les siens. Debout près du capitaine, il observe le pont couvert de soldats découpés en morceaux.

— Je te remercie, fait Rick en lui tendant la main. Sans ton intervention, nous n'y serions peut-être pas arrivés.

Le jeune soldat hoche la tête sans rien dire. Alors O'Brian reprend tandis que les siens rejoignent déjà la Lorelei.

— Pourquoi nous avoir aidés ?

Encore une fois, le soldat ne répond rien. Ce faisant, il me rappelle indéniablement le capitaine. Ou même Beaucor lorsque je l'ai rencontré. Enfin, si l'on peut parler de rencontre… Quoi qu'il en soit, O'Brian doit s'accommoder de ses silences puisqu'il propose au jeune homme de rejoindre son équipage. Après tout, en nous venant en aide, c'est comme s'il avait prouvé son allégeance à la Lorelei.

Pour la seconde fois, l'ancien soldat hoche la tête et suit le mouvement qui nous rapatrie vers notre vaisseau. Ce faisant, il fixe un instant son regard sur moi. Ses yeux bleus, encore plus clairs que ceux de Rick, semblent me transpercer de part en part. Je frissonne avant de me retourner vers la Lorelei. Si je ne le regarde pas, je ne le verrai pas me fixer, n'est-ce pas ?

Quand nous sommes tous à bord, le capitaine et le maître canonnier ordonnent de couper les câbles qui nous relient au navire de guerre. Quelques instants plus tard, nous nous en éloignons.

Tandis que la Lorelei vogue vers le prochain port afin que nous puissions fêter dignement la plus grande prise de toute l'histoire de la piraterie, je m'enferme dans la cabine avec Beaucor. J'ai quelques questions à lui poser. Mais je n'ai pas le temps de m'installer que quelqu'un cogne contre la porte. C'est le capitaine. Et il n'est pas seul. Lui, le maître d'équipage et le maître canonnier sont venus me féliciter personnellement pour l'abordage que nous venons de faire.

— Tout l'équipage se joint à nous bien sûr ! déclare Le Canon. Et vu que nous le représentons, c'est nous qui sommes venus te remercier de nous avoir permis de devenir les meilleurs pirates que la mer ait jamais porté !

— Je crois que même Heimata est fier de toi, ajoute le maître d'équipage. Et si je ne me trompe pas, l'Écureuil cherche dans ses caisses s'il ne peut pas nous préparer un repas de fête ! Quant à Rob… eh bien il croule hélas sous le boulot après la bataille qu'on vient de mener.

J'imagine… Pas facile d'être médecin sur un navire dont l'équipage a combattu des morts-vivants !

— Bon ! fait soudain Rick. À vos postes. Faut que je leur parle.

Ce disant, il nous désigne, le soldat et moi. Comme il était caché derrière leurs corps massifs, je ne l'avais même pas vu.

Bien que déçus de ne pas pouvoir trinquer avec moi – ils avaient déjà sorti leurs fioles de rhum –, les deux maîtres s'en vont sans discuter. Comme quoi, pirates ou pas, ils savent qui fait autorité sur ce navire !

À peine sont-ils partis que le capitaine nous fait signe de nous asseoir. Le jeune soldat et moi prenons donc place sur les deux chaises face au bureau tandis qu'O'Brian s'installe derrière, sur son fauteuil. Sa propre fiole à la main, il demande :

— Bon alors gamin, tu m'expliques ce qui s'est passé sur ton bateau ?

Tandis qu'il se pince les lèvres, sans doute pour réfléchir à ce qu'il va dire, je l'observe à la dérobée.

Je dirais qu'il n'est pas beaucoup plus âgé que moi. Vingt ans, tout au plus. Ses cheveux mi-longs bruns sont attachés dans sa nuque. Mais après la bataille contre les morts-vivants, quelques mèches se sont échappées et lui tombent devant le visage. Un visage juvénile dont les yeux semblent cependant trahir une certaine expérience de la vie. Ces yeux bleu pâle. Presque translucides.

Évidemment, il porte l'uniforme de la marine du Continent. C'est peut-être à cause de cela qu'il a l'air si expérimenté… et si séduisant. Pourtant, il n'est pas donné à tout le monde d'avoir l'air séduisant lorsqu'on est vêtu d'une veste en cuir bleue enfilée par-dessus une chemise à jabot blanche et un pantalon gris.

Séduisant ? Sérieux ? Faut que je me reprenne ! On dirait une fille ! Et je n'ai jamais voulu avoir l'air d'une fille. Alors c'est pas cet ancien soldat qui va me faire changer d'avis ! Vite qu'il parle et qu'on passe à autre chose !!

Comme s'il avait lu dans mes pensées, le jeune homme desserre enfin les dents.

— Le trésor est maudit…

Ouais, ça, on s'en serait douté hein ! J'ai bien envie de le relancer, mais je suis interrompue par Beaucor qui s'écrie soudain :

— *Le Peuple des Brumes est le maître des Non-Morts !*

Rick et moi nous tournons d'un même mouvement vers le volatile. Si seulement il pouvait se taire celui-là ! Que va penser le soldat ? Va-t-il nous accuser de sorcellerie ?

Visiblement pas. Bon, en même temps, à qui aurait-il bien pu nous dénoncer ? Et puis, ne vient-on pas de combattre ensemble des morts-vivants ?

Comme si tout cela était parfaitement normal, le jeune homme hoche la tête pour confirmer ce que l'oiseau vient de dire. Quant à moi, j'ai ma réponse. Et Beaucor était bel et bien à-même de me la donner.

— Au début, tout allait bien. Quand je suis monté à bord de l'Irmin avec mon frère d'armes, le Trésor y était déjà. Nous n'avons pas cherché à savoir ce qu'il faisait là, ni pourquoi il devait rester sur le bateau. Mais ça, je l'ai découvert avec le temps…

Le soldat marque une pause. Nous ne l'interrompons pas. Ses souvenirs sont sûrement douloureux. J'en veux pour preuve ce « nous » qui s'est transformé en « je ».

— Plus les semaines passaient, plus nous devenions agressifs les uns envers les autres. Chacun de nous voulait s'approprier le Trésor pour lui tout seul… et nous avons commencé à nous entre-tuer.

Je fronce les sourcils. Si son histoire tient debout, je ne comprends pas pourquoi ni comment il a pu se retourner contre son propre équipage. Et à voir son visage, je dirais que Rick non plus ne saisit pas tout. À force, je parviens à déchiffrer les plus neutres de ses expressions.

— Je ne sais pas pourquoi, mais j'avais l'impression que mon frère d'armes et moi étions moins touchés par cette folie… Toutefois, nous ne pouvions pas faire grand-chose. Et à un moment, comme il ne pouvait plus supporter toutes ces horreurs, mon ami s'est jeté par-dessus bord. Pour lui, c'était toujours mieux que de se transformer en Non-Mort. Car c'est ce qui nous attendait si nous restions là… J'ai voulu le suivre, mais j'avoue avoir été trop lâche pour le faire. Quand vous êtes arrivés, cela faisait longtemps que plus un humain n'arpentait le pont…

— Et toi ? ne puis-je m'empêcher de demander alors qu'il s'apprêtait à refaire une pause.

— Moi ? … Je me suis caché dans la cuisine de la cabine principale. Je vous l'ai dit, j'ai été lâche… Comme les Non-Morts n'ont pas besoin de manger ni de boire… ni même de quoi que ce soit d'ailleurs, ils ne venaient pas. Ils restaient près du Trésor. Avec le temps, ils en sont devenus les gardiens, comme les dragons d'autrefois. Nombreux sont les pirates qui nous ont abordés, mais jamais ils ne sont parvenus à en venir à bout. Et moi, je restais toujours caché …

Le soldat marque une nouvelle pause. Cette fois, je ne l'interromps pas. O'Brian non plus. Et, quand il se sent prêt, le jeune homme continue :

— Et puis, vous êtes arrivés. Je ne saurais dire pourquoi, mais j'ai tout de suite su que c'était ma chance. J'avais l'impression qu'une force me poussait à vous venir en aide. Comme si on me promettait le salut. Ou quelque chose dans le genre. C'est comme si une voix m'avait soufflé que vous seuls étiez capables de venir à bout des Non-Morts. Et puis, en vous aidant, je m'aidais également…

Le soldat se tait à nouveau. Son histoire est finie. Comme il me fixe, j'ai presque l'impression qu'il ne s'adressait qu'à moi. Mais bien sûr, je dois me faire des idées…

— Ton nom ? demande soudain le capitaine, rompant le silence.

— Bran.

— Eh bien Bran, je serais ravi de te compter parmi mes hommes.

Bran sourit. De soldat, il vient d'être promu pirate.

29

Nous voilà de retour à Socoroff. Là où tout a plus ou moins commencé. Là où Rick et moi avons pu rejoindre la Lorelei. Je m'étonne d'ailleurs qu'il ne nous ait fallu que quelques jours de navigation pour rejoindre la ville portuaire. J'avais pourtant l'impression que nous nous en étions grandement éloignés !

— Le Continent est assez petit, me fait remarquer Bran.

Depuis qu'il a rejoint l'équipage, l'ancien soldat ne me quitte pas d'une semelle. Pas que je m'en plaigne hein ! Il est charmant, bien éduqué… ça me change ! Sans compter que, depuis que le Trésor est à bord de la Lorelei, les pirates sont de plus en plus tendus. Cela ne fait pas une semaine et, déjà, j'ai l'impression qu'ils sont à deux doigts de déclencher une bagarre générale.

Je repense alors à ce que nous a raconté Bran à son arrivée. À ce qui s'est passé sur son bateau. Et j'ai bien peur que cela n'arrive sur la Lorelei. Plus qu'une peur, c'est même un pressentiment. Après tout, ne dit-on pas que le Peuple des Brumes a maudit son trésor ?

Tandis que je me débats avec mes sombres pensées et que la Lorelei pénètre dans le port de Socoroff, Heimata et Bran dissertent sur la géographie des océans. Ou plutôt de l'océan. Car en réalité, mis à part le Continent, la Presqu'Île et la Cité État, nous vivons dans un monde presque entièrement marin. C'est d'ailleurs pour cela que j'ai choisi de vivre à bord de bateaux dès mon adolescence. Je voulais voir le monde, et il ne se trouvait pas sur le Continent. Quant au Désert que j'ai traversé il y a quelque temps… il recouvre plus de cinquante pour cent des terres.

D'ailleurs, qu'est-ce que je faisais au beau milieu de cette étendue de sable, moi qui me prends pour un mousse depuis mes treize ans ? Il a bien fallu que je descende de mon dernier bateau et que je m'aventure vers le cœur du Continent… Mais pourquoi ? Comment ? Quand ? Et surtout, pour quelle raison n'en ai-je aucun souvenir ?

— T'es avec nous, gamine ?

Heimata me tire de mes pensées.

— Oui, oui…

— Alors tu devrais le montrer un peu mieux.

D'un geste du menton, il désigne le capitaine.

Rick me fixe de ses grands yeux bleus. Un instant, je me dis que cette couleur m'attire. Qu'elle a toujours eu un drôle d'effet sur moi. Comme si elle m'hypnotisait. C'est d'ailleurs la sensation que j'ai chaque fois que je regarde Rick et, plus encore, Bran. Mais très vite, je chasse cette pensée. Le regard du capitaine n'a rien d'amical et il attend visiblement une réponse de ma part. Quant à la question, je suis bien incapable de m'en souvenir puisque je ne l'ai pas écoutée.

— Pardon… dis-je, un peu penaude.

— Je disais donc que je te laissais le choix de faire partie de la première ou de la deuxième vague, reprend O'Brian.

J'hésite. Je sais que faire partie des premiers à aller fêter notre prise signifie boire moins et rentrer plus tôt sur le bateau. D'ordinaire, les pirates préfèrent donc participer à la seconde vague. Sauf que moi, je ne bois pas comme eux. Quelques chopes de bière suffisent souvent à m'enivrer. Sans doute parce que je n'ai pas leur habitude ! Je choisis donc de partir parmi les premiers. Comme je m'en doutais, Bran fait de même.

Sitôt le bateau à quai, la première vague descend donc. Contrairement à la dernière fois, William n'en fait pas partie, pas plus que Rob et Hazel. Les seuls que je connais sont donc le capitaine, Bran et Joe, le maître d'équipage.

Très vite, nous nous retrouvons dans une taverne qui m'est familière. Non pas que j'y sois déjà venue, mais elle présente de nombreuses similitudes avec celle dans laquelle nous avons fêté l'abordage du Wurm. D'ailleurs, comme cette fois-là, Rick entre dans la taverne en déclarant qu'il offre une tournée à tout le monde. Les clients le remercient en applaudissant. La plupart d'entre eux sont aussi des pirates et savent donc pourquoi le capitaine agit ainsi. Quant aux autres, ils le devinent rapidement.

De fait, O'Brian ne peut s'empêcher d'affirmer haut et fort que la Lorelei détient maintenant le plus grand trésor de tous les temps.

— Tu délires capitaine J'suis-l'meilleur ! rétorque un autre pirate au fond de la salle. Le Trésor du Peuple des Brumes n'est qu'une légende !

— Si tu le dis monsieur Sceptique.

Évidemment, O'Brian ne s'étend pas sur le sujet. Il n'a pas encore assez bu pour ça ! Toutefois, m'est avis que dès qu'il aura quelques chopes de rhum dans le nez, il dissertera davantage sur notre prise. Et je ne suis pas sûre que ce soit une bonne idée… Bien sûr, Rick m'avait dit que, si une telle quête l'intéressait, c'était surtout pour faire savoir à tous qu'il était effectivement le meilleur capitaine pirate que la mer ait jamais porté. Il voulait profiter de la notoriété de ce butin pour octroyer à la Lorelei une réputation au moins égale à celle du trésor maudit. Une réputation mortellement dangereuse donc. Et malheureusement, j'ai bien peur qu'il y parvienne… à ses dépens.

Tandis que nous buvons et trinquons, nous nous rappelons l'abordage. Nous évoquons les combats qui, de périlleux deviennent héroïques. Mais, toujours, nous évitons de partager avec les pirates les informations que nous a données Bran. Il ne faudrait pas qu'ils comprennent à quel point ce trésor est dangereux pour le bateau qui le transporte ! Quoique, honnêtement, je ne suis pas sûre que cela empêcherait les hommes d'O'Brian de faire les coqs. Et de toute façon, j'ai comme l'intuition qu'ils le découvriront bien assez tôt…

D'où me vient cette intuition ? Je n'en sais trop rien à vrai dire… Peut-être de mon médaillon qui, depuis que nous détenons le Trésor du Peuple des Brumes, n'a plus donné signe de vie. Peut-être du fait que Beaucor me semble soucieux sans pour autant émettre le moindre croassement. Ou bien encore tout simplement à cause de ce qui s'est passé sur le navire de Bran… Oui, c'est sûrement ça. J'ai peur que cela arrive aussi à la Lorelei. Une peur viscérale qui me tord le ventre un peu plus à chaque instant.

Lorsque nous partons rejoindre le bateau afin de céder la place à la deuxième vague – à laquelle se joindra O'Brian parce qu'après tout, il est le capitaine –, je remarque que d'autres clients quittent la taverne en même temps que nous. Dans l'ombre, quelques-uns nous suivent et je crois deviner pourquoi. Ils ont entendu Rick se vanter de sa prise. Et ils nous ont entendus en parler tout au long de la soirée. Ils doivent donc vouloir voir de leurs yeux si nous n'avons pas fabulé…

30

Sur le bateau, Bran et moi sommes installés dans la cabine. Tandis que je suis allongée sur le lit, il consulte la carte étalée sur le bureau de Rick. J'ignore comment, mais en l'espace de quelques jours, ce type m'est devenu indispensable. Au début, j'avais l'impression qu'il me collait et que je devais m'en défaire. Sans parler de ces regards qu'il me jetait à la dérobée. Toutefois je me suis vite faite à sa présence à mes côtés. Et maintenant qu'il a cessé de me fixer avec intensité, je le considère presque comme un ami. En tout cas, quelqu'un de confiance à qui je pourrais tout dire. Quelqu'un à qui je confierais ma vie sans la moindre hésitation.

Comment on en est arrivé là ? Je l'ignore… – Décidément, il y a bien des choses que j'ignore ! – Peut-être à cause de ce qu'il nous a raconté, du fait qu'il a entendu Beaucor parler et n'a rien dit… ou tout simplement parce que, comme moi, il a été recueilli par l'équipage grâce à sa contribution. Un trésor. Oui. À échelle différente – vraiment différente ! – lui est moi sommes pareils. Des intrus qui ont su gagner la confiance de pirates, ce qui n'est pas donné à tout le monde !

Soudain, nous entendons sur le pont un raffut de tous les diables. Bran se tourne vers moi, le regard interrogatif. Comme je n'en sais pas plus que lui, je me lève. Ensemble, nous sortons de la cabine. Nous assistons alors à un spectacle qui a le goût amer du déjà vu.

Sur le pont, les membres de l'équipage de la Lorelei ont sorti leurs armes et se battent maladroitement contre d'autres pirates. Ces derniers sont sobres et ont donc un avantage de taille face aux hommes de Rick.

Sans plus attendre, Bran et moi nous jetons dans la mêlée afin de venir en aide aux nôtres. L'ancien soldat est un très bon bretteur et semble ne pas être aussi ivre que nos compagnons. Il pare, il attaque, il riposte, donne des coups d'estoc. Sous son sabre, quelques pirates à passent de vie à trépas. Pourtant, nous sommes rapidement mis en difficulté.

— Va chercher le capitaine et les autres ! m'ordonne-t-il.

Je songe alors à y envoyer Beaucor. Après tout, c'est plus ou moins son job ici. Je retourne donc dans la cabine où il est resté. Mais lorsque je lui demande d'aller prévenir Rick et les autres pirates, l'oiseau ne bouge pas d'une plume. Pas plus qu'il ne me répond quoi que ce soit. Énervée, je lâche un juron avant de m'élancer hors du bateau.

Je cours dans les rues de Socoroff pour rejoindre la taverne. Que le chemin me semble long ! À chaque instant, je pense à Bran, seul véritable combattant pour défendre le trésor de la Lorelei. Je me dis aussi qu'il faut que je coure vite, car plus je mettrai de temps à rejoindre la taverne, plus les pirates pourront boire et se rendront inaptes au combat.

Lorsque j'y parviens, je suis à bout de souffle. Je n'ai même pas pénétré dans l'établissement que les éclats de voix des pirates me parviennent déjà. Je n'ai donc aucun mal à foncer droit sur eux. Peu importe l'air que je donne. Mes cheveux sortent dans tous les sens de mon turban et je dois être aussi rouge qu'une tomate bien mûre.

— Anna ! s'écrie O'Brian dès qu'il m'aperçoit. On vient boire un petit coup supplémentaire ? Normalement je n'accepte pas ce genre de comportement, mais puisque c'est à toi qu'on doit d'avoir…

— Capitaine ! je le coupe. Il faut venir au bateau. Tout de suite !

Si ma voix ne trahit aucune urgence à cause du souffle qui me manque, mes yeux se chargent de la lui transmettre. Aussitôt, il repose sa chope presque vide sur la table et se lève. D'un bond, il est près de moi et me chuchote :

— Que se passe-t-il ?

Son haleine empeste le rhum. J'ai bien peur qu'il ne puisse pas vraiment combattre, pas plus que les pirates qui l'accompagnent, bien qu'ils n'étaient pas eux aussi de la première vague.

— La Lorelei est attaquée !

Je lui ai dit, mais je crois que j'aurais aussi bien pu me taire. Il avait déjà compris. Il ordonne alors à Hazel de régler la note avec la bourse qu'il lui envoie. Quant à lui et les autres, ils se précipitent vers le port. En ce qui me concerne, j'ai déjà bien couru et n'ai plus la force de les suivre. Je reste donc avec l'Écureuil.

Quand le cuisinier a fini de payer, il me demande de lui raconter ce qui s'est passé. Et tandis que nous nous dirigeons d'un bon pas vers les quais, lui claudiquant et moi me tenant le côté, je lui explique qu'on a été attaqué peu de temps après qu'ils sont partis pour la taverne.

— Ils devaient attendre d'être sûrs d'avoir une chance. C'est pour ça que je n'aime pas trop Socoroff.

Je lève vers lui un regard aux sourcils arqués. Que veut-il dire par là ?

— C'est une ville de pirates et de contrebandiers. Ici, les gens bien sont en minorité. C'est pour ça que Rick a voulu fêter notre victoire ici.

— Je ne suis pas sûre de comprendre…

— Eh bien, il veut que la Lorelei soit le navire pirate le plus craint de tous les temps, non ?

Je hoche la tête. Et même si je commence à voir où il veut en venir, l'Écureuil continue son explication :

— Quoi de mieux qu'un navire pirate craint par d'autres pirates ? Sur la mer, les soldats pensent faire la loi alors qu'en réalité, c'est nous qui la faisons. Et les pirates savent que certains ont plus d'autorité que d'autres. En s'appropriant le Trésor du Peuple des Brumes, le capitaine Richard O'Brian a placé l'équipage de la Lorelei tout en haut de la hiérarchie.

Je hoche de nouveau la tête.

Quelques instants plus tard, nous avons rejoint la Lorelei. Les combats font rage. Les pirates ennemis sont plus nombreux qu'à mon départ et les hommes de Rick ont de plus en plus de difficultés à les repousser. Cela ne colle pas trop avec l'objectif de devenir le pirate le plus craint des océans… Toutefois, il n'est pas difficile de comprendre que celui qui destituera O'Brian de son navire – et surtout de ce qu'il continent – sera celui qui le remplacera dans la hiérarchie des pirates. Maintenant que le Trésor des Nébuleux est à portée de mains, pourquoi ne pas tenter de le récupérer ?!

À peine sommes-nous montés à bord que le capitaine s'écrie :

— On largue les amarres !

— Mais capitaine ! On a besoin de toile, de cordages et de bois ! lui répondent en chœur les voix des jumeaux.

— Et de vivres ! crie Hazel à côté de moi.

— On a aussi besoin de rester en vie ! déclare O'Brian. Exécution !

Mais l'exécution de l'ordre du capitaine n'est pas évidente. Les pirates ivres doivent jongler avec leurs devoirs de marins et ceux de défenseurs du trésor. Car en même temps qu'ils combattent, ils doivent détacher les amarres du quai et défaire les voiles.

Soudain, un cri retentit. Et une ombre plane au-dessus de la Lorelei, dissimulant la lune par intermittences. Beaucor. Il n'a rien fait jusqu'ici, mais le revoilà disposé à nous aider. Je sors alors mes couteaux de leurs fourreaux et viens également en aide aux pirates. Ma première lame atteint l'épaule d'un homme qui, surpris, hurle de douleur. À n'en pas douter, il ne s'attendait pas à ce qu'une gamine s'en prenne à lui – car c'est comme ça que tout le monde me voit, je ne suis pas dupe. Il retire alors ma lame de son corps et se dirige vers moi, décidé à me faire goûter la sienne. Mais avant d'arriver, il est embroché par celle de Rick. Ce dernier, lassé des combats à l'épée, finit par sortir son pistolet.

Couvert par notre dernière recrue, le capitaine saute sur le gaillard de poupe dans l'idée de rejoindre la dunette. De là-haut, il aura un meilleur angle. À peine arrivé, il vise un à un les pirates ennemis. Toutefois, O'Brian n'est pas le seul pirate à disposer d'une arme à feu. Bien vite, d'autres apparaissent, souvent dans les mains ennemies. Et les nôtres commencent également à tomber sous les balles.

— Abattez les tireurs en premier ! rugit l'un de nos assaillants.

Mais à peine a-t-il dit cela qu'une balle siffle depuis la vigie et vient se planter dans son crâne.

— Protégez les matelots ! ordonne Rick.

Alors, tous les canons de pistolets se dirigent vers les pirates qui cherchent à empêcher les nôtres de larguer les amarres. Mes couteaux ne sont peut-être pas aussi rapides et mortels que des balles, mais j'agis comme les pistoleros. Pour ce faire, je grimpe à mon tour sur la dunette et m'accroupis derrière la rambarde. De là, j'ai une meilleure vue sur le pont et suis assez bien protégée des balles.

Grâce à notre couverture, les matelots parviennent à détacher la Lorelei des quais de Socoroff. Quelques instants plus tard, les gabiers font descendre les voiles et Heimata prend place à la barre. Les pirates ennemis ne sont plus aussi nombreux et, surtout, ils ne peuvent plus compter sur une aide extérieure. Ainsi, quand nous quittons la baie de la cité des pirates, nos derniers assaillants préfèrent se jeter à la mer pour rejoindre les quais plutôt que de finir sous nos coups.

31

— Faut qu'on parle gamine.

Toujours ces phrases laconiques. Tout juste dégrisé par le combat, le capitaine vient de poser sa main sur mon épaule libre, faisant sursauter Beaucor. Je détache alors mon regard de Rob, en train de soigner les blessés comme il peut et lève les yeux vers lui. Je rencontre un regard dur. Ce n'est pas dans ses habitudes. En temps normal, Richard O'Brian met un point d'honneur à rester inexpressif même si, avec le temps, j'ai appris à lire en lui.

Comme mes yeux l'interrogent, il répond :

— Pas ici.

Puis il me pousse vers le gaillard d'arrière. Et vers la cabine.

Lorsque nous sommes seuls, il s'installe à son bureau et me fait signe de m'asseoir en face de lui. L'air toujours grave, il jette un regard à mon oiseau avant de fixer ma poitrine. Mes joues chauffent un instant avant que je comprenne qu'il n'est pas en train de mater mes seins. Ce qu'il fixe comme ça n'est rien d'autre que mon médaillon, qu'il croit sans doute deviner à travers mes vêtements. Alors mon visage perd toute couleur.

— Faut leur dire.

Je porte la main à mon médaillon. Je le tire de sous mon chemisier. Je m'aperçois alors que son aiguille semble de nouveau nous montrer une direction. Celle dans laquelle nous devons aller pour rapporter le trésor.

— On ne peut pas le garder, n'est-ce pas ?

Je secoue la tête. Et Beaucor confirme les dires du capitaine en croassant :

— *Ramène le trésor...*

Rick souffle. Je sens bien qu'il n'a pas envie d'infliger cela à ses hommes. Il leur avait promis de redevenir des pirates. De devenir des légendes pirates. Mais voilà qu'il s'apprête à leur demander de ne pas garder ce trésor si chèrement gagné. J'avoue qu'il me fait un peu de peine. Il a affronté Kyno pour récupérer son bateau, organisé un abordage facile pour regagner l'entière loyauté de ses hommes. Il a affronté des morts-vivants pour conquérir le Trésor le plus convoité de tous les temps… Et tout ça pour quoi ? Je me pince les lèvres. Cette situation me désole.

— Je vais le faire, déclare-t-il. Mais je ne leur parlerai pas de ça.

D'un geste, il désigne mon médaillon. Je le remercie. Ce serait si facile de tout me mettre sur le dos. Après tout, tout est de ma faute, non ? C'est moi qui suis venue le chercher, moi qui lui ai demandé son aide.

Tandis que je me débats avec ces pensées, O'Brian quitte la cabine. Finalement, nous n'avons pas vraiment parlé. Nous n'en avons pas eu besoin.

Résignée, je le suis en prenant soin de remettre mon médaillon à sa place.

Mais je n'ai pas même pas fermé la porte que, déjà, le capitaine commence son discours.

— Mes chers amis ! J'aurais besoin de votre attention quelques minutes.

Les pirates qui le peuvent cessent aussitôt leur activité. Les autres tournent la tête vers leur capitaine tout en continuant leur labeur. Et lorsque tout le monde est prêt à l'écouter, O'Brian reprend :

— Pour commencer, je voudrais vous féliciter encore une fois pour la belle prise qui a été la nôtre. Jusqu'ici, aucun pirate n'était parvenu à s'octroyer le Trésor du Peuple des Brumes.

Des hourras s'élèvent de la foule réunie sur le pont. Moi, je ne dis rien. Et je vois que, non loin du maître canonnier, Bran ne participe pas non plus aux cris de joie des pirates. Certes, il ne se considère peut-être pas encore comme tel, mais j'ai plutôt l'impression que c'est autre chose qui retient ses cris. Pour avoir vécu sur un bateau ravagé par la cupidité, il sait quelle malédiction pèse sur ce trésor. Et il doit se douter de ce que s'apprête à dire le capitaine de la Lorelei. Ou tout du moins l'espérer…

Pour faire taire ses hommes, Rick lève la main droite avant de déclarer :

— Malheureusement, ce trésor ne nous appartient pas. Et il ne nous appartiendra jamais… Comme moi, vous avez vu ce qu'il a fait à l'Irmin, le bateau de Bran.

Le capitaine désigne alors l'ancien soldat et toutes les têtes se tournent vers lui.

— Les soldats se sont entretués pour posséder le Trésor. Les morts-vivants que nous avons combattus n'étaient que le résultat de la malédiction du Trésor des Nébuleux. C'est pourquoi nous n'allons pas le garder à bord de la Lorelei.

Cette fois, les cris qui s'élèvent de la foule de pirates ne sont plus des cris de joie. Ils hurlent des « pourquoi » ou des « il est à nous ». Et je les comprends. Tout comme Rick, j'en suis sûre. Pourtant, il ne fléchit pas. Il tient bon. Il affirme vouloir les garder en vie et non se retrouver capitaine d'une bande de Non-Morts.

Soudain, ce mot résonne dans mon esprit. C'est Beaucor qui l'a prononcé pour la première fois lorsque Bran nous a conté son histoire. Et à présent, je sens que ce mot réveille en moi quelque chose. Mais quoi ? Ma mémoire me fait encore un peu défaut. Car en dehors de ce qui m'a conduite en plein milieu du Désert alors que je vivais sur des bateaux depuis trois ans, je sais qu'il y a autre chose que j'ai oublié. Ou plutôt que je suis incapable de me remémorer. Parce que je suis une orpheline. Certes, j'ai été élevée par une famille d'accueil, mais je ne connais ni mon père ni ma mère. Pourtant, quelque part, je sais que c'est d'eux que me vient la connaissance de ce terme. Non-Mort. Je le sens au plus profond de mon être sans toutefois pouvoir me l'expliquer.

— Suffit ! s'écrie soudain le capitaine.

Et son ordre est compris par le maître d'équipage qui s'empresse de rouer de coups ceux qui n'ont pas obéi tout de suite. Cela fait longtemps que Joe n'avait plus eu recours à sa trique. Hélas, aujourd'hui, cela semble de nouveau nécessaire.

— Lorsque je suis revenu à bord de la Lorelei, vous m'avez accepté en tant que capitaine. Et en tant que tel, j'ordonne que le Trésor soit rapporté à son peuple. Ceux qui s'y opposeront se verront attribuer la même sanction que Kyno. La planche ! À présent, reprenez le travail !

J'entends encore quelques pirates râler, mais tous s'exécutent.

— J'espère qu'il tiendra bon…

Bran vient de me rejoindre. Dans son regard, je lis un improbable mélange d'espoir et de désespoir. Sans doute son propre capitaine a-t-il tenu un discours similaire… À moins qu'il n'y ait pas assisté puisqu'il dit avoir embarqué à bord de l'Irmin quand le Trésor du Peuple des Brumes était déjà dans leurs cales.

En attendant, moi aussi j'espère que le capitaine tiendra bon, car ce terme de Non-Mort me fait froid dans le dos… et pas seulement à cause de ce qu'on a vu sur l'ancien navire de Bran.

32

Dans les jours qui suivent, nous procédons à pas moins de trois abordages. Le premier pour permettre à Hazel de cuisiner autre chose que du poisson. Les deux autres pour le charpentier et le voilier qui manquaient de matériel. À chaque fois, nous n'avons presque pas eu besoin de combattre tant notre réputation nous précède déjà. Sans compter que ces différents abordages permettent de resserrer les liens entre pirates.

— Le capitaine O'Brian est un bon capitaine, remarque Bran.

Assis à mes côtés, il m'aide à déchiffrer une carte afin de faire de moi une véritable timonière. Très vite, Rick et moi – enfin, surtout moi – avons su que nous pouvions faire confiance à l'ancien soldat. Alors nous lui avons parlé du médaillon. Comme lorsque Beaucor avait parlé devant lui le jour de son embarquement à bord de la Lorelei, il n'a rien dit. Au lieu de cela, il s'est contenté d'acquiescer, comme si c'était normal. Puis il s'est proposé pour m'enseigner la lecture des cartes marines, chose que Rick n'avait jamais pris le temps de faire. Depuis, la navigation est plus facile. Le capitaine n'est pas obligé de venir me voir dans la cabine afin de comprendre quelle route prendre par rapport aux indications du médaillon.

— Pourquoi tu dis ça ? je lui demande.

— Il fait ce qui est nécessaire.

Comme il se tait, je lui demande de préciser. Il me parle alors des piratages, du fait que Rick aurait très bien pu s'arrêter dans un port discret pour ravitailler la Lorelei plutôt que de risquer de tout perdre lors d'abordages hasardeux.

— Mais nous avons toujours gagné, je rétorque.

Bran me sourit. Visiblement, il est plutôt surpris que notre réputation ait déjà fait le tour des océans. En même temps, je le comprends. Il a vécu de nombreuses années à bord de l'Irmin et personne ne savait que ce navire de guerre transportait le plus inestimable des trésors. Alors que, du jour au lendemain, tout le monde a su que c'était nous qui le transportions à présent… C'est vrai qu'il y a de quoi se poser des questions.

— Malheureusement, je ne suis pas sûr que cela suffise…

Je fronce les sourcils. J'ai l'impression qu'il sait quelque chose. Quelque chose que j'ignore.

— Pourquoi tu dis ça ? je répète.

— Le Peuple des Brumes ne va pas se laisser faire. Ils vont passer à l'attaque. Bientôt. Je le sens…

— Comment ?

Bran ne répond pas et j'ai soudain l'impression d'avoir un double de Rick devant moi. Son expression est aussi neutre que celle du capitaine, à ceci près que j'ignore comment déchiffrer la sienne. Il faut dire que, même si je me sens proche de lui, je ne le connais pas aussi bien qu'O'Brian. D'ailleurs, je ne sais même pas ce qui me fait me sentir si proche d'un type que je ne connais que depuis une semaine…

Encore une de ces innombrables questions qui me hantent depuis qu'il fait partie de l'équipage. Depuis qu'il nous a parlé de ce qui est arrivé à l'Irmin. Depuis que j'ai croisé son regard de glace…

— On devrait sortir, finit-il par dire. Ou les autres vont encore penser que nous batifolons.

Un instant, je bloque sur ses propos. Certes, les pirates nous ont déjà taquinés à ce sujet, mais l'entendre de sa bouche est on ne peut plus étrange. Le seul à réagir, c'est Beaucor. Il pousse un croassement qui prend des airs de gloussement. L'oiseau se moque de nous. Et finalement, nous rions nous aussi de la situation. Car s'il est vrai que Bran est des plus charmants et qu'il possède un regard hypnotique, ce n'est pas ce genre de proximité que j'éprouve pour lui. Ni lui pour moi…

Nous rions toujours lorsque nous quittons de la cabine. Nous sommes alors presque déçus de ne pas voir les regards des pirates se braquer sur nous lorsque nous sortons. La plupart des hommes du capitaine discutent par petits groupes tout en nettoyant le pont.

Soudain, une légère brise me glace les sangs. Surprise, je me tourne vers Bran. À sa mine inquiète, je devine qu'il l'a perçue, lui aussi.

— Ça sent pas bon…

Non, vraiment pas. Mais je ne saurais dire pourquoi.

— Tu crois que ton corbeau peut écouter les conversations et nous les rapporter par la suite ? me chuchote l'ancien soldat.

Je fronce les sourcils. Pourquoi Bran veut-il espionner les nôtres ?

Je n'ai pas le temps de poser la question ni même de demander à Beaucor s'il peut le faire que l'oiseau s'envole de mon épaule. L'instant d'après, il se pose sur le bastingage, non loin d'un groupe de pirates, et croasse. Les hommes lui jettent alors un regard noir avant de continuer leurs messes basses.

Tandis que Beaucor espionne les hommes de Rick, nous montons rejoindre ce dernier sur la dunette. D'un coup de coude, Bran m'invite à donner au pilote la direction à prendre quand nous passons près de lui. D'une voix peu sûre, je lui indique un « Nord, Nord-Ouest ». C'est la première fois que je le fais, et cela n'est pas sans surprendre Heimata qui me demande :

— Tu sais lire une carte toi maintenant ?

— Je suis timonière, non ? dis-je en haussant les épaules, un peu plus sûre de moi.

— Pas faux, fait le pilote en tournant légèrement la roue pour suivre le cap que je viens de lui indiquer.

O'Brian a entendu notre échange. Lui aussi est surpris, mais il ne dit rien. Il nous fixe, Bran et moi. Comme d'habitude, son visage est inexpressif. Mais je sais, moi, qu'il est surpris… et peut-être même en colère. Jusqu'à présent, c'était toujours lui qui donnait les instructions à son pilote même s'il m'avait officiellement nommée timonière depuis mon premier jour sur ce bateau. Serait-il jaloux de Bran ? Non, impossible. Ils étaient d'accord pour m'apprendre à lire une carte. Et c'est lui qui a décidé que l'ancien soldat et moi ferions cabine commune. Sans compter que le capitaine ne m'a jamais montré la moindre affection. Tout au plus m'a-t-il traitée comme l'une des siennes.

Je secoue la tête. Ce que je peux être bête parfois ! À tous les coups, ce sont mes hormones qui parlent. Je dois me ressaisir ! J'ai autre chose à faire qu'à penser jalousie, séduction et autres frivolités !

Alors que je reprends mes esprits, Beaucor vient se poser sur mon épaule et croasse. Je porte la main à mon oreille et lâche un chapelet d'insultes envers mon oiseau. Toutefois, ce dernier ne se laisse pas démonter et continue. Pire, il me donne maintenant des coups de tête. Il veut me dire quelque chose, c'est évident. Mais pourquoi ne parle-t-il pas ?

Soudain, je comprends. Il sait que s'il parle devant l'équipage, il va nous faire remarquer. Décidément, je n'ai pas toute ma tête en ce moment ! Je m'apprête donc à rejoindre la cabine quand je suis interrompue dans mon geste par les pirates.

Presque tous les hommes de Rick se sont réunis en un seul et même groupe sur le pont. Ils font face au gaillard d'arrière et à la dunette.

— Capitaine ! Faut qu'on parle.

Surpris d'être ainsi sommé, O'Brian descend d'un étage et s'avance vers la rambarde. Tout comme moi, il doit sentir que quelque chose se prépare. Alors, au lieu de commander à ses hommes de retourner au travail, il les invite à continuer.

— Le trésor est à nous.

La phrase est courte, mais elle a le mérite d'être claire. D'autant plus que de nombreuses voix la reprennent maintenant comme un écho.

— On l'a chèrement gagné, alors on va l'amener nulle part, reprend le porte-parole des pirates.

— Pas question de le filer à qui que ce soit ! confirme un autre.

— Il est à nous ! s'écrient plusieurs voix.

Face aux cris de ses hommes, Rick ne répond pas tout de suite. Il semble réfléchir.

Un coup d'œil à Heimata m'apprend qu'il est du côté des pirates. Voilà qui ne m'étonne pas vraiment. D'un air entendu, il hoche la tête à chacune de leurs interventions avant de prendre lui aussi la parole pour informer son capitaine que, dorénavant, il décidera lui-même de la route à suivre.

J'ai envie de hurler. Non, mais qu'est-ce qui leur prend tout à coup ? Et pourquoi O'Brian ne répond-il toujours rien ?

— Et qu'est-ce que vous proposez ? demande-t-il soudain.

La tension dans mes épaules se relâche. Enfin, il parle. Même si je ne suis pas sûre qu'il ait choisi les bons mots… Toutefois, je le connais. Je sais qu'il finit toujours par gagner ses hommes à sa cause. Il parviendra donc sans mal à leur faire entendre raison. Il le faut, car les pirates sur le pont me font de plus en plus peur. Non contents de scander que le trésor leur appartient, ils tapent maintenant du pied en cadence. Comme des enfants qui veulent que leurs parents cèdent à leur chantage. Sauf que ces enfants-là sont armés et dangereux. J'en veux pour preuve les armes qu'ils commencent à sortir de leurs fourreaux.

— De le partager, évidemment, répond Joe.

Mince. S'il est avec eux, qui va les rosser pour qu'ils se remettent au boulot ?

— Capitaine O'Brian, fait Bran à voix basse en s'approchant de lui. Ce ne sont pas vos hommes qui parlent… C'est le Peuple des Brumes.

Rick secoue la tête. Il refuse de croire que ses hommes puissent se faire manipuler. D'autant plus qu'ils l'ont déjà été par le passé lorsque Kyno a transformé ce navire pirate en bateau de commerce. Non, le capitaine ne veut pas y croire. Il connaît ses hommes.

— Ce sont des pirates, déclare-t-il. Leur requête est normale. Je vais leur parler…

Bran recule. Je l'entends ronchonner.

— Parler, toujours parler… Il n'est peut-être pas si bon capitaine que ça finalement !

Je m'étonne de ce soudain revirement de la part de l'ancien soldat. Quelques minutes plus tôt, dans la cabine, il vantait les mérites du capitaine. Et voilà qu'il trouve à présent que Rick agit mal. C'est à n'y rien comprendre… Mais je suis sûre que le discours du capitaine saura convaincre tout le monde, Bran y compris.

— Vous avez raison ! déclare-t-il.

J'écarquille les yeux. Ai-je bien entendu ? Il veut vraiment que les pirates se partagent le Trésor ?

— Mais comment voulez-vous vous y prendre ? Je ne suis pas sûr qu'on puisse partager un trésor tel que celui du Peuple des Brumes. En fait, je suis même persuadé du contraire…

Me voilà rassurée. Un instant, j'ai bien cru que lui aussi avait cédé. Je me tourne alors vers Bran et lui désigne Rick de la main. Il peut lui faire confiance pour rétablir l'ordre à bord de son bateau. Mais au lieu d'être rassuré, l'ex-soldat secoue la tête avant de me désigner les pirates.

À nouveau, je me tourne vers eux. Et soudain, ma gorge se noue, mon souffle se coupe en même temps que mon cœur s'arrête. Non pas que les hommes d'O'Brian m'inquiètent, mais ce que j'aperçois derrière eux me terrifie…

33

Sur le pont, les pirates semblent écouter leur capitaine avec autant d'attention que de désapprobation. À chaque mot prononcé par Rick, ils sont tiraillés entre l'envie de soutenir leur capitaine et le désir de s'approprier le plus grand de tous les trésors. Mais cela ne vient pas d'eux. Je le sais lorsque je vois cette brume étrange qui flotte dans leur dos.

Aussitôt, je songe au Peuple des Brumes, celui à qui appartient ce trésor. Celui-là même qui a provoqué la chute du navire de guerre sur lequel se trouvait Bran. Ainsi, Beaucor et l'ancien soldat avaient raison. Les Nébuleux eux-mêmes sont à l'origine du massacre de l'Irmin. Et Bran disait vrai en affirmant que les pirates étaient manipulés.

Je me tourne donc vers lui. Ses yeux semblent observer ce qu'il y a au-delà des hommes de Rick. Se pourrait-il qu'il distingue cette brume, lui aussi ? Car de toute évidence, ni O'Brian ni ses hommes ne la perçoivent. Du moins pas comme moi. Eux n'en ressentent que les effets tandis que moi, je peux voir l'invisible… Sans doute un coup du médaillon si j'en crois la soudaine chaleur qui irradie le haut de mon corps.

Toutefois, quand mon regard croise celui de Bran, je ne lis rien dans ses yeux qui pourraient trahir la peur que je ressens à la vue de cette brume. Alors que j'ai l'impression de voir la Mort en face, le jeune homme ne semble tenir compte que de l'animosité des pirates. Animosité croissante qui aura sans doute raison des arguments de Rick.

De fait, alors qu'ils s'apprêtaient à les ranger, les pirates lèvent à nouveau leurs armes contre leur capitaine. Comme un seul homme, ils se pressent contre le gaillard d'arrière et commencent à l'escalader. Quant à moi, les mains sur mes couteaux, je ne peux m'empêcher de reculer face à eux. Et je ne suis pas la seule.

Derrière moi, Bran a tiré son sabre, mais recule également. Tout comme Rick. Malheureusement, ce dernier ne tarde pas à être pris en étau, entre Heimata et les autres – qui, au passage, ne semblent guère s'occuper de nous.

Tandis qu'une fumée bleuâtre se forme derrière lui, le pilote dégaine soudain le pistolet de son capitaine et place le canon sur le front de Rick. Je voudrais pouvoir lui venir en aide, mais j'en suis incapable. Figée. Comme si quelque chose m'empêchait d'agir. De prime abord, je dirais que je n'ai pas envie de blesser Heimata ou les autres, car je sais qu'ils ne sont pas vraiment responsables de leurs actes. Mais lorsqu'une silhouette éthérée se tourne vers moi, je sais qu'il n'y a pas que cela.

— *Tu ne peux rien contre nous...* souffle une voix glaciale que je suis la seule à entendre.

— *Annabelle !* croasse Beaucor en fondant sur moi.

Ce faisant, le volatile disperse la fumée. Mais la silhouette se reconstitue, m'adresse un sourire carnassier, puis se tourne à nouveau vers O'Brian et les autres. Quant à Beaucor, il s'en retourne lui aussi tourmenter les fantômes de brumes. Hélas, ses actions sont sans effet sur les Nébuleux.

En dernier espoir, je pivote vers Bran. Lui aussi semble figé. Pourtant, contrairement aux autres, il ne semble pas sous la possession du Peuple des Brumes. Et contrairement à moi et à ce que je pensais tout à l'heure, il ne semble pas les voir. Alors pourquoi reste-t-il sans rien faire ?

— Bran ! Fais quelque chose !! je hurle.

— Et tu voudrais que je fasse quoi ? me répond-il calmement. Que je taille en pièce les hommes d'O'Brian ?

Il n'a pas tort. Il n'y a rien que nous puissions faire. Même Rick, qui semblait pourtant décidé à user de la force contre ses propres hommes, a rendu les armes.

— Enfermons-le dans la cabine ! ordonne Joe.

Aidé de deux hommes, Heimata pousse le capitaine jusqu'à la porte derrière lui. Là, un autre type l'ouvre avant de pousser le capitaine à l'intérieur.

— Et qu'est-ce qu'on fait d'eux ? demande Rob en nous désignant, Bran et moi.

— Même sanction, déclare cette fois le maître canonnier.

Bran et moi luttons et nous débattons pour ne pas être pris à notre tour. Mais il est bien difficile de se battre contre des pirates à qui l'on ne veut pas faire le moindre mal. Surtout pas sous le regard glacial du Peuple des Brumes. Ce regard qui me paralyse en même temps qu'il commande aux hommes d'O'Brian.

Ainsi, les pirates n'ont aucun mal à nous enfermer dans la cabine, qu'ils condamnent d'un tour de clé et de quelques caisses placées devant la porte. Je me dis que ce dernier point n'est pas très utile étant donné que la porte s'ouvre vers l'intérieur… Mais j'imagine que ce manque de discernement est dû au contrôle qu'exercent sur eux les Nébuleux.

Par ailleurs, je ne m'explique pas une chose : pourquoi ne nous ont-ils pas tout simplement tués ? Depuis le temps que Heimata rêvait de me passer sur la planche ! Bon, ok, cela fait sans doute un moment qu'il n'y pensait plus… Mais cela aurait été logique qu'ils nous tuent, non ?

Soudain, O'Brian me tire de mes pensées.

— Mais qu'est-ce qui se passe ? demande-t-il en se laissant tomber sur l'un des fauteuils.

— Le Peuple des Brumes.

Bran et moi avons parlé en même temps. Je me tourne alors vers lui. Certes, il avait averti le capitaine avant que la brume n'apparaisse, mais se pourrait-il que lui aussi les ait vus finalement ? Alors, pourquoi… ?

Voilà que je me pose des questions sans savoir ce que je me demande exactement. Non. Je pense qu'il a dit cela simplement parce qu'il l'a déjà vécu. La seule véritable question qui persiste, c'est pourquoi le capitaine, Bran et moi sommes insensibles à leur pouvoir. Pourquoi ne veut-on pas nous aussi partager ce trésor ? Le garder pour nous ?

En ce qui me concerne, la réponse saute aux yeux quand on y réfléchit un tant soit peu. Le médaillon. Par sa chaleur – à présent plus ténue –, je sens qu'il me protège.

Mais pourquoi Bran n'est-il pas touché lui ? Parce qu'il a déjà vécu ça ?... Possible. Mais alors la première fois ? Comment a-t-il fait pour leur résister ? Il a dit être resté caché... Peut-être les Nébuleux n'aiment-ils pas les couards.

Et le capitaine alors ? Il n'y a pas plus courageux que lui ! Il est l'âme de ce bateau ! Si le Peuple des Brumes veut s'emparer de son trésor en se servant des humains, pourquoi ne pas l'avoir possédé, lui ?

Toutes ces questions me donnent mal à la tête. Alors je m'assois à mon tour au bureau de Rick.

— Comment vous le savez ? nous demande-t-il finalement.

— Je les ai vus... dis-je en me massant les tempes.

— Quoi ? s'étonne Rick.

Encore une question. Une de plus. Et il attend que j'y réponde, braquant sur moi un regard interrogateur. Bran aussi me fixe. Je prends alors une grande inspiration et déclare :

— Pendant que tu leurs parlais... ils étaient juste derrière tes hommes. J'ai vu... une sorte de brume, mouvante. Plus elle prenait de l'ampleur, moins tes hommes t'écoutaient et plus ils voulaient t'évincer.

— Tu es sûre de ce que tu as vu ?

Je hoche la tête pour confirmer, me remémorant le sourire diabolique de celui qui m'a fait face.

— Je vois... fait O'Brian. La malédiction du Trésor...

Cette fois, c'est Bran qui hoche la tête.

En croisant le regard de l'ancien soldat, je lis une expression étrange que je ne parviens pas à déchiffrer. Le jeune homme semble me regarder avec curiosité, comme si j'étais quelqu'un d'unique. Ou plutôt, *quelque chose* d'unique. Et je ne sais pas trop comment le prendre. Certes, le fait de voir un peuple fantôme a de quoi interroger, mais j'ai l'impression qu'il y a autre chose dans son regard. Quant à dire quoi… ?

Soudain, je me dis que je ne peux finalement pas lui faire confiance. Trop de questions le concernant sont sans réponse. Bien sûr, je pourrais le questionner, mais qui me dit qu'il me répondra ?

De son côté, Rick pose tout haut l'une des nombreuses questions qui me taraudent :

— Comment se fait-il que nous n'aillions pas été touchés ?

Je hausse les épaules. Puis je désigne mon médaillon, sous mes vêtements.

— Toi, c'est évident… mais nous ? demande-t-il encore en les désignant, Bran et lui. Comment se fait-il qu'ils n'aient pas pu nous contrôler ?

Je n'ai pas le temps de chercher une réponse que nous entendons des voix venues de l'extérieur.

— Heimata, je te charge de nous conduire au port le plus proche, fait Joe. Nous pourrons nous y partager le butin avant d'aller fêter cette victoire !

— Et n'oublions pas de larguer la racaille ! s'exclame William.

Des cris de joie saluent ces résolutions et le navire change de cap.

— Quoi qu'il en soit, déclare alors Rick, résigné, on ne peut plus compter que sur nous-mêmes…

34

Nous sommes enfermés dans la cabine depuis quelques heures à peine que, déjà, des éclats de voix nous parviennent du pont. Finalement, les pirates ne veulent pas attendre de nous avoir débarqués pour se partager le Trésor. Et il semblerait même qu'ils en soient déjà venus aux armes si l'on en croit les bruits de fers qui s'entrechoquent.

Soudain pris de panique à l'idée de perdre son équipage, O'Brian demande à l'ancien soldat si ses hommes sont sur le point de s'entretuer. Lorsque ce dernier confirme, le capitaine destitué se précipite vers la porte et la tire de toutes ses forces. Voyant que c'est peine perdue, il commence à taper dedans, donnant des coups de pied rageurs. Je comprends alors l'intérêt d'avoir mis des caisses de l'autre côté ! Bien que sous l'influence du Peuple des Brumes, les pirates connaissent parfaitement leur capitaine et savent de quoi il est capable. Car ce dernier a beau taper, tirer, il n'arrive à rien.

À bout de force, et peut-être d'espoir, Rick se laisse choir devant la porte. La tête entre les mains, il me fait de la peine. Comment un homme si fort peut-il soudain se révéler si faible ? Et comment peut-il perdre espoir si vite ? Lui qui n'a eu aucun mal à regagner la confiance d'un équipage. Lui qui a transformé en quelques jours un navire marchand en redoutable navire pirate. Lui qui a hissé la Lorelei au rang de plus puissant navire des océans.

Mais je n'ai pas le temps de me poser davantage de questions que je sens ma gorge se serrer. Et ce n'est pas tant à cause des larmes que je cherche à refouler qu'à cause de cette fichue lanière de cuir qui recommence à m'étrangler. Lentement mais sûrement.

Bien que je sache que c'est totalement inutile, je tente désespérément de l'arracher. Je glisse mes doigts sous le cuir et tire de toutes mes forces.

— Qu'est-ce qu'il y a ? me demande Bran.

Occupée à lutter contre ce collier qui veut ma peau, je ne lui réponds pas. Cela doit interpeller Rick, car il lève la tête vers nous. Lorsqu'il me voit aux prises avec la lanière, il se relève et déclare :

— Le changement de cap…

— Je ne vais pas pouvoir tenir très longtemps, dis-je en continuant de tirer de toutes mes forces.

— Il faut qu'on sorte d'ici !

Je suis ravie de voir qu'O'Brian est redevenu le capitaine que je connaissais – laconique, mais déterminé –, toutefois je ne vois pas du tout ce qu'on peut faire. Ne vient-il pas d'essayer vainement d'ouvrir la porte ? Et s'il y avait une autre issue, je suppose qu'il nous l'aurait déjà montrée…

Une idée me vient alors.

— Beaucor…

Ma voix n'est déjà plus qu'un souffle rauque. Je vais pourtant en avoir besoin si je veux ordonner à mon oiseau de voler la clé pour nous la faire passer… Même si je ne sais pas encore comment !

— Tu peux lui demander de nous apporter la clé ? demande Rick pour confirmation.

Je hoche la tête.

— Mais je ne vois pas comment…

Le capitaine me fait signe de me taire. Il sait que parler m'est douloureux et, surtout, cela ne sert à rien dans ce cas puisqu'il semble avoir compris ce que je voulais dire. Le sourire aux lèvres, il se lève d'un bond et se dirige vers les hublots. Ils sont certes bien trop petits pour nous permettre de nous échapper, mais Beaucor ne devrait avoir aucun mal à passer. Je me demande pourquoi je n'y ai pas pensé plus tôt ! Sans doute étais-je quelque peu désespérée moi aussi…

— Le bruit du verre brisé ne va pas les attirer ?

Bran a raison et mon espoir retombe. Pas celui du capitaine en revanche. De fait, comme il nous l'explique, les pirates sont tellement occupés à se disputer un trésor indivisible qu'ils n'entendront sans doute rien. Sans compter les craquements de la coque et le vent qui souffle dans les voiles. Mais bien sûr, ce n'est pas tant aux pirates qu'au Peuple des Brumes que songeait l'ancien soldat. Cependant, comme c'est notre seule chance de sortir de là, nous la tentons.

Armé d'un chandelier, Rick brise l'un des hublots. Au moment où le verre éclate en morceaux, je retiens ma respiration. Comme si cela avait une quelconque influence sur le bruit. Ou sur le fait que les Nébuleux l'entendent ou non.

Heureusement, ils semblent bien trop occupés à manipuler les hommes d'O'Brian pour se soucier de nous. Les pirates continuent donc de se battre sur le pont et les quelques coups de feu que nous entendons sont de très mauvais augure. Car si l'on peut parer un estoc, il est quasiment impossible de se prémunir face à un tir au pistolet. Dans ce cas, on ne peut compter que sur la maladresse du pistolero.

Tirant toujours sur la lanière de mon collier dans le vain espoir de l'empêcher de m'étrangler, je m'approche du hublot brisé et passe mon visage par la petite fenêtre. J'inspire du mieux que je peux et appelle mon oiseau. Hélas, le timbre de ma voix est bien faible et je doute qu'il m'ait entendu dans le vacarme ambiant.

— Essaie encore, me souffle Rick.

— Beaucor ! je fais de toutes mes forces.

Cette fois, ma voix a porté et j'ai peur un instant que les Nébuleux l'aient entendue. Mais non. Les bruits de fers qui s'entrechoquent et les coups de feu tirés m'informent que les pirates continuent de se battre. Et quelque chose me dit qu'ils continueront jusqu'à ce que mort s'ensuive… et peut-être même après ! Quoique… les soldats de l'Irmin ne se battaient pas lorsque nous les avons abordés.

En débarquant dans la cabine, Beaucor manque de me rentrer dedans. Cela suffit à me tirer de mes pensées.

— *Ramène le trésor ! Ramène le trésor !*

Il hurle en volant au-dessus de nos têtes.

— Je voudrais bien ! je hurle à mon tour. Mais nous sommes coincés ici !

Je ne sais pas où j'ai trouvé la force de crier comme ça. Mais mon cri a l'avantage d'interpeller le volatile. Il daigne alors se poser, décidé à m'écouter. Et à m'observer. Ses yeux noirs commencent par fixer les miens. Puis il descend et voit que je tire désespérément sur la lanière de cuir qui emprisonne mon cou.

— *Ramène le trésor !* répète-t-il.

Tout comme moi, il sait que le collier ne cherchera pas à m'étrangler si nous suivons la bonne direction. Celle qu'indique l'aiguille du médaillon.

— Elle ne peut pas ! intervient alors Rick.

C'est la première fois qu'il s'adresse directement à Beaucor. Et nous en sommes tous surpris. Lui le premier je crois. Pourtant, il répète et s'explique :

— Elle ne peut pas. Nous sommes coincés dans la cabine. J'ai perdu le contrôle de mes hommes…

Je sens que cet aveu lui est douloureux. Il s'en veut, et pas seulement parce que cela va me coûter la vie. Il s'en veut parce qu'on n'est capitaine que tant qu'on a la confiance de ses hommes. Mais à partir du moment où il y a mutinerie, on est destitué. Un capitaine, c'est l'âme d'un navire. Et il est élu – ou reste en poste – tant qu'on voit en lui un meneur. Mais à partir du moment où l'équipage tout entier se retourne contre son capitaine, alors c'en est fini.

Toutefois, s'il n'a – provisoirement – plus aucune autorité sur ses hommes, il semble en avoir sur Beaucor. Dans un geste très humain, l'oiseau hoche la tête et s'envole à nouveau. En passant par le hublot, il s'écrie à nouveau :

— *Ramène le trésor !*

Nous l'entendons ensuite croasser sa rengaine en survolant le pont et les combats. À chaque coup de feu qui retentit, j'ai peur qu'une balle l'atteigne. Pas seulement parce qu'il est sans doute ma dernière chance de m'en sortir vivante, mais aussi parce que, au fil du temps, cet animal est devenu mon plus fidèle compagnon. Certes, il est souvent dans l'ombre, veilleur invisible, et il répète inlassablement la même chose, mais je le vois comme un ami. Après tout, ne m'a-t-il pas sauvé la mise à plusieurs reprises ? En tout cas, j'espère de tout cœur qu'il pourra le faire cette fois encore.

Mais lorsque nous ne l'entendons plus, je perds espoir. Le capitaine se laisse retomber sur le sol et Bran fixe un point que lui seul semble voir.

35

— *Ramène le trésor !*

Le croassement de Beaucor nous fait tous sursauter. J'ai l'impression que cela fait des heures que nous l'avons envoyé chercher cette maudite clé. Des heures que nous n'avons plus entendu sa voix. Des heures que nous n'entendons plus que les combats qui font rage. Des heures que je me dis que je devrais déjà être morte tant la lanière enserre mon cou.

En survolant le bureau de Rick, Beaucor lâche un objet métallique que nous reconnaissons aussitôt.

— Merci ! fait le capitaine en se jetant sur la clé.

L'instant d'après, il est devant la porte et fait jouer le pêne. Un déclic suit. Puis la porte s'ouvre, enfin. De peu, O'Brian évite une caisse de patates qui se renverse vers l'intérieur.

Aidée de Bran, je me relève et m'approche de la porte ouverte. D'autres caisses de provisions obstruent encore le passage, mais nous pouvons voir ce qui se passe sur le pont. Et c'est affligeant.

Aux côtés que quelques corps sans vie, sabres et pistolets gisent au sol. Les survivants à ce massacre en sont venus aux mains, sans doute poussés par les Peuples des Brumes.

Sans plus attendre, le capitaine pousse les caisses devant la porte et se fraie un passage. Le revolver dans une main – celui qu'il a récupéré dans le tiroir fermé de son bureau – et le sabre dans l'autre, il entend bien mettre un terme à ce carnage.

— Tu peux marcher ? me demande Bran en sortant lui aussi son arme.

Je fais oui de la tête. Alors l'ancien soldat me lâche et s'en va aider O'Brian. Quant à moi, je fais mon possible pour rester debout et avancer. Si je pouvais, je les aiderais moi aussi.

Dehors, Rick s'est déjà saisi de la roue pour la faire tourner et ainsi reprendre le bon cap. Puis, une main toujours sur la barre, il lève son pistolet de l'autre et tire en l'air pour attirer l'attention de ses hommes. En vain. De toute manière, avec la brume qui encercle la Lorelei, je doute qu'il parvienne à quoi que ce soit.

Soudain, Beaucor jaillit à son tour de la cabine en hurlant de nouveau :

— *Ramène le trésor ! Ramène le trésor !*

Ce faisant, il finit par attirer l'attention du Peuple des Brumes. Et des pirates. L'un d'eux se saisit d'un pistolet resté au sol, vise et tire. Mais l'oiseau, contrairement aux humains, n'a aucun mal à éviter les balles. Il continue donc de croasser tout en fonçant droit sur les Nébuleux. Il disperse les silhouettes les unes après les autres. La brume qui les constitue se dissout. S'ils parviennent au début à se reformer, les fantômes ont ensuite de plus en plus de mal à se reconstruire. Et cela semble affecter leur pouvoir, car, peu à peu, les combats entre pirates cessent.

— Continue ! je crie à Beaucor.

Bon, en fait, mon cri se résume à un souffle à peine audible, mais c'est l'intention qui compte, non ?

Bien qu'il ne puisse pas la voir, O'Brian se met à viser la brume de son pistolet. Pour ce faire, il suit la trajectoire du corbeau et tire là où il passe. Au début, cela semble n'avoir aucun effet. Mais finalement, je vois que cela handicape aussi le Peuple des Brumes. D'un pas trébuchant, je tente de rejoindre le capitaine pour lui dire de continuer ainsi. Car si je suis à peu près sûre que Beaucor a perçu mon encouragement, je suis tout aussi certaine qu'O'Brian ne l'entendrait pas alors qu'il se trouve à deux pas devant moi.

Mais au moment où je m'apprête à faire un pas, Bran saute sur le pont et se dirige vers la brume. De son sabre, il tranche les fantômes comme s'il les voyait. Et, à eux trois, ils parviennent à débarrasser la Lorelei de ses dangereux passagers indésirables. Je suis alors partagée entre l'envie de remercier ma bonne étoile et la crainte que cette accalmie ne soit que passagère. Car une chose est sûre, le Peuple des Brumes n'en a pas fini avec nous !

Lorsque la brume s'est entièrement dissipée et que les Nébuleux n'ont plus d'emprise sur ses hommes, Rick me tire vers lui.

— Le médaillon, vite !

Sans attendre, je le sors de sous mon chemisier et le lui tends. Aussitôt, le capitaine rajuste le cap. Puis il m'ordonne de cacher à nouveau l'objet.

— Heimata ! hèle-t-il le pilote.

— Capitaine Rick ! répond ce dernier.

— Prends la barre et garde le cap.

Comme s'il ne s'était rien passé, le pilote reprend son poste. O'Brian, quant à lui, vérifie que ses hommes sont toujours les siens. Il s'en assure en leur servant un discours dont lui seul est capable. Et, cette fois, les pirates sont d'accord pour ramener le Trésor. En même temps, comment pourraient-ils ne pas l'être en constatant les dégâts qu'ont faits les Nébuleux ? Trop d'entre eux ont trouvé la mort ou sont blessés. D'ailleurs, Rob n'a pas attendu qu'on le lui dise pour passer à l'action et sauver les hommes qui pouvaient l'être ! Quant aux autres, ils sont jetés par-dessus bord. Ce n'est pas le plus bel enterrement, mais sans doute le meilleur que puisse espérer un pirate.

De retour dans la cabine, Bran, O'Brian et moi nous regardons un instant sans rien dire. Puis le capitaine rompt le silence et demande :

— Mais qu'est-ce qui s'est passé au juste ?

— Le Peuple des Brumes… ils ont voulu faire comme sur l'Irmin.

— Je sais ça, le coupe Rick. Ce que je veux savoir, c'est comment on les a fait fuir.

Cette fois, Bran ne répond pas. Alors, je prends le relais. Je leur fais part de mon hypothèse. Je suppose que si l'on parvient à défaire les formes que prennent les brumes, alors on les empêche d'avoir le contrôle sur nous.

— Sur nous ? relève O'Brian. Mais il semblerait que ni vous ni moi n'ayons été affectés par les Nébuleux !!

Cette remarque a déjà était faite. Nous le savons tous les trois. Et nous n'avons toujours aucune réponse à apporter à cette question.

— Ça fait rien, décide finalement le capitaine. La prochaine fois qu'ils débarquent, je veux que toi et Beaucor nous disiez où ils sont pour que Bran et moi puissions les combattre au mieux.

— Je peux les voir, lâche soudain l'ancien soldat.

Rick et moi nous tournons vers lui. Nous attendons une explication. Mais rien ne vient.

36

Après quelques jours de tranquillité – toute relative quand on navigue en pleine mer –, nous assistons au retour des Nébuleux. Enfin, quand je dis « nous », je veux simplement dire Bran et moi… Car bien qu'il ne veuille toujours pas nous expliquer pourquoi, il est évident que l'ancien soldat est tout aussi capable que moi de voir le Peuple des Brumes. Ses yeux braqués sur les silhouettes éthérées qui s'approchent de la Lorelei en sont la preuve. Volant au-dessus d'une mer calme, elles semblent attirées par le bateau comme des insectes de nuit par la lumière d'une lampe à huile. Mais je sais bien que ce qui les attire, en réalité, c'est le Trésor. Leur trésor.

Sans plus attendre, j'avertis le capitaine de leur arrivée. Aussitôt, il se place avec Bran et moi sur le gaillard de proue. Cette fois, nous allons tenter de les défaire avant même qu'ils n'atteignent le bateau.

— Dites-moi où ! nous demande Rick, pistolet au poing.

Toutefois, il tire avant même que nous lui ayons répondu. Il faut dire que j'avais oublié qu'un troisième passager de la Lorelei pouvait voir le Peuple des Brumes. Beaucor. Il vole droit sur les silhouettes brumeuses et les dissout dans l'air. Suivant sa trajectoire, O'Brian les empêche de se reconstituer tout de suite en leur tirant dessus.

Hélas, les plumes et les balles ne semblent pas avoir raison de ces créatures fantomatiques. Voilà qu'elles s'approchent toujours plus dangereusement de la Lorelei. Bientôt, elles seront sur nous… et sur les pirates qu'elles pourront à nouveau manipuler à leur guise.

— Qu'est-ce qu'il se passe capitaine ? demande soudain le maître d'équipage.

Sans doute alerté par les tirs de Rick, Joe est venu s'enquérir du danger. Toutefois, comme il n'y a rien qu'il puisse voir, il fronce les sourcils et demande :

— Ça va pas recommencer quand même ? On a perdu assez d'hommes comme ça et ceux qui restent ne sont pas aptes à se battre ! Ni contre ces choses, ni entre eux...

Malheureusement, le regard que lui lance le capitaine est sans appel.

— Désolé Joe... Essaie d'occuper les gars tant que tu le peux. On va tenter de les retenir.

— Comment ?

Le capitaine ne répond pas. Depuis la première attaque, il applique avec ses hommes la même politique que celle que Bran applique avec nous. Il ne dit rien... ou seulement le strict minimum. Naturellement, il les a informés des derniers événements en leur faisant comprendre qu'ils avaient été manipulés. Il leur a même dit ce qu'ils nous avaient fait subir, tout en précisant qu'il savait bien qu'ils n'étaient pas responsables. Mais à aucun moment il ne leur a dit que Bran et moi... et Beaucor pouvions voir les Nébuleux. Cela aurait soulevé bien trop de questions auxquelles lui-même n'avait pas la réponse.

Alors quand Joe lui demande comment nous comptons retenir le Peuple des Brumes, le capitaine se contente de hausser les épaules. Comme si cela constituait une réponse, le maître d'équipage s'en retourne sur le pont. Il fera son possible pour détourner les pirates du pouvoir des Nébuleux ! Quant à nous, nous nous apprêtons à les affronter au corps à corps.

Les mains sur mes couteaux, j'attends. À ma gauche, Bran tire son sabre et attend, lui aussi. Quant au capitaine, il recharge son pistolet avant de tirer à nouveau quand il voit Beaucor virevolter au-dessus des flots. Avec raison, il suppose que c'est la meilleure chose à faire avant qu'ils ne soient sur nous. Mais si les agissements du corbeau et d'O'Brian les pénalisent, cela ne les empêche pas de se rapprocher toujours plus. Sans compter que, comme nous ne pouvons pas changer le cap de la Lorelei à cause de mon maudit médaillon qui menace toujours de me tuer, nous avançons également vers eux.

Lorsque le premier pose son pied de brume sur le gaillard d'avant, je lui lance mon couteau en pleine figure. Sous la lame, le visage se décompose. Mais il se reconstruit très vite. Alors je lance un second couteau. Même résultat.

— Tu vas vite être à court de munitions, m'informe le capitaine tandis que lui-même recharge son arme pour la énième fois.

Mais il a raison. Je vais donc devoir me résigner et les attaquer en corps à corps. Comme le fait déjà Bran. Sabre au poing, il tranche dans la brume dès qu'il le peut. Devant lui, les silhouettes fantomatiques se font et se défont. Rapidement au début, puis de plus en plus lentement. Je sens qu'elles faiblissent.

Alors, armée d'un couteau dans chaque main, je tranche aussi dans le vif. Ou plutôt dans le brouillard. De son côté, O'Brian a troqué son pistolet contre sa rapière. À nous voir donner des coups de lame dans tous les sens, il a vite compris que les Nébuleux étaient maintenant avec nous sur le gaillard de proue. À son tour, il tranche lui aussi ici et là. Bien sûr, comme il ne voit pas ses assaillants, la plupart de ses estocs sont presque littéralement des coups d'épée dans l'eau. Mais il parvient tout de même à brouiller quelques silhouettes.

Tout à coup, la brume qui constitue les Nébuleux s'élève. Bran et moi la regardons, impuissants. Quant à Beaucor, juché sur mon épaule gauche, il ne bouge pas non plus. J'ai envie de lui dire que s'il y en a bien un, parmi nous, qui peut faire quelque chose en cet instant, c'est lui. Mais je n'en fais rien, car je comprends. Dans un hurlement de rage, le Peuple des Brumes se dissout une bonne fois pour toutes.

Éreintée par la bataille, je tombe à genoux à côté de Bran. Face à nous, O'Brian est comme à son habitude. Aucune expression n'est lisible sur son visage. D'un air détaché, il range ses armes avant de proposer :

— Un petit coup de rhum ?

— C'est pas de refus ! fait Bran en se levant.

Tandis que l'ancien soldat range son sabre, je fixe son visage. Tout comme ceux du capitaine, ses traits ne trahissent rien du combat qu'il vient de livrer. Je n'en reviens pas ! Comment est-ce possible ? Nous nous sommes battus comme des chiens enragés et ces deux-là semblent aussi frais et dispos que s'ils sortaient de la sieste !

À mon tour, je me lève. Lassé de descendre et de monter sur l'ascenseur de mon épaule, Beaucor s'envole en croassant. En quelques battements d'ailes, il atteint la vigie et se pose près du gabier en poste. En plissant les yeux, je peux voir ce dernier tenter de caresser mon compagnon. En vain. Je souris, amusée. Beaucor n'est pas un oiseau de compagnie !

Puis je pose à nouveau mon regard sur mes deux autres compagnons. Sans se préoccuper de moi, Bran et Rick sont descendus du gaillard d'avant et se dirigent droit vers les cales et, sans doute, la réserve de rhum. Quelle bande de mufles ! Ils auraient pu m'attendre !

37

— Pourquoi ne leur dis-tu pas capitaine ?

Accoudés à la table dans la soute de poupe, Bran, le capitaine et moi buvons à notre victoire. Bien qu'ils ne m'aient pas attendue pour rejoindre la cuisine de la Lorelei, les deux hommes m'avaient tout de même sorti un verre. Mieux, ils m'ont attendue avant de trinquer. Et après quelques doses de rhum, les langues se sont déliées.

Tout d'abord, nous nous sommes gargarisés de notre victoire sur le Peuple des Brumes. Puis O'Brian m'a encore félicitée, car, sans moi, il n'aurait jamais pu mettre la main sur leur trésor. Mais ces félicitations ont soulevé des questions, et notamment celle de Bran. Il ne comprend décidément pas pourquoi le capitaine s'entête à cacher à ses hommes le médaillon que je porte. Après tout, c'est grâce à lui que nous avons trouvé l'Irmin. Et aujourd'hui encore, nous suivons la trajectoire qu'il nous indique. Cela aiderait sans doute les pirates de savoir comment une timonière aussi inexpérimentée que moi décide de la route à prendre.

— Ils sont superstitieux, répond simplement le capitaine.

Malgré les effets de l'alcool, je le sens redevenir laconique. Je crains qu'il n'en dise pas plus. Toutefois, Bran ne le connaît pas encore aussi bien que moi. Alors il insiste :

— Peut-être, mais elle a fait ses preuves, non ? Et après les attaques des Nébuleux et le corbeau qui parle, sans compter le combat contre les Non-Morts, tu ne crois pas qu'ils sont tout à fait capables de comprendre qu'un médaillon comme le sien n'a sans doute rien de bien méchant ?

O'Brian hausse les épaules avant d'avaler cul sec le contenu de son verre. Comme il venait juste de nous servir, cela fait une sacrée dose !

De mon côté, je comprends tout à fait pourquoi, malgré tout, il préfère ne rien dire à ses hommes.

Le jour où les pirates m'ont découverte, ils ont tout de suite hurlé au sacrilège. Une femme à bord d'un bateau ! On n'avait jamais vu ça ! Pour ma défense, Rick n'a rien trouvé de mieux à dire que je n'étais pas une femme, mais une gamine. Et finalement, les pirates m'ont tolérée. Bien sûr, au début, ce n'était pas facile. Mais après le premier abordage, ils m'ont acceptée comme l'une des leurs. Ils ont même scandé mon nom ! Pareil après le pillage de l'Irmin.

Toutefois, je reste persuadée que s'ils savaient que je dispose d'un objet magique, ils reviendraient vite à leur première impression et chercheraient à se débarrasser de moi. Sans compter que j'ai vu leurs têtes lorsque le capitaine leur a parlé de la manipulation des Nébuleux. Ils ont été victimes de leur magie et ne souhaitent à présent qu'une seule chose : leur échapper. C'est sans doute pour cela qu'ils ont finalement accepté de ramener le Trésor. Mais j'imagine que s'ils venaient à apprendre que je porte sur moi un objet appartenant sûrement à leur peuple, ils me rejetteraient définitivement. Car comme j'ai déjà eu l'occasion de le remarquer, il n'y a pas plus versatiles que les pirates de la Lorelei !

Quand Bran insiste encore auprès du capitaine, je lui explique tout cela dans les grandes lignes. Pendant ce temps, Rick m'écoute sans dire un mot. Au lieu de cela, il se sert d'autres verres qu'il ingurgite aussi sec.

Mon récit terminé, je me tourne vers O'Brian et déclare :

— Tu devrais peut-être t'arrêter, non ?

Il me regarde d'un air mauvais. C'est rare qu'il se défasse ainsi de son impassibilité. Quant à moi, je ne sais pas du tout ce qui m'a pris de lui parler ainsi. Comme si cela pouvait me faire quelque chose qu'il se mette minable en enchaînant les verres de rhum ! Il faut croire que j'ai trop bu moi aussi…

Cette prise de conscience suffit à me dégriser un peu. Je me lève alors, saisis les cadavres de bouteilles ainsi que celle que Rick vient d'entamer et vais les ranger dans les caisses prévues à cet effet. Je fais ensuite de même avec les verres que je lave longuement, évitant ainsi à Hazel du travail supplémentaire.

Dans mon dos et sur ma nuque, je sens les regards de Bran et Rick. Tout comme moi, ils ont été surpris par ma soudaine impétuosité. Et ils savent très bien que je ne suis pas en train de jouer la fée du logis. Que je cherche simplement à ne pas croiser leurs regards.

— On ferait mieux de dormir un peu… déclare le capitaine.

Me laissant seule avec mes pensées, les deux hommes rejoignent alors l'arrière de la cuisine et s'installent dans les hamacs. De mon côté, je finis rapidement de laver les verres. Puis j'éteins la lampe à huile et sors sur le pont. Les hommes de Rick qui ne dorment pas sont affairés à suivre la trajectoire que nous leur avons donnée. Ils me saluent brièvement quand je croise leurs regards en pénétrant dans la cabine. J'avoue avoir un peu honte de ce luxe qui m'est offert alors qu'eux doivent travailler jour et nuit pour poursuivre ma quête. Et si, finalement, c'était Bran qui avait raison ? Et s'ils méritaient de savoir ce que je suis vraiment… ou plutôt ce qui pend à mon cou ?

Tandis que je me perds en vaines questions, je m'étends sur le lit moelleux de Rick. Un battement d'ailes m'informe que Beaucor vient d'entrer dans la pièce. Finalement, ce n'était pas une si mauvaise chose, ce hublot brisé. L'oiseau peut ainsi aller et venir comme bon lui semble.

Peu de temps après, je m'endors, bercée par les flots et le doux bruit du vent qui s'engouffre dans les voiles.

38

Depuis mon initiation, à treize ans, je vis sur les flots. J'ai donc l'habitude des bateaux qui tanguent plus ou moins lorsque la mer remue. Mais cette fois, c'est différent. La Lorelei, un beau et grand trois-mâts, est ballottée comme un vulgaire radeau. Si bien que cela me tire de mon sommeil. Avec fracas puisque je tombe du lit !

Je m'apprête à pester de douleur lorsqu'une voix m'en empêche. C'est Bran. De l'autre côté de la porte, il me crie de sortir. Puis, n'y tenant plus, il pousse la porte. Si j'avais su qu'on viendrait me réveiller de la sorte, j'aurais fermé le verrou ! Non, mais, imaginez que je dorme en petite tenue ?! Bon, heureusement, ce n'est pas mon genre. Mon genre à moi, c'est plutôt d'avoir un couteau ou deux sous l'oreiller… quand j'ai la chance d'en avoir un – d'oreiller je parle.

— Qu'est-ce que tu fais ?! me demande l'ancien soldat en me voyant me relever.

— Et toi ? je lui réponds.

Il élude ma question, n'attend pas que je réponde à la sienne et s'écrie :

— Ça fait au moins une heure que je t'appelle ! On a besoin de toi !!

Je me frotte les yeux. Une heure ? J'ai vraiment dû abuser du rhum hier soir ! Moi qui tiens toujours à rester alerte…

Tout en me relevant, je lui demande ce qu'il y a.

— Ce qu'il y a ? répète Bran. Parce que tu ne sens rien ??

Comme pour répondre à cette question, une vague plus haute que les autres ballotte la Lorelei et je me retrouve de nouveau par terre. Pour autant, je ne me défais pas de ma mauvaise humeur et rétorque :

— Ben quoi ? T'as jamais vécu de tempête, monsieur le soldat de la marine ?

Cette fois, je lui ai cloué le bec. Non, mais ! Je vais lui apprendre à venir me hurler dessus de bon matin ! Hélas, sitôt lui ai-je fait fermer son bec qu'un autre s'ouvre.

— *Tempête de Brume !*

Beaucor. Il vole frénétiquement au-dessus de nos têtes avant de venir se poser devant moi pour répéter son augure :

— *Tempête de Brume ! Tempête de Brume !*

Évidemment ! J'aurais dû me douter qu'il n'était pas si facile de se débarrasser des Nébuleux. Et cette tempête qui donne tant de fil à retordre à la Lorelei, c'est la leur.

Bien que je n'aie pas la moindre idée de ce que je pourrais faire pour aider les pirates, je me relève, remets mes bottes et mon turban, avant de suivre Bran. Ce dernier grommelle un « enfin » lorsque nous sortons sur le pont. C'est alors que je vois l'étendue des dégâts.

Tous les hommes d'O'Brian se sont attachés à des lignes de survie. Même si j'en avais déjà entendu parler, je n'ai jamais vu ça ! Toutefois, je le comprends aisément lorsqu'une bourrasque soulève le navire et nous projette, Bran et moi, contre la rambarde du gaillard de poupe. Plus habitué que moi, l'ancien soldat me tient fermement par la taille d'une main. De l'autre, il s'agrippe au garde-fou. Je regrette alors les mots que j'ai eus pour lui un peu plus tôt. Bran est plus que rompu à ce genre de situation.

— Attache-la ! s'écrie soudain la voix du capitaine.

Je tourne la tête. Lui et Heimata sont attachés au montant de la barre, et le pilote semble se battre contre la roue.

Soudain, je sens des mains glisser le long de ma taille. Et plus important encore : de mes couteaux ! Bien que dans une fâcheuse position, je me tortille pour saisir l'un d'eux et l'opposer au pervers qui me pelote dans la tourmente.

— Arrête de gesticuler ! me hurle Bran.

C'est donc lui qui m'agresse comme ça ? Cela ne lui ressemble pas ! Certes, je ne pensais pas non plus qu'il était du genre à venir me tirer du lit, mais c'était pour la bonne cause ! Tandis que là, il profite de notre promiscuité, de la tempête et…

Tout à coup, les mots du capitaine me reviennent à l'esprit. Quelle idiote je fais ! Bran ne cherche pas à me peloter, mais à me sauver la vie ! D'une main, il tente d'entourer ma taille avec un cordage que je devine être une ligne de survie. Comme il a du mal, je m'en charge pour lui. Je saisis le cordage d'autorité et le noue. Deux fois. Puis je remercie l'ex-soldat que j'avais décidément bien mal jugé.

— Rendez-vous utiles au lieu de batifoler ! hurle une voix que je reconnais être celle de Joe.

Le maître d'équipage a rangé sa trique et ne se contente pas de relayer les ordres de son capitaine. Lui aussi les suit. Aidé de quelques autres, il fait son possible pour abaisser les voiles afin que la Lorelei ait moins de prise au vent. Cependant, je sais que c'est inutile. Cette tempête n'est pas comme les autres. Il ne la combattra pas avec ses armes habituelles. Mais alors, comment en venir à bout ?

Comme pour répondre à ma question, le médaillon se met à me chauffer. Songeant à la réaction que pourraient avoir les pirates et à la discussion que nous avons eue hier avec Bran et Rick, j'hésite à le sortir. Mais bientôt, sa chaleur devient insoutenable. Je le tire donc de sous mon chemisier et la magie opère. Littéralement.

L'objet qui me sert de boussole depuis mon réveil dans le Désert quitte ma paume et s'élève dans les airs. Il brille d'une lueur étrange… bleutée, je dirais, si la tempête n'assombrissait pas tant le paysage. Évidemment, puisque je suis reliée à lui par cette maudite lanière de cuir, je suis obligée de suivre le mouvement. À mon tour, je me lève, comme si la tempête n'avait soudain plus la moindre prise sur moi.

Toujours guidée par le médaillon, je traverse le gaillard d'arrière.

Mais au moment de monter sur la dunette, je sens une entrave. La ligne de survie. Sans réfléchir, je sors un couteau et la tranche. Puis je continue ma progression jusqu'à avoir atteint le point le plus haut du bateau – si l'on excepte les mâts, bien sûr. Là, je lève la tête vers les cieux enténébrés. Puis, mue par une impulsion que je ne m'explique pas, j'écarte les bras à quelques centimètres de mon corps. Puis mes doigts. Et je crie.

Je hurle de toutes mes forces. Je laisse libre cours à la puissance du médaillon. À *ma* puissance... Car j'ai l'impression que le souffle qui balaye la mer provient tout autant de ma propre personne que de l'objet maudit qui pend à mon cou. C'est comme si la magie m'habitait. Comme si j'étais porteuse depuis toujours de cette puissance que j'expulse vers les Nébuleux et leur tempête.

Par-delà le ciel et l'océan, un hurlement de rage répond au mien.

Puis tout s'arrête. La tempête, les cris, le danger. Et je m'affale sur le plancher, à demi consciente.

39

Des mains me prennent par les aisselles. Des bras me soulèvent. Une voix me parle depuis le lointain.

— Anna ? Ça va ?

C'est Rick. Il semble inquiet… Comment ne pas l'être ? Nous venons sans doute de vivre la pire tempête de tous les temps. Et nous nous en sommes sortis. Mais à quel prix ?

J'ouvre les yeux pour le découvrir.

La Lorelei est en partie dévastée. Si le grand mât a tenu bon, il est bien le seul. À l'avant, le mât de misaine est brisé. Les voiles qu'il portait, déchirées, se sont entortillées autour de lui. Comme une mère qui pleure son enfant. Quant au mât d'artimon, il a subi le même destin. Sauf qu'aucune voile ne le pleure.

Lorsque je peux faire quelques pas, je m'avance et découvre le pont. Il est jonché de débris. Des éclats de bois, des cordages défaits ou sectionnés, et des morceaux de voiles déchirées. Mais plus encore, ce sont les pirates qui sont brisés. Éreintés, les hommes d'O'Brian constatent avec horreur les dégâts de cette tempête. Je n'en ai vu que la fin, mais je lis dans leurs yeux combien elle a été épuisante. Combien ils ont craint pour leur vie.

Au moment où leurs têtes se tournent vers la dunette et que leurs regards croisent le mien, une nouvelle lueur danse dans leurs yeux. La rage et la haine ont chassé la peur. Beaucoup d'entre eux m'ont vu user de magie. Ils ont vu comment je marchais librement alors qu'eux-mêmes ne devaient leur survie qu'aux cordages qui les reliaient au bateau. Et surtout, ils ont vu le médaillon. Ils nous ont vus nous élever, lui et moi, au-dessus du plancher. Ils ont vu le souffle de magie dissiper la tempête. Cela les effraie et leur fait perdre la raison.

— C'est elle ! s'écrie soudain l'un d'eux.

— Je l’ai vue ! confirme Joe.

— Oui, c’est elle ! acquiesce Rick en me rejoignant. C’est elle qui nous a tirés d’affaire. Alors…

Hélas, il n’a pas le temps de finir sa phrase que, déjà, le mot « sorcière » est dans toutes les bouches. Les pirates me rendent responsable de la tempête.

— C’était pure folie que de laisser monter une femme à bord ! s’exclame William. À mort la sorcière !!

La condamnation du maître canonnier est aussitôt reprise par les pirates. Seuls Bran, Rob et Heimata ne semblent pas partager leur avis. L’ancien soldat savait pour le médaillon. Le médecin, lui, doit se dire que la plupart des hommes sont encore en vie grâce à mon intervention. Quant au pilote qui a si longtemps voulu ma mort, il n’était pas si loin de moi lorsque la magie a opéré. Pourtant, son animosité a disparu au profit d’un sourire de remerciement. Lui aussi a compris, finalement, qu’il me devait beaucoup… Ou plutôt, qu’il devait beaucoup à la magie du médaillon.

Et bien sûr, il y a Rick. En sa qualité de capitaine, ce dernier tente une fois encore de raisonner ses hommes. S’il est vrai que j’ai usé de magie, ce n’est pas moi qui ai provoqué la tempête. Au contraire, je les ai sauvés de cette tourmente ! Mais il a beau le répéter, ses hommes ne le croient pas. Ils ne voient qu’une chose : depuis que je suis à bord de ce bateau, il ne leur arrive que des ennuis.

— C’est Kyno qui avait raison ! s’écrie Joe.

Aux mots du maître d’équipage, une boule se forme dans ma gorge. Cette fois, c’est la fin. O’Brian ne parviendra jamais à faire entendre raison à ses hommes. Surtout pas lorsque je vois se profiler à l’horizon les horribles silhouettes des Nébuleux.

Patient, le Peuple des Brumes a attendu le moment opportun pour revenir à la charge. De nouveau, les fantômes tentent de manipuler les pirates. Leurs fumées s’insinuent par la bouche et le nez des hommes sur le pont. Même Rob finit par être touché. Il ne reste alors plus que Bran, Heimata et Rick pour prendre ma défense.

Un instant, je me demande comment il est possible que, cette fois, le pilote ne soit pas touché. Mais lorsque je baisse les yeux vers mon médaillon et que je le vois émettre encore une légère lueur bleutée, je comprends. L'aura de son pouvoir agit sur ceux qui sont près de moi. Je songe alors à aller me mêler aux pirates afin qu'ils soient eux aussi protégés, mais Bran m'en dissuade. En quelques bonds, il nous a rejoints, sabre à la main.

— Ils sont de retour, capitaine.

— Je m'en doutais…

Tandis que les pirates demandent toujours ma mise à mort, O'Brian réfléchit. Puis, à ma grande et désagréable surprise, il déclare :

— Très bien ! Nous le ferons ! Mais avant, faisons cap vers le prochain port. Buvons à notre santé de pirates. Car on réfléchit toujours mieux la bouche pâteuse !

J'en ai le souffle coupé. Comment peut-il dire ça ? Qu'est-ce qui lui prend ? Moi qui le croyais protégé du pouvoir néfaste du Peuple des Brumes…

Mais alors que je suis toujours sous le coup de ce soudain revirement de situation, le capitaine se penche vers moi et me glisse :

— Les réserves de l'Écureuil sont presque vides et les jumeaux ont besoin de matériel pour réparer les avaries dues à la tempête. Et puis les Nébuleux ne nous ont attaqués qu'en pleine mer… Il se peut qu'ils aient moins de pouvoir sur les terres. Ne t'en fais pas, je parviendrai à raisonner mes hommes.

Puis, plus haut, il ordonne à Bran de me surveiller et nous condamne à rester bien en vue sur le gaillard de poupe jusqu'à notre arrivée au port.

Ce disant, il fixe le médaillon. Je comprends alors que, tout comme moi, il a deviné que l'objet les protégeait, Heimata et lui. Et il entend bien profiter de cette aura protectrice le plus longtemps possible.

40

Après avoir longuement étudié la carte et la direction imposée par mon médaillon, le capitaine Rick a estimé que nous pouvions faire une halte à Ponastriё. Je connais cette cité. Elle est réputée pour son commerce de la baleine. Il y a donc peu de risques de voir débarquer des pilleurs à bord de la Lorelei. Voilà sans doute pourquoi le capitaine a décidé que ce serait là que nous nous arrêterions pour faire une pause. Il faut dire que ses hommes en ont bien besoin…

Plusieurs fois déjà, ils ont menacé de cesser de travailler. Ils refusaient de faire quoi que ce soit avant de me voir passer sur la planche ! Heureusement, O'Brian a su les canaliser le temps que nous arrivions à la cité portuaire le soir même.

Toutefois, je ne peux m'empêcher d'être partagée à la vue du phare de Ponastriё. En effet, il n'y a que deux possibilités. Soit le fait d'être à terre diminuera l'emprise du Peuple des Brumes sur les pirates et ils cesseront de vouloir me tuer. Soit ils en profiteront pour le faire sitôt à quai.

Sentant mon inquiétude – je n'ai pas la capacité de Rick à rester impassible en toute circonstance –, Bran me prend la main. Et je ne sais trop quoi penser de ce geste… Certes, nous nous sommes rapprochés depuis qu'il est à bord, mais de là à me tenir la main ! Pourtant, je ne fais rien pour me retirer. Au contraire, je serre ses doigts, comme une bouée de sauvetage.

— Ça va aller. Je reste avec toi.

Je souris. Ou du moins j'essaie. Car je suis bien trop inquiète pour lui offrir davantage qu'un rictus forcé.

Quand il nous aperçoit main dans la main, le capitaine ne dit rien. Son visage ne trahit pas la moindre émotion. Comme d'habitude. Si ce n'est que, d'ordinaire, je parviens à déchiffrer l'invisible. Pas cette fois. Alors, sans trop savoir pourquoi, je lâche la main de Bran.

— Pour toi, le voyage s'arrêtera là, m'informe le capitaine.

Je fais oui de la tête. Cela paraît logique…

Après un coup d'œil à Heimata, Rick nous prend à part pour nous informer de son plan. Tandis qu'il sera avec une partie de ses hommes dans une taverne, Bran, Beaucor et moi ferons mine de partir. Ensuite, l'ancien soldat reviendra seul. Il devra alors faire en sorte que tous ceux encore présents sur la Lorelei s'en rendent compte. Quant à moi, je resterai planquée avec mon oiseau jusqu'à la deuxième vague de beuverie. Et, tandis que les premiers cuveront et que les seconds ne seront plus à bord, je remonterai le plus discrètement possible.

— Je suis désolé Anna, mais il te faudra de nouveau rester en cabine.

Je comprends. C'est le seul endroit où les hommes de Rick n'osent pas entrer sans y être invités. Toutefois, afin de persuader les pirates que tout est redevenu normal et qu'il n'y a plus la moindre femme à bord – ni la moindre magie si l'on oublie le Trésor du Peuple des Brumes – O'Brian réintégrera sa cabine. Et Heimata sera de nouveau nommé timonier en plus de pilote. Quant à Bran, il recevra sans doute le titre de second ; cela dépendra de l'humeur des pirates. De fait, il n'est pas sur la Lorelei depuis assez longtemps pour prétendre à ce poste. D'autres, tels que Joe ou William s'y opposeraient sans doute. Mais si Rick y arrive, alors cela permettrait à l'ancien soldat d'avoir un accès à la cabine du capitaine… et de me servir plus ou moins de garde du corps.

— Ou de garde-chiourme… je grommelle.

Les deux hommes ne répondent rien. Et la discussion s'arrête là.

Le capitaine retourne ensuite auprès de Heimata. Bran et moi restons bien en vue à leurs côtés. Car plus les pirates me verront, plus ils remarqueront mon absence.

Lorsque nous sommes amarrés à quai entre deux baleiniers qui mettent leur butin en charpie, O'Brian donne la liste de la première et de la deuxième vague. Résistant à l'envie de se boucher le nez pour ne pas respirer les odeurs de sang et de graisse, il ordonne également haut et fort à l'ancien soldat de se débarrasser de moi dans la cité.

— Étrangle-la avec des intestins puis noie-la dans de l'huile s'il le faut ! Je ne veux plus voir sa face de marsouin sur mon bateau !

Tandis que cette remarque fait rire les hommes du capitaine, ce dernier précise à Bran qu'il sera bien entendu récompensé. L'homme qui, autrefois, portait l'uniforme, a deux heures pour agir. Et s'il n'est pas de retour sur la Lorelei une fois le temps écoulé, alors inutile pour lui de revenir. Si en revanche il s'exécute, alors il aura une place de choix au sein de l'équipage.

Me saisissant le bras de force, Bran accepte les termes de ce contrat pipé. Sur le pont, les pirates sont tout de même frustrés de ne pas pouvoir s'occuper eux-mêmes de mon cas. Mais je pense qu'ils en sont aussi soulagés, car bon nombre d'entre eux ne voulaient pas se frotter à ma magie. Quant à moi, je serre les dents. Bran prend vraiment son rôle au sérieux et serre douloureusement mon biceps. Il va même jusqu'à me pousser vers le pont où j'échoue misérablement. Je grogne. De douleur tout autant que de rage. Il était vraiment obligé de faire ça ? De me traiter de la sorte alors que, moins d'une heure plus tôt, il me tenait la main ?!

— Lève-toi ! m'ordonne-t-il après avoir sauté à mon côté.

— Va te faire foutre !

Non, mais ! Moi aussi je sais jouer un rôle ! D'une main, je me saisis d'un couteau tandis que, de l'autre, je pousse sur le pont pour me relever. Plus vif que l'éclair, Bran me tord le bras et m'oblige à mettre ma lame sous mon propre menton.

— Un geste de travers et je t'égorge.

OK, OK, ça va… Pas la peine de la jouer comme ça ! Je déglutis et hoche la tête. Alors, lentement, Bran prend mon couteau et le passe à sa ceinture.

— Celui-là, je le garde.

Sous les yeux des pirates amusés de me voir ainsi, nous quittons la Lorelei. Nous progressons alors sur un sol ensanglanté et graisseux qui menace à tout instant de nous faire glisser. Comme pour nous narguer de n'avoir pas à fouler ces immondices, Beaucor s'envole à tire d'ailes. Sans doute a-t-il lui aussi compris le plan du capitaine.

Dès que nous ne sommes plus à portée d'oreille, je demande à Bran s'il était vraiment obligé de prendre son rôle autant à cœur. L'ancien soldat affiche alors une mine désolée.

— Avec l'ultimatum d'O'Brian, je dirais que oui… Il fallait que je donne l'impression de vouloir rester avec eux. À tout prix.

Ce disant, il desserre son emprise sur mon bras. Toutefois, il ne me lâche pas. On ne sait jamais ! Certains pirates ont une excellente vue. Par exemple ceux qu'on envoie sur la vigie.

Bran et moi déambulons dans les rues animées de Ponastriё. Malgré l'odeur pestilentielle qui imprègne les pavés, tous les marchands sont dehors, à s'arracher l'huile de baleine fraîchement versée.

Puis, lorsque nous sommes assez éloignés du port, il me lâche enfin.

— C'est ici que nos chemins se séparent, déclare-t-il.

Je hoche la tête. De toute façon, si tout va bien, on se revoit dans peu de temps. Nos pseudos adieux terminés, le jeune homme me tourne le dos et reprend la direction des quais. Quant à moi, j'attends encore quelques minutes avant de le suivre. Discrètement.

À nouveau sur le port, je me trouve une cachette entre deux gros containers qu'un baleinier vient de décharger.

D'après ce qui est écrit dessus, ils ne doivent être récupérés par leur acquéreur que demain dans la journée. Ils ne sont donc pas prêts de bouger. J'attends alors patiemment le retour de la première vague de beuverie et le départ de la seconde. Sur mon épaule, Beaucor piaffe d'impatience.

— Chut !

J'appuie mon ordre d'un regard noir. Alors l'oiseau se tait. Et nous attendons.

Moins d'une heure plus tard, alors que je commence sérieusement à avoir des crampes et que les effluves de panse de baleine m'ont fait vomir à deux reprises, le capitaine revient avec la première vague. À la vue de tous, il s'entretient avec Bran afin de savoir ce qu'il a fait de moi. Du moins je suppose, car, de là où je suis, je n'entends rien d'autre que des murmures, hachés par les divers bruits du quai. Coques qui tapent contre leurs amarres, baleiniers qui s'égosillent, matelots qui chargent et déchargent les ventres des bateaux.

Visiblement satisfait de ce que lui raconte l'ancien soldat, le capitaine repart avec le plus gros de l'équipage. Comme prévu, Bran a dû lui dire qu'il avait profité d'être en ville pour s'envoyer quelques chopes. Une bonne excuse pour décliner l'invitation de Rick à se joindre à la deuxième vague de beuverie.

Je patiente encore quelques instants. Le temps pour les pirates revenus à bord de s'installer dans leurs hamacs pour cuver l'alcool ingurgité. Et, lorsque j'estime que je ne crains plus rien à m'approcher du bateau, je remonte à bord de la Lorelei.

Aidée de Bran qui se tient près du mât de pavillon, je passe par l'arrière du vaisseau. Ainsi, je peux rapidement rejoindre la cabine du capitaine sans passer devant les pirates endormis. Après avoir été un temps ma chambre privilégiée, la petite pièce va redevenir ma prison. Encore une fois, pour mon bien…

À plusieurs reprises, j'ai cru que nous allions être démasqués ! Tout d'abord, à cause du bois qui a craqué. Puis quand la porte a grincé. Mais ces bruits qui me semblent assourdissants ne sont rien comparés aux vaguelettes qui résonnent contre la coque, aux cordes qui fouettent les mâts et aux voiles qui claquent sous le vent. Sans parler bien sûr des marchands qui travaillent sur les quais…

De nouveau dans ma cellule tout confort, je m'affaisse sur le lit. J'ai l'impression que ma vie à bord de ce navire n'est qu'un éternel recommencement.

— Je suis sûr que ce sera bientôt fini, déclare Bran.

Ce disant, il fixe mon cou. Ou plutôt la lanière qui l'enserre. J'imagine que fixer ma poitrine serait mal venu, même si je me doute qu'il ne penserait alors qu'au médaillon. D'ailleurs, en parlant de lui, je le sors de sous mon chemisier. Bran a raison. L'aiguille indique notre direction avec plus de frénésie qu'il y a quelques jours. Nous approchons du but. Reste à espérer que tout se passe bien…

41

Voilà maintenant deux jours que nous avons repris la mer. Deux jours que je partage la cabine du capitaine sans que personne ne le sache. Mis à part Bran, bien évidemment. D'ailleurs, heureusement qu'il a pu être nommé second et vient de temps en temps, car je ne peux pas vraiment compter sur Rick pour me faire la conversation. Ni sur Beaucor qui se mettrait alors à croasser à tout va.

Tandis qu'O'Brian s'apprête à sortir, je ne fais aucun commentaire sur sa nuit mouvementée. Il ne me cause peut-être pas beaucoup, mais je peux compter sur son inconscient pour me dévoiler quelques-uns de ses secrets nocturnes… Et, cette nuit, j'ai compris à quel point la sirène l'avait tourmenté !

C'est alors que quelqu'un frappe violemment à la porte.

— Capitaine ! s'écrie Bran.

— Quoi ? grogne l'intéressé.

Sans attendre la réponse de l'ancien soldat, Rick ouvre la porte. Et évite de peu le poing de Bran, qui s'apprêtait à frapper de nouveau. Le jeune homme s'excuse, jette un bref coup d'œil à la cabine, m'aperçoit… et n'entre pas.

— Vous devriez venir voir ça, vite.

Pour éviter qu'on suspecte ma présence, le capitaine sort de sa cabine sans se retourner. Bien sûr, il prend soin de fermer la porte. Je ne peux alors suivre la suite que par éclats de voix interposés. Hélas, comme les deux hommes s'éloignent, je n'entends rien d'autre que « personne n'a jamais vu ça », lancé par un Bran apeuré.

Un instant, je songe à envoyer Beaucor pour qu'il me dise ce qui se passe. Mais très vite, j'y renonce. Les pirates ne sont pas idiots, ils feraient rapidement le lien entre l'oiseau et moi. Je ne peux donc qu'attendre dans la cabine enténébrée…

C'est alors que j'en prends pleinement conscience. Le capitaine vient de se lever, ce qui signifie que le soleil devrait avoir fait de même il y a peu. Or, aucune lumière ne filtre par les hublots… Certes, O'Brian les a foncés de façon à dissimuler ma présence, prétextant avoir besoin d'un noir complet pour dormir la nuit, mais jusqu'ici, le soleil parvenait toujours à percer de ses rayons les verres fumés. Pas aujourd'hui. Ce matin, rien ne filtre. Comme s'il faisait encore nuit… En y réfléchissant, je ne me rappelle pas avoir vu la moindre lueur diurne passer le pas de la porte lorsque le capitaine l'a ouverte tout à l'heure. Étrange…

Pour percer ce mystère, et aussi par ennui, je me lève de mon lit improvisé – oui parce que Rick, en parfait non-gentleman, ne m'a pas cédé sa couche et je dors sur une natte posée à même le sol – et m'approche de l'un des hublots. Intrigué, Beaucor me regarde. Comme je sens qu'il va ouvrir le bec, je lui fais signe de se taire. Doigt sur les lèvres, je pousse un « chut » qu'il comprend tout de suite. Vexé, l'oiseau commence par me tourner la tête dans un geste puéril. Puis il finit par me rejoindre et se pose sur le rebord du hublot. D'un revers de la main, je le pousse un peu pour mieux voir.

Mais il n'y a rien à voir. Ou pas grand-chose. Comme je m'en doutais, le soleil ne s'est pas encore levé. À moins qu'il préfère rester caché derrière de gros nuages. Ou alors…

Je n'ai pas le temps de mener ma réflexion à son terme que la porte de la cabine s'ouvre sur deux tornades. Bran et O'Brian. Ce dernier ferme la porte aussi violemment qu'il l'a ouverte avant de s'écrier :

— Qu'est-ce que c'est que ça encore ?

La question n'attend pas de réponse. Enfin je suppose. À ses côtés, Bran arbore une mine des plus sombres. Tout comme son capitaine, il n'a pas la moindre idée de ce qu'il vient de voir. Quant à moi… eh bien je n'ai rien vu du tout puisque je suis confinée ici.

— Qu'est-ce qui se passe ? je demande prudemment.

— Les Nébuleux nous attaquent… encore, répond Rick.

Il en est certain. Bran aussi y croit. Mais alors, pourquoi sont-ils encore là à se demander « ce que c'est » ?

— On doit pouvoir la contourner, avance l'ancien soldat… Après tout, c'est pour chercher ce genre de solution que nous sommes venus dans votre cabine capitaine, non ?

O'Brian ne répond rien. Pas plus qu'il n'affiche la plus petite expression. Et comme je n'ai pas la moindre idée de ce qu'ils ont vu là dehors, je suis bien en peine de déchiffrer ce visage impassible !

Au bout d'un long moment pendant lequel Rick reste à ne rien dire et Bran à le regarder – et moi à ne rien comprendre –, le capitaine acquiesce et s'assied à son bureau. Il y étale sa plus grande carte, sort ses outils de navigation et finit par me demander d'approcher.

Bien que je sois toujours dans l'incompréhension la plus totale, je sais ce qu'O'Brian attend de moi. Je me prends alors une chaise, m'installe près de lui et sors mon médaillon que je pose sur le bureau. D'un œil inquiet – tiens ! une émotion ! – le capitaine lorgne tantôt sur ma boussole étrangleuse, tantôt sur la carte. À l'aide de son matériel, il trace des lignes imaginaires, cherchant une autre route. En vain. La chose à éviter, ce truc dont ils ne parlent pas, semble bien trop conséquente.

Finalement, à bout de nerfs, je demande… sans doute un peu trop abruptement :

— Bon ! Vous allez me dire ce qu'il y a ?

O'Brian fait mine de ne pas m'avoir entendue. Mais j'ai clairement vu son sourcil s'arquer brièvement lorsque j'ai posé la question. Pour autant, je sais qu'il ne dira rien. Je me tourne alors vers Bran que je sais être plus volubile.

— Bran ?! je le questionne.

Le jeune homme hausse les épaules. Mais il finit par me répondre. Enfin… si on veut.

— On ne sait pas vraiment…

— Comment ça ? Vous avez dit que c'était les Nébuleux… Comment pouvez-vous être sûrs que c'est eux si vous ne savez pas ce qu'il y a ?

— De la brume, lâche Rick alors que j'avais perdu tout espoir qu'il desserre les dents.

Cela étant, le capitaine n'en dit pas plus. Je dois donc à nouveau me tourner vers l'ancien soldat si je veux en savoir davantage. Ce dernier finit par me dire qu'une brume étrange semble recouvrir les flots, devant nous. Où que porte le regard de la vigie, la mer est recouverte d'un brouillard épais et bleuté. Bien sûr, on pourrait faire marche arrière, mais il y a mon médaillon. Mécontent de voir son but s'éloigner alors qu'on s'en rapprochait si bien, l'objet magique pourrait à nouveau vouloir m'étrangler. Et le capitaine ne veut pas prendre ce risque. Sans compter qu'il espère bien se débarrasser au plus vite du Trésor du Peuple des Brumes ! Depuis que ses hommes se sont retournés contre lui, manipulés par les Nébuleux, il a compris à quel point ce trésor était maudit. Le prix à payer pour être le pirate le plus redouté de tous les temps est bien trop lourd. O'Brian n'en veut pas.

Entendant son nom, le capitaine semble revenir de ses réflexions. Il se lève, prend une grande inspiration et déclare :

— Puisqu'on n'a pas le choix… Bran, j'espère que ton sabre est bien aiguisé, car une chose est sûre, cette brume n'a rien d'amical !

Sans un mot de plus, le capitaine se dirige vers la porte. Bran et moi échangeons un regard. Un instant, je songe à proposer mon aide. Et je sais que l'ancien soldat y a pensé aussi. Mais l'un comme l'autre, nous nous taisons. Si les pirates savent que je suis à bord, ils vont encore tout me mettre sur le dos. Et les Nébuleux en profiteront pour tirer les ficelles. Je laisse donc partir les deux hommes.

De nouveau seule, je songe à cette brume. Que peut-elle bien cacher ?

42

Alors que je m'attendais à entendre des cris de ralliement et autres encouragements à se jeter dans la bataille, le pont reste étrangement silencieux. Cela fait au moins une demi-heure que Bran et O'Brian sont sortis et toujours rien. Pourtant, si j'en crois leur inquiétude de tout à l'heure, la brume était proche. Et on devrait l'avoir atteinte…

Comme je sais que je ne verrai rien à travers les hublots fumés, je tente d'apercevoir quelque chose par le trou de la serrure. Sans un bruit, je m'approche de la porte et m'accroupis. La fente, trop fine, ne m'apprend pas grand-chose. Tout au plus puis-je apercevoir quelques hommes, arme au poing, de l'autre côté du navire. En posture de combat, ils attendent. Mais quoi ? Je vois bien que la brume nous entoure ! Déjà, ses volutes malsaines flottent au-dessus du pont, tournoient silencieusement autour des pirates.

Soudain, un vent glacial me fait frissonner. Venant de nulle part, la brise semble m'être uniquement destinée. Toute grelottante, je me frictionne les épaules et les bras. C'est alors que je sens une douce chaleur se diffuser en moi. Et bien sûr, c'est de mon médaillon qu'elle provient.

— *Laisse-le guider ton pouvoir*, croasse Beaucor.

Je lui demanderais bien de quel pouvoir il parle, mais le temps presse. Déjà, les premiers cris se font entendre. Les hommes d'O'Brian, jusqu'ici aussi silencieux que la brume environnante, poussent à présent de terribles hurlements. Tantôt de douleur, tantôt de frayeur.

Sans prendre le temps de me demander ce qui peut à ce point effrayer des pirates endurcis, je m'élance hors de la cabine. Alors qu'il vient de terrasser une créature étrange, Joe m'aperçoit. Aussitôt, il s'écrie :

— C'est elle ! Capitaine, comment as-tu pu la laisser à bord ?! C'est elle qui…

Attaqué par une autre créature étrange – sorte de chauve-souris géante au visage de femme –, il ne termine pas sa phrase. Mais le mal est fait. Plusieurs pirates se tournent vers moi. Malgré le brouillard, ils me distinguent sans mal sur le gaillard d'arrière. Et m'accusent. Car cette brume, ces bêtes, elles ne peuvent avoir été invoquées que par la magie. Ma magie. Moi, la sorcière. Aussitôt, deux des hommes de Rick s'élancent vers moi. Mais le capitaine s'interpose.

— Vous ne croyez pas qu'on a plus urgent ?

Comme pour confirmer ses dires, une nuée de ces gigantesques créatures aux ailes membraneuses et aux dents acérées nous tombe dessus en hurlant, telles des furies. À l'instar des pirates, je suis prise pour cible. Et tandis que je me débats à coups de couteau, je me souviens avoir entendu de nombreuses légendes au sujet de ces monstres avides de vengeance. Ces divinités mineures à qui les marins imputent la plupart des ouragans ainsi que certaines disparitions en mer. Mais jamais je n'y avais porté le moindre crédit ! Pour moi, tout ceci n'était que des rumeurs portées par les vents, des fables qui affranchissaient les matelots de leurs mauvaises manœuvres. Bon, en même temps, si je n'avais pas eu un médaillon étrangleur autour du cou, jamais je n'aurais cru non plus au Trésor du Peuple des Brumes…

Alors que je suis au corps à corps avec l'une de ces furies, je sens ma poitrine qui chauffe encore. Le médaillon semble vouloir me dire quelque chose… Mais quoi ?

Comme pour répondre à ma question, Beaucor croasse à nouveau :

— *Laisse-le guider ton pouvoir ! Laisse-le guider ton pouvoir !*

Entendant l'oiseau parler, les pirates crient de plus belle à la sorcellerie. Et comment leur en vouloir ? Dès lors, je ne dois plus seulement éviter les femmes-chauves-souris avides de vengeance, mais également les hommes de Rick qui eux aussi demandent réparation ! Pourtant, quand j'appelle Bran pour qu'il me vienne en aide, ce n'est pas tant pour me protéger que pour me frayer un chemin dans ce chaos sans nom.

Bien qu'occupé à défendre sa propre vie, l'ancien soldat vient à mon secours. Sabre au poing, il repousse aussi bien les créatures sanguinaires que les pirates. Alors, médaillon à la main, j'avance.

Mais je n'ai pas fait trois pas qu'une main saisit mon biceps et me retient.

— Qu'est-ce que tu fais ? me demande le capitaine.

Je ne lui réponds rien. Mais le regard que je lui lance suffit à Rick pour qu'il me lâche. Je continue alors mon avancée, guidée par la chaleur du médaillon. Et je m'enfonce dans la brume. À moins que ce soit elle qui se resserre autour de moi. Je ne sais pas vraiment. Toujours est-il qu'à un certain moment, je m'arrête. Dans ma paume, le médaillon s'illumine. Il est plus vif et plus chaud qu'il ne l'a jamais été. Et soudain, il quitte ma main. Il s'élève seul dans les airs. Dans la brume.

Et il s'illumine encore. Toujours plus fort.

Bientôt, sa lumière m'aveugle tant que je dois plisser les yeux. Elle se diffuse tout autour de moi. Aussi sinueux que la brume précédemment, son éclat gagne du terrain. Bientôt, c'est toute la Lorelei qu'elle irradie d'une lumière intense. Puis ses rayons partent dans tous les sens, repoussant avec une force inouïe la brume et les créatures qu'elle dissimulait.

Et tout redevient normal.

Sauf les pirates.

Le premier, Joe s'avance vers moi. Un instant, Bran et le capitaine font obstacle à la brute. Mais comme le maître d'équipage range son arme, ils le laissent passer – non sans un avertissement de la part de Rick.

Arrivée face à moi, la montagne de muscles au crâne rasé a un geste insolite. Il me tend la main. Pas pour serrer la mienne, mais pour me faire un baisemain. Étrange de sentir ses lèvres se poser sur ma peau. Lui qui, quelques minutes plus tôt, voulait ma mort, le voilà à me traiter comme… comme quoi au juste ?

— Merci, Anna, dit-il en s'écartant à nouveau. J'ai eu tort de penser que cela pouvait venir de toi. Nous avons tous eu tort !

Sa main tenant toujours la mienne, il me présente aux autres comme une héroïne. Certes, je dispose d'un don de magicienne – ou peut-être même de sorcière –, mais je ne cherche nullement à leur nuire. Au contraire, je ne souhaite qu'une chose : les protéger. Et c'est ce que je viens de démontrer une fois de plus en venant à bout de cette brume vengeresse.

— Nous lui devons la vie mes amis !

Son discours terminé, il lâche enfin ma main et applaudit. Très vite, il est rejoint par tous les autres. Et, de nouveau, on scande mon nom.

Je n'en reviens pas !

43

J'ai révélé mon secret. Celui du médaillon. En me servant de son pouvoir – ou en le laissant guider mon pouvoir comme dirait Beaucor, même si j'avoue que je ne comprends toujours pas où il veut en venir... – j'ai laissé les pirates découvrir ce que je leur cachais jusque là. Ce que *nous* leur cachions. Bien qu'il voulût garder cela encore sous silence, j'ai convaincu le capitaine de leur dire que c'était ce même médaillon qui guidait la Lorelei depuis le début. C'est lui qui nous a conduits au Trésor du Peuple des Brumes. Lui qui nous conduit maintenant vers le lieu où nous devons le ramener.

À ce propos, après avoir fait face à cette brume et ces créatures vengeresses, les hommes d'O'Brian sont tout aussi convaincus que nous que le Trésor ne doit pas rester à bord. Voilà pourquoi, j'imagine, ils n'ont pas hésité à approuver lorsque le capitaine a de nouveau fait de moi la timonière de la Lorelei. Et voilà pourquoi, aujourd'hui, c'est avec Heimata et non plus Rick ou Bran que je suis penchée sur la carte des mers.

— Fais voir, demande-t-il en tendant la main.

Je pose alors le médaillon dans sa grosse paume. Comme il le tire vers lui, je suis obligée de me pencher encore plus sur la carte.

— Désolé, s'excuse-t-il.

— Ça va.

— Donc tu veux nous faire passer par là ?

Je ne suis pas sûre qu'il s'adresse à moi avec ce « tu », mais, à tout hasard, je réponds par l'affirmative. Et je vois bien que cela l'embête.

— Pourquoi ? je demande alors.

— Y a souvent des tempêtes ici.

De sa main libre, il me désigne l'endroit. Je fronce les sourcils. Bizarre qu'il y ait des tempêtes étant donné qu'il n'y a rien d'autre sur la carte que l'océan à perte de vue.

— Euh… tu es sûr ?

— Malheureusement, oui.

— Mais…

— Je sais, me coupe-t-il. Il n'y a rien. Pas plus d'îles que de reliefs sous-marins. Je ne sais vraiment pas pourquoi les tempêtes choisissent souvent de frapper là. Tout ce que je sais, c'est que l'endroit est dangereux. Tout navigateur qui se respecte se doit donc de l'éviter.

Je vois… Sans un mot, je lui reprends mon médaillon et l'approche de l'endroit. Malheureusement, c'est bien là qu'il veut que nous allions. La fébrilité de l'aiguille en atteste on ne peut plus clairement !

— J'ai l'impression qu'on ne va pas avoir le choix, je conclus.

Heimata grogne. Il sait que j'ai raison. Pourtant, à l'aide du sextant, il cherche une autre voie. Pouce après pouce, nous posons le médaillon sur ces différentes routes pour vérifier qu'il ne cherchera pas à me tuer si nous les empruntons. Car une chose est sûre, plus nous approchons du but, plus l'objet devient dangereux. Le moindre écart et l'étau se resserre autour de ma gorge. Les traces violacées sur mon cou en sont la preuve quand, hier, le pilote a proposé de prendre un « raccourci » qu'il connaissait.

Après de longues heures à étudier la carte, nous finissons par trouver une solution. Ou en tout cas un début. En suivant la route dessinée par Heimata, nous devrions éviter le plus gros des tempêtes redoutées par le pirate.

Sans plus attendre, nous quittons donc la cabine afin de modifier très légèrement le cap de la Lorelei. Je constate alors qu'en l'absence de Heimata, c'est Rick qui tient la barre. Bon, en même temps, rien de plus logique ! Le capitaine semble vraiment à sa place, les mains de part et d'autre de la roue. Toutefois, il laisse volontiers la barre à son pilote.

— Alors ? s'informe O'Brian.

— On a trouvé une route, fait Heimata.

Puis, de nouveau à la barre, il la tourne presque imperceptiblement vers tribord.

44

— Tempête droit devant ! s'écrie la vigie.

Inquiète, je me tourne vers Heimata. Bien qu'il ait les yeux plissés, il ne semble pas alarmé. Le capitaine en revanche s'étonne :

— Je croyais qu'on devait éviter ça… ?

Ses yeux nous fixent tour à tour, le pilote et moi. Après tout, Heimata a dit qu' « on » avait trouvé une solution pour contourner les tempêtes. Il est donc normal qu'il nous impute la faute à tous les deux. Et tandis que j'hésite sur l'attitude à adopter – hors de question que je prenne pour un autre, mais hors de question également que je me désolidarise de Heimata –, le pilote rétorque :

— On a fait notre possible capitaine. Mais le médaillon nous indique précisément cette direction… On va la contourner un peu, mais…

D'un mouvement, il m'incite à montrer mon médaillon au capitaine. Comme les pirates connaissent son existence depuis l'attaque des furies dans la brume, je n'ai plus besoin de le dissimuler. Au contraire, il pend ostensiblement à mon cou. Et si, au début, cela gênait les hommes d'O'Brian, ils ont vite fait de s'y habituer. Après tout, c'est ce même médaillon qui leur a sauvé la vie !

L'objet à la main, je me rapproche du capitaine. Contrairement à Heimata, Rick craint toujours un peu de le prendre. Je le lève donc vers lui pour qu'il puisse l'observer.

Si nous ne suivons pas exactement la direction qu'il nous indique, O'Brian constate qu'effectivement, le médaillon nous mène droit dans la tourmente.

— Je vois… fait-il simplement.

— Fais voir, demande Heimata.

Je me tourne vers le pilote et lui montre également le médaillon.

— Je vais tenter quelque chose. Capitaine, tu peux garder un œil sur la tempête ? Tu devrais la voir avec ta longue-vue.

Rick acquiesce. Il sort alors sa lunette, la place devant son œil droit et confirme.

— Si tu sens la moindre pression, tu me le dis, fait Heimata à mon intention.

Je hoche la tête. Aussitôt, le pilote tourne encore un peu la roue vers tribord. Puis me jette un regard inquiet. Comme je ne sens toujours rien, je lui intime de continuer. Il tourne alors encore un peu la barre. Cette fois, je sens la lanière se resserrer autour de mon cou. Toutefois, la pression est supportable. Je fais donc signe à Heimata de continuer sa manœuvre. Ce qu'il fait.

Et tandis que le cuir m'enserre encore un peu plus la gorge, deux choses se passent simultanément. À nos côtés, le capitaine souffle un « impossible » de stupéfaction. En même temps, le gabier chargé de la vigie s'écrie depuis son poste d'observation :

— Capitaine ! La tempête se déplace !! Elle va vers tribord !

Horreur ! La tempête… nous suit ?! Je veux dire, elle suit notre mouvement ! C'est possible ça ? Pas d'après le capitaine en tout cas… Les yeux remplis de points d'interrogation, c'est donc vers Heimata que je me tourne. Le pilote affiche une mine sévère, inquiète. Quand il surprend mon regard, il déclare :

— J'avais des doutes, mais là ils sont confirmés.

— Que veux-tu dire ? demande le capitaine.

— Tu sais qu'on a toujours évité cet endroit ? Comme tout marin sensé…

— Je le sais, oui. Aucun bateau n'est jamais sorti de cet endroit.

Un silence se fait après cette déclaration. Et il est pesant. Pour la première fois, je vois se dessiner sur le visage d'O'Brian les marques de l'angoisse. Une angoisse tout à fait compréhensible. Quant à Heimata, sa confiance de tout à l'heure s'est clairement effritée.

De mon côté, j'ai la gorge serrée. Et pas seulement à cause de cette tempête que nous ne pourrons visiblement pas éviter – puisque c'est là que nous conduit le médaillon. Mais surtout parce que cette saleté de lanière recommence à m'étrangler. Alors, bien que je sache l'entreprise vaine, je glisse mes doigts entre le cuir et ma peau pour tenter d'éloigner l'étau. Évidemment, mes gesticulations ont tôt fait d'alerter les deux hommes à mes côtés.

— Mais c'est là qu'on doit aller, n'est-ce pas ? demande le capitaine.

Ce n'est pas vraiment une question. Déjà, Heimata tourne la roue vers bâbord pour que je puisse à nouveau respirer normalement. La pression se relâche. Enfin… celle de la lanière seulement. Parce que du haut de sa vigie, le gabier s'écrie à nouveau :

— La tempête bouge encore !

On s'en serait douté… Malheureusement, nous voilà obligés d'aller à sa rencontre…

De fait, moins d'une demi-heure plus tard, les rafales de vent attaquent déjà les voiles de la Lorelei. Comme un cyclone, la tempête nous attire vers elle. Sans réfléchir davantage, le capitaine ordonne donc d'abaisser les voiles afin de les protéger. Si jamais on parvient à se tirer de ce mauvais pas, il entend bien pouvoir les manier pour repartir. Si on repart un jour…

Comme lors de la tempête précédente, celle dont les Nébuleux ont profité pour manipuler les pirates, le trois-mâts est malmené. Face aux vents contraires, la Lorelei donne l'impression de n'être qu'un vulgaire esquif.

— Descendez des mâts et attachez-vous ! ordonne O'Brian.

D'une voix forte, Joe relaie l'ordre du capitaine afin qu'il soit entendu malgré la tourmente. Sans attendre, les gabiers se laissent glisser au bas des mâts. Puis ils saisissent les lignes de vie que leur tendent leurs camarades et s'y attachent. Deux cordes étant déjà à disposition sur le gaillard d'arrière, Rick nous invite à nous sécuriser, Heimata et moi.

— Et toi capitaine ?

O'Brian n'a pas le temps de répondre que, déjà, Bran s'avance vers nous, deux lignes de survie à la main. Après les avoir solidement attachées à la rambarde, il en tend une à son capitaine avant de serrer l'autre autour de sa propre taille. Et soudain, il se fige.

Moi aussi.

Mais tandis que l'ancien soldat semble saisir ce qu'il se passe, je ne comprends rien à ce qui m'arrive. Cette étrange sensation qui court le long de mon échine, je ne saurais la décrire. Le jeune homme, lui, ne met pas longtemps à la nommer.

— La Mort…

Ces deux mots résonnent dans ma tête comme un terrible glas. Cette tempête n'est pas naturelle. Les vents qui se déchaînent ne sont pas naturels. La houle non plus n'est pas naturelle. Tout ici empeste la Mort. Pas celle qui conclut chaque vie, mais celle que l'on pourrait voir, celle qui prendrait l'aspect d'une personne. Une entité bien à part.

Omniprésente.

Elle est là, tout autour de nous. Dans l'air qui fouette la Lorelei. Dans l'onde furieuse qui malmène le trois-mâts. La Mort nous guette.

Soudain prise de panique, je reste aussi figée que lorsque je l'ai ressentie la première fois. Puis je me recroqueville sur moi-même. Je me roule en boule sur le plancher. Comme si cette position pouvait m'aider, me protéger. Les mains autour de mes jambes, je me mets à pleurer. Je ne contrôle plus rien. Pas plus mes gestes que mes sanglots. Et devant mes yeux en larmes, ce maudit médaillon qui continue de nous pousser vers Elle.

45

— Nous ne tiendrons pas longtemps, capitaine !

Heimata se cramponne à la roue. Je ne sais pas si c'est pour empêcher son corps d'être pris dans la tourmente, ou si c'est pour éviter à la Lorelei de devenir folle. Un peu des deux sans doute… Plus loin, accroché à la rambarde, O'Brian invective ses hommes. En digne capitaine, il s'époumone afin de leur sauver la vie. Car c'est de ses ordres qu'elle dépend ! De ses ordres, et de la capacité des pirates à les suivre.

Sur le pont, Joe, perroquet infernal, relaie les injonctions de Rick. Il met même la main à la pâte. Tout comme William et ses artilleurs qui eux aussi s'affairent.

Seul Bran semble insensible à tout cela. Debout, entre Heimata et moi, il fait face à la tempête. Les pieds ancrés dans le plancher, il n'a nul besoin de se cramponner ici ou là. Comme si ce chaos ne l'affectait pas. Comme si la tempête passait à travers lui. Mais comment est-ce possible ?

Je n'ai pas le temps de répondre à ma propre question qu'une vague gigantesque engloutit le navire. J'ai l'impression que l'eau glaciale gèle mon sang dans mes veines. Mes muscles se figent, se tétanisent. À présent, je ne dois plus seulement mon état catatonique à la peur, mais également à cet air frigorifié qui me laisse, détrempée, sur le plancher du gaillard de poupe. Je claque des dents, je grelotte. Je ne me maîtrise plus. Au loin, j'entends la voix du pilote. Du moins je crois l'entendre… « Tiens bon. » Mais comment tenir dans pareille tourmente ? Je me recroqueville davantage encore.

J'ai peur.

J'ai froid.

Et je sens cette Mort sinueuse. Elle me guette, m'attend. Bientôt, je L'aurais rejointe.

Étrangement, cette certitude m'apaise. Peu à peu, mon souffle reprend une cadence presque normale. Je parviens même à contrôler ma mâchoire et à l'empêcher de claquer. D'un geste lent, je décroche ma main droite de ma main gauche. Je tends mon bras vers le médaillon qui s'affole toujours, l'aiguille pointant plus que jamais vers cette mort certaine. Je l'attrape. L'objet magique réchauffe ma paume. Mon corps. Enfin, je peux me relever.

Du coin de l'œil, j'aperçois Heimata. Le pilote me sourit. Un sourire crispé, mais un sourire tout de même. Pas comme Bran qui me fixe d'un regard glacial et accusateur. Un regard que je ne comprends pas… Après tout, je ne suis pas responsable de cette tourmente ! Si ?

Comme s'il m'avait entendue, l'ancien soldat desserre les dents et déclare :

— Tu peux mettre fin à tout cela.

Je m'apprête à lui répondre quand soudain, Beaucor perce le ciel – d'où sort-il encore cet oiseau de mauvais augure ? – et se fait l'écho lointain de Bran.

— *Mets fin à tout ça !*

L'ordre du volatile est pour moi comme une révélation. Le médaillon en main, je sais ce qu'il me reste à faire. Encore une fois, je vais devoir en appeler à son pouvoir. Ou, comme dirait le corbeau, le laisser guider mon pouvoir. D'ailleurs, le voilà qui se remet à croasser dans notre langue.

— *Laisse-le guider ton pouvoir ! Laisse-le te guider vers l'Île aux Brumes ! Ramène le Trésor !*

Tout un programme !

Je me laisse un instant pour réfléchir à ce que je vais faire. Un instant seulement, car c'est davantage l'instinct qui me guide qu'une intense réflexion. Sans trop attendre, donc, je me saisis de l'un de mes couteaux et coupe ma ligne de survie. La réaction de Heimata ne se fait pas attendre :

— Qu'est-ce que tu fiches gamine ? Tu veux mourir ?

À l'inverse, Bran acquiesce. J'ai fait précisément ce qu'il fallait. D'ailleurs, le voilà qui m'imite, tranchant sa propre ligne d'un coup de sabre.

— Vous êtes complètement fous ma parole !

Ces mots lâchés plus haut que les précédents interpellent O'Brian. Et lorsqu'il nous voit détachés, Bran et moi, le capitaine nous ordonne de nous arrimer à nouveau. Mais ni Bran ni moi ne l'écoutons. Tout au plus l'ancien soldat lâche-t-il un « ça va aller capitaine » en me prenant la main. Désormais, c'est lui mon lien, ma ligne de survie. Lui qui ne bronche pas face aux rafales. Lui dont les pieds sont comme deux ancres plantées dans le plancher. Des ancres qu'il peut, à loisir, déplacer, sans risquer de se faire emporter.

Main dans la main, Bran et moi bravons la tempête et rejoignons la proue, sous le regard médusé des pirates. Évidemment, ce ne sont là que des regards rapides, car les hommes d'O'Brian ont bien d'autres choses à faire ! Ne serait-ce que survivre !!

Guidée par Bran, j'atteins rapidement le gaillard d'avant de la Lorelei.

— Tu sais quoi faire ? me demande-t-il lorsque nous sommes en place.

Non. Pas la moindre idée. Encore une fois, je vais me laisser faire. Me laisser guider. D'ailleurs, je ne tarde pas à sentir le pouvoir monter en moi. Comme une vague d'énergie, il me traverse. Il part de mon ventre – de sous mon nombril plus exactement – remonte entre mes poumons, passe dans mes épaules, mon cou. Et termine sa course dans le médaillon.

L'objet que j'ai lâché en arrivant sur le gaillard de proue s'élève dans le ciel. À présent face à moi, il irradie du pouvoir que je lui insuffle. Car oui, j'ignore comment, mais j'en suis sûre à présent. Beaucor a raison. Ce médaillon de malheur guide *mon* pouvoir. Un pouvoir qui me paraît encore étranger… en même temps qu'il me devient familier. Sensation singulière que je ne peux complètement définir. Ou peut-être que si… Comme si je venais de découvrir mon deuxième bras. Un membre qui a toujours été là, mais que je n'aurais jamais vraiment utilisé. Quelque chose de latent. Mais surtout, quelque chose que je ne contrôle pas. Au contraire, j'ai plutôt la sensation que c'est lui qui me contrôle. Et mon médaillon en serait le catalyseur.

Dans les ténèbres de la tempête qui fait rage, l'objet magique devient un phare. Tout comme il guide mon pouvoir, il guide maintenant la Lorelei. Enfin, Heimata peut voir où il va. Enfin, *je* peux voir où nous allons. Mieux encore, le halo de lumière s'intensifie. Il chasse les vents, apaise les vagues. Peu à peu, un couloir se dessine face à nous. Et, tout au bout, je la vois. Floue bien sûr.

L'Île aux Brumes.

46

Protégée par le couloir que je lui trace, la Lorelei peut à nouveau sortir ses voiles. Dès qu'il s'en aperçoit, le capitaine crie l'ordre à ses hommes, ordre repris avec joie par le maître d'équipage. Les gabiers remontent sur les mâts. La vigie reprend son poste. Et ceux qui le peuvent soufflent un peu.

Soudain, une voix retentit, annonçant ce que je sais déjà depuis longtemps.

— Terre ! Terre !

Occupée à soutenir le corridor, je ne me soucie guère de ce qui se passe derrière moi. Mais je peux aisément le deviner…

Le capitaine tire sa longue-vue, la place devant son œil droit et constate que nous approchons d'une terre. Laquelle, il ne peut que le supposer…

— C'est l'Île aux Brumes ! s'écrie soudain la voix du gabier en poste sur la vigie.

Voilà, maintenant il en est sûr. Mais comment diable ce pirate peut-il connaître pareille île ? Moi-même, je doutais encore de son existence avant que mon pouvoir ne me souffle son nom. Mon pouvoir, et Beaucor avant lui si je me souviens bien. Et tandis que je cherche qui, du volatile ou de mon don, a été le premier à me convaincre de l'existence de cette île, j'entends les pirates s'exclamer, dans le plus grand brouhaha.

— L'île aux dragons !

— Elle est maudite !

— Capitaine Rick, on ne doit pas y aller !

— On va finir rôtis !

— Et maudits !

Je voudrais leur dire que rien de tout cela n'arrivera. Cette île n'est ni maudite ni infestée de dragons. Elle ne l'est plus. Comment je le sais ? Je l'ignore. Je le sais, c'est tout.

Mais je sais aussi que ce genre d'arguments ne marche pas face aux pirates. Sauf bien sûr s'ils émanent de la bouche de leur illustre capitaine ! Car bien qu'il leur ait caché quelques détails de cette expédition sans précédent, ils ont toujours confiance en lui. Une confiance indéfectible.

Soudain, une nouvelle voix retentit. Plus près de moi. Bran.

— Cette île n'est pas maudite ! Elle n'est pas non plus infestée de dragons !

— Comment peux-tu le savoir ? l'interroge un pirate que je ne peux identifier.

— Tout simplement parce que le dernier dragon a été tué il y a fort longtemps. Par l'homme qui lui a substitué son trésor… Ce même trésor que la Lorelei porte en son ventre.

Un silence se fait. Tous réfléchissent aux paroles de l'ancien soldat. Moi la première.

— Comment sais-tu cela ? demande Joe.

— Parce que l'armée a mené de nombreuses enquêtes sur le Trésor des Nébuleux. Et que le résultat de toutes ces recherches était à bord de l'Irmin. J'y ai eu accès. Croyez-moi, je sais de quoi je parle. Aucun dragon ne viendra nous attaquer sur l'Île aux Brumes.

Dans mon dos, j'entends une rumeur monter du pont. Les pirates discutent. Ils s'entretiennent sur la possibilité des dires de Bran. Et finalement, ils décident de le croire. Pourtant, un doute persiste.

— Et la malédiction ?

Cette fois, Bran ne répond pas. Tout à l'heure, il a affirmé que cette île n'était pas maudite. Je sais que c'est vrai. Mais je ne peux pas le prouver. Et visiblement, lui non plus. Alors, de nouveau, les pirates sont pris de panique. Ils ne veulent pas y aller. Ne veulent pas risquer de se retrouver maudits pour l'éternité.

— Ça suffit ! s'exclame soudain une voix que je connais bien.

Depuis le gaillard de poupe, à l'autre bout du navire, je sens que le capitaine va encore nous servir l'un de ses fameux discours. Et je ne me trompe pas.

— Mes amis, n'avons-nous pas une mission à remplir ? Ne devons-nous pas rapporter le Trésor des Nébuleux à l'endroit qu'il n'aurait jamais dû quitter ? N'est-ce pas le chemin que nous montre Annabelle ? Ce vers quoi nous guide son médaillon ? Vous le savez depuis un moment déjà. Nous devons ramener ce trésor. Nous le devons au Peuple des Brumes, et nous le devons à Anna. Vous savez ce qui lui arrivera si l'on dévie de notre trajectoire. Or, après tout ce qu'elle a fait pour nous, je doute que l'un d'entre vous la laisse mourir pour nous éviter une hypothétique malédiction ! Où est-ce que je me trompe ?

Des « non » s'élèvent du pont. Et pour la troisième fois depuis que je suis sur ce bateau, j'entends les pirates scander mon nom. Mais cette fois, je sais que c'est davantage pour se donner du courage que pour me remercier de quoi que ce soit. Car en cet instant, je les guide vers l'inconnu. Vers cette Île aux Brumes entourée d'autant de légendes que de brouillard.

ACTE III

L'ÎLE AUX BRUMES

47

— Attention ! Récifs à bâbord !

Depuis la vigie, le gabier en poste nous avertit du danger. Car une fois la tempête écartée et les brumes dispersées, il reste toujours ce que la mer nous cache. Les hauts fonds et les récifs donc. Et ceux-ci semblent vraiment nombreux aux abords de cette île ! Un peu comme si l'univers tout entier s'était ligué contre nous – ou même contre tous les marins – pour faire en sorte que personne ne s'en approche. Je comprends pourquoi aucun navire n'est jamais revenu de cette contrée ! Entre la tempête, le brouillard constant et les récifs, il y a de quoi venir à bout du plus aguerri des timoniers ! Preuve en est des quelques épaves qui gisent ici et là…

Heureusement, même si je ne suis pas vraiment ce qu'on peut appeler une timonière hors pair, je dispose de quelque chose que les autres avant moi n'avaient pas. Un objet. Mon médaillon. Ce dernier, après avoir maintes fois tenté de me tuer au cours de ce périple, mais aussi après m'avoir sauvé la vie à plusieurs reprises, me tire plus que jamais vers l'Île aux Brumes. Non content de flotter dans les airs, il tend vers les terres. De nouveau, la lanière de cuir qui le retient me meurtrit la peau. Différemment. Plus d'une fois, je trébuche vers l'avant alors que je ne suis pas censé bouger. Je finis donc par m'agripper à la rambarde du gaillard d'avant.

De l'autre côté du navire, cramponné à la barre, Heimata prouve une nouvelle fois à tout l'équipage qu'il est le meilleur pilote que la mer ait jamais porté ! D'une main de maître, il dirige la Lorelei, évite les pièges.

Et, en moins de temps qu'il ne faut pour le dire, voilà que nous jetons l'ancre non loin de l'Île aux Brumes. De fait, à travers ce couloir au cœur du brouillard, le médaillon nous a guidés au plus près des hauts fonds. Comme il nous est impossible d'avancer davantage, les marins activent le cabestan et font descendre les ancres. Je me saisis alors de l'objet magique et comme s'il avait entendu un ordre que je n'ai pourtant même pas formulé dans mon esprit – ou alors si bas que je ne m'en souviens plus ! – il cesse de tirer sur le cuir. Il redevient un simple médaillon et cette lueur bleutée qui en émanait s'éteint progressivement. L'horizon disparaît alors sous nos yeux, rapidement remplacé par la brume. Décidément, cette île porte bien son nom !

J'ai à peine le temps de me retourner vers le pont que, déjà, la voix du capitaine retentit depuis le gaillard de poupe.

— Mes amis ! Je nous félicite ! Nous venons d'accomplir ce que nul autre avant nous n'a pu faire : nous avons jeté l'ancre à quelques coups de rame de l'Île aux Brumes !

Les pirates lui répondent par des éclats de voix et des applaudissements. Moi, je préfère rester discrète. Ne plus voir l'horizon ne me dit rien qui vaille. Et en bon capitaine, O'Brian ressent la même chose que moi. Comment puis-je affirmer une telle chose ? Il suffit de l'écouter…

— Comme vous le savez maintenant, la mission d'Anna, et la nôtre étaient de ramener le Trésor des Nébuleux sur cette île. Voilà qui est chose faite, me direz-vous. Car on pourrait tout simplement balancer ce maudit trésor par-dessus bord et s'en aller. Mais non, ce n'est pas ce que nous ferons… Car je ne pense pas que ce soit ce qu'on attend de nous. Je me trompe ?

Ce disant, il plonge son regard dans le mien. Nous avons beau être aux deux extrémités du bateau, je sens ses iris bleu nuit percer les miens. Je fais donc « oui » de la tête et quitte le gaillard d'avant pour le rejoindre sur la poupe.

Dès que je suis à ses côtés, O'Brian reprend :

— En premier lieu, Annabelle et moi allons rapidement explorer l'île. Je nous donne donc un jour pour découvrir où il nous faudra remettre le Trésor. Avec le médaillon d'Anna, cela ne devrait pas nous prendre plus de toute façon.

Je confirme. Déjà, l'objet magique reprend du service. L'aiguille pointe vers un lieu bien précis et je sais que c'est là notre destination.

— Pendant ce temps, reprend le capitaine, vous resterez à bord de la Lorelei afin de veiller sur le Trésor du Peuple des Brumes… et sur le bateau. Les jumeaux, je vous charge de diriger les réparations qui s'imposent. Car nous n'avons pas fait tout ce chemin pour que le Trésor nous soit dérobé par quelqu'un d'assez fou pour braver les brumes… ni pour rester sur cette île !

Nouveaux applaudissements. Cette fois, j'ai envie de me rejoindre aux pirates. Moi non plus je n'ai guère envie de rester ici. Car en dehors de ce brouillard hivernal, c'est quelque chose de bien plus sournois qui me fait froid dans le dos. Une chose que je ne saurais définir, sinon qu'elle me glace au moins autant que la Mort que je ressentais peu avant que le pouvoir du médaillon ne soit réactivé. Ou *mon* pouvoir, je ne sais toujours pas vraiment…

Tandis que je cherche à comprendre d'où peut bien provenir cette sensation pour le moins désagréable, Rick donne ses dernières instructions. Puis il m'invite à monter à bord d'une chaloupe afin de quitter la Lorelei.

À peine l'embarcation est-elle sur l'eau que Rick se saisit des rames. En tant que capitaine, je pensais qu'il m'aurait demandé de ramer. Mais il faut croire que je ne le connais pas encore assez bien pour deviner le moindre de ses faits et gestes.

Moins d'une dizaine de minutes plus tard, nous remontons la chaloupe bien haut sur la plage afin qu'elle ne soit pas emportée par une éventuelle marée. Puis nous nous enfonçons dans la jungle environnante.

48

Devant nous, Beaucor vole à une allure régulière, nous indiquant la même direction que le médaillon. Je m'en suis aperçue dès le début, lorsque j'ai vu que l'aiguille pointait vers lui. J'ai donc lâché l'objet pour ne plus regarder que Beaucor… et ce qui nous entoure. Car dans la jungle de cette île dite maudite, il est certain qu'il faut faire attention où on marche.

Tout d'abord, il y a les plantes carnivores. Comme des prédateurs à l'affût, elles semblent nous observer, prêtes à mordre. À plusieurs reprises, Rick et moi avons entendu un claquement alors que des mâchoires végétales se refermaient à deux pas de nous. O'Brian a donc choisi minutieusement un bâton et teste sans arrêt le chemin. Évidemment, cela ralentit notre avancée et agace Beaucor. Toutefois, l'oiseau ne se plaint pas. Ou plutôt, il a arrêté, en s'apercevant que c'était parfaitement inutile.

Après une ou deux heures de marche – j'avoue que la notion du temps semble un peu différente sur l'île –, nous débouchons sur d'étranges ruines. Un château, je dirais, mais je n'en suis pas sûre du tout.

— Où est ton corbeau ?

La question de Rick m'interpelle. J'essaie alors de me rappeler la dernière fois que j'ai vu le volatile. Impossible. Je me souviens de lui, devant nous. Puis des ruines. Mais pas de Beaucor. Du moins, pas d'oiseau… car, sans savoir pourquoi ni comment, je sens une présence familière. Une aura identique à celle que dégageait l'animal. Sauf qu'il n'est plus là.

À la place, une femme à la beauté époustouflante vient de faire son apparition. Là, juste devant nous, au beau milieu de ces ruines. Y a pas une seconde, Rick et moi étions seuls, et maintenant, elle se tient face à nous.

Un bref coup d'œil au capitaine confirme ma première impression. Cette femme est tout simplement magnifique. J'en veux pour preuve un O'Brian avec les yeux qui pétillent encore plus que lorsqu'il a trouvé son premier trésor. Bouche à demi ouverte. Statufié. Lui qui s'était juré de ne plus se laisser avoir par les femmes depuis sa mésaventure avec la sirène, le voilà subjugué par les charmes de cette apparition.

J'avoue que moi-même, j'ai du mal à bouger. La beauté naturelle que dégage cette femme m'en empêche. Du moins pendant un instant. Car, bientôt, je retrouve ma mobilité et, surtout, la parole !

— Qui êtes-vous ? je demande.

Mon impolitesse ne la choque pas. Tout au plus y répond-elle par un « bonjour » que j'ai bien mérité. Puis elle écarte les bras et s'avance vers nous. Je recule. Avec un temps de retard, je viens de m'apercevoir que la voix de cette femme est à peu de choses près la même que celle de Beaucor. L'oiseau se serait-il métamorphosé en cette créature enchanteresse ?

— Je ne suis pas lui, répond-elle comme si elle avait lu dans mes pensées.

À ces mots, le volatile fait son apparition. Lui aussi semble sortir de nulle part. Alors qu'il n'était pas là la seconde précédente, il vient de se matérialiser sur l'épaule de cette étrange femme. Il croasse. J'ai l'impression qu'il veut nous dire quelque chose, mais c'est comme s'il ne pouvait plus.

— En effet, me répond encore la femme. Je lui ai prêté ma voix pour qu'il te guide.

— Bon sang, mais vous êtes qui ?!

La question du capitaine me fait sursauter. Il en aura mis du temps à revenir à lui !

— J'y répondrai plus tard capitaine O'Brian. Pour le moment, il y a plus urgent.

Tout comme Rick, je reste sans voix. Comment cette femme peut connaître son nom ? Beaucor… bien sûr.

— Co… comment… ? interroge le capitaine qui n'a visiblement rien suivi de la brève conversation que je viens d'avoir avec cette femme.

— Plus tard les questions. Capitaine, vos hommes sont en train de préparer la Lorelei pour quitter l'île.

— Quoi ?!

Après quelques instants de flottement, le capitaine s'excuse pour sa brusquerie – c'est bien la première fois ! – et réitère sa question en y mettant les formes. La femme nous explique alors que, sur le bateau, seul Bran nous est resté fidèle. Face à lui, les pirates se sont rebellés, arguant qu'il fallait quitter au plus vite l'Île aux Brumes… même si cela signifiait laisser le capitaine du bateau ici. Et, à près de trente contre un, ils ont vite fait de neutraliser l'ancien soldat.

— Comment pouvez-vous en être sûre ? demande O'Brian.

— J'appartiens à cette île. Je sais ce qu'il s'y passe.

Je fronce les sourcils. Et je n'ai pas besoin de lever les yeux vers le capitaine pour savoir qu'il en fait sûrement autant. Plus elle parle, plus cette femme nous semble étrange. Étrange beauté qui semble sortie de nulle part. Étrange pouvoir que celui de parler à travers la bouche d'un animal… et maintenant de savoir ce qu'il se passe sur l'île.

Toutefois, si cette créature me paraît des plus curieuses, j'ai la sensation que je peux lui faire confiance. Tout comme je pouvais faire confiance à Beaucor. Sans plus réfléchir, j'attrape le poignet de Rick et je demande :

— Vous pouvez faire quelque chose ?

C'est plus une question rhétorique. Je sais qu'elle peut agir. Qu'elle peut empêcher les pirates de prendre la fuite.

— J'ai votre autorisation, capitaine ?

Il acquiesce.

Aussitôt, la femme lève la tête vers les cieux. Ferme les yeux. Psalmodie silencieusement. L'instant d'après, le ciel se couvre. De cette même brume qui entoure l'île. Peu à peu, le brouillard se fait plus épais. Plus froid aussi. Et légèrement bleuté…

En y regardant bien, j'aperçois même du givre. Puis la femme se tourne dans la direction d'où nous venons, tend les bras. Et la brume fonce droit sur la Lorelei.

Un craquement.

Puis plus rien.

49

— Que s'est-il passé ? je demande.

— Je crois que tu le sais…

Les yeux de la femme, qui était blancs pendant son invocation, sont redevenus d'un noir d'encre. Elle me fixe intensément. Soudain, elle propulse vers moi une onde de pouvoir.

Une vision.

Sur la Lorelei, les pirates ont attaché Bran au mât de misaine. Le pauvre soldat est ficelé de la tête aux pieds. Tout autour de lui, les hommes d'O'Brian s'activent. Afin de lever l'ancre plus vite, ils s'y sont mis à quatre pour faire tourner le cabestan. Ils veulent partir, nous laisser là. Dans leur cœur règne la peur. Une peur qui leur est insufflée par les Nébuleux. Car eux aussi sont là, sur le bateau. Ils murmurent leurs ordres à Joe, insufflent un vent de rébellion contre leur capitaine parti depuis trop longtemps.

Quand tout à coup, un brouillard venu des terres s'empare du navire. Il le fige. En un instant, l'espace d'un craquement, tous prennent des allures de statues de glace. La Lorelei aussi est pétrifiée. Seul Bran semble insensible au maléfice. Mais il faut dire que, de toute façon, il ne pouvait déjà pas bouger…

— Vous êtes une…

Le mot ne vient pas. Pourtant, je l'ai vu. Sur le bateau, les silhouettes appartenant aux Peuples des Brumes dégageaient la même aura que cette femme. Plus que tout, leurs yeux sont identiques. Puits de ténèbres dans un enfer bleuté.

Comme je tiens toujours le bras du capitaine, je l'invite à reculer. Mais il faut dire qu'il n'a guère besoin d'une telle invitation ! Et, après plusieurs pas en arrière, il prononce la phrase fatidique. Celle que je ne suis pas parvenue à dire.

— Vous êtes une Nébuleuse !

Pour toute réponse, la femme sourit. Mais ce sourire, si beau soit-il, me fait froid dans le dos. Je comprends soudain que sa beauté est vénéneuse, que son pouvoir est dangereux. *Elle* est dangereuse ! De peur, je glisse ma main dans celle de Rick et la serre. Comme s'il pouvait me protéger face à cette créature infernale. Je sais bien que c'est impossible, mais ce contact me rassure. Et, pour me rassurer davantage encore, ou tout simplement pour me montrer qu'il est là et que je peux compter sur lui, Rick serre ma main en retour. Nous voilà donc unis dans la peur. Car lui aussi a peur, je le sens bien.

Face à nous, la Nébuleuse avance d'un pas. Nous reculons de trois.

— Ne bougez pas ! menace O'Brian en sortant son pistolet.

Nous savons que son arme n'a que peu d'efficacité face au Peuple des Brumes. Elle aussi le sait. Toutefois, elle s'arrête. Puis, de cette voix si semblable à celle qu'avait Beaucor, si familière, elle déclare :

— Annabelle, je ne te veux aucun mal…

Je sais que je peux la croire. J'ignore comment, mais je sais qu'elle me dit la vérité. Pourtant, je ne bouge pas. Je ne fais pas un pas vers elle, au sens propre comme au sens figuré.

— Comment le pourrais-je ? reprend-elle.

Puis, après une courte pause, comme pour se donner du courage, elle m'annonce quelque chose de terrible. Quelque chose qui va changer ma vie. À jamais.

— Annabelle, tu es ma fille.

S'ensuit une histoire rocambolesque dont je suis plus ou moins le personnage principal…

Bien longtemps après être devenus des Non-Morts, les Nébuleux ont perdu ce qu'il leur restait d'humanité ainsi que leur identité, se muant en une entité à plusieurs voix. Ma mère était l'une d'elles. À ceci près qu'elle ne pouvait se résoudre à fusionner pleinement avec les siens. C'était comme si quelque chose l'en empêchait, la retenait. Une mission qu'elle devait mener à bien. Mettre fin à la folie de son peuple et à la malédiction qu'il avait jetée sur le Trésor.

Ainsi, alors que les Nébuleux hantaient l'Irmin, poussant les soldats à s'entretuer afin de redevenir détenteurs de leur inestimable trésor, elle décida d'agir. Comme autrefois lorsque son peuple, tout juste Non-Mort créa les Tueurs de Dragons pour se venger de ces viles créatures qui leur avaient volé leurs biens, elle voulut engendrer un nouvel être. Pour ce faire, elle commença par étudier les soldats les plus vaillants. Qui sait si parmi eux se trouvaient des hommes assez forts pour résister un tant soit peu aux manipulations de son peuple…

Elle en trouva deux. Deux amis au caractère assez puissant pour ne pas tomber sous la coupe des Nébuleux au premier murmure. Deux jeunes soldats qui venaient d'embarquer. Hélas, le pouvoir du Peuple des Brumes est grand et bientôt, même ces deux hommes-là se sentirent menacés. Alors l'un d'eux, ne voulant pas tomber sous la coupe de ce peuple ancestral, se jeta à l'eau. Son ami voulut le suivre, mais il fut stoppé par les autres soldats et dut rester à bord.

La Nébuleuse savait que seul l'homme qui avait été capable de sauter pourrait l'aider à concevoir un être doué d'une force de caractère au moins égale à la sienne. Elle laissa donc l'Irmin et concentra tout son pouvoir sur le sauvetage de cet homme. À travers vents et marées, elle le mena jusqu'à la terre la plus proche. Elle devait l'éloigner le plus possible du Trésor et de son peuple. C'est pourquoi, puisant au plus profond de ses pouvoirs, elle trouva la force de se matérialiser en la sorcière qu'elle avait été. Elle conduisit alors l'homme jusqu'à l'intérieur des terres. Et, telle une sirène, elle le séduisit. Car en l'absence du Peuple des Brumes à ses côtés, la seule manière pour elle de créer un nouvel être était de l'engendrer elle-même. Et c'est ce qu'elle fit.

Hélas, l'homme qu'elle avait choisi pour être le père de cette nouvelle engeance ne survécut pas longtemps aux blessures reçues sur l'Irmin. Tout juste la sorcière lui permit-elle de connaître son enfant. Et, lorsqu'il mourut, la Nébuleuse n'avait plus la force de rester femme. Elle chercha donc une famille assez forte pour élever et défendre sa fille. Car pour le Peuple des Brumes, j'étais une menace. Une créature mi-humaine, mi-Nébuleuse qui pouvait mettre en péril toute leur existence. En me mettant au monde, ma mère a condamné son peuple à n'être plus le seul propriétaire du Trésor des Nébuleux. À partir de ce jour, j'en étais aussi l'héritière. La seule à pouvoir le trouver. Et le ramener.

— C'est pour ça que je t'ai donné le médaillon. Que je t'ai envoyé ce corbeau.

— Pourquoi avoir attendu ? demande Rick.

Je lui en suis reconnaissante. Car, contrairement à lui, je suis bien incapable de parler. Bien que je sache à présent d'où je viens, je ne sais plus où j'en suis. Toute cette histoire m'accable. Et ça continue.

Quelque temps à peine après qu'elle m'ait mise en sécurité, les Nébuleux ont retrouvé ma mère. Après tout, faisant partie de ce peuple, elle y était connectée. C'était déjà un miracle qu'elle ait pu tenir jusque là. Dès le début, elle savait qu'elle ne pourrait me garder auprès d'elle, qu'elle devrait me confier à mon père. Mais ce dernier n'ayant pas survécu, elle avait dû se résoudre à m'abandonner.

Grâce à mon sang humain, le Peuple des Brumes ne pouvait pas me retrouver… Ni elle non plus d'ailleurs. Toutefois, à force de chercher, de tendre son esprit et son cœur vers celle qu'elle avait engendrée, elle a fini par savoir où j'étais.

— Depuis qu'ils m'ont retrouvée, je suis prisonnière de cette île. Mais grâce à un sort, j'ai pu nous transporter momentanément dans le Désert. Je t'ai alors remis le médaillon et…

— Ce médaillon a voulu me tuer ! Plus d'une fois !! Comment as-tu pu ?

Un instant, la Nébuleuse reste sans voix. Puis, elle se reprend et bredouille :

— Je… je suis désolée. Je peux lancer des sorts, mais ensuite, je n'ai que peu de contrôle sur eux. Je… fige les choses. J'ai bien vu, grâce au corbeau, combien tu étais en difficulté. Mais je ne pouvais pas t'aider plus que ce que j'ai fait.

— Je vais te dire ce que tu as fait : tu as tenté de me tuer !

Ce disant, je lâche soudainement la main de Rick et pointe vers elle un doigt accusateur. Puis, prise d'un excès de rage, je me saisis du médaillon et tire dessus de toutes mes forces.

Alors, l'impossible se produit.

50

Je cours. Je cours à perdre haleine. Je ne dois pas me retourner. Surtout pas ! Si je me retourne, je risque de voir Rick… Il m'a tant aidée, tant soutenu que je me demande encore comment je peux l'abandonner comme ça.

Pire !

Si je me retourne, je risque de voir ma mère ! Et ça, je ne sais pas si je pourrais le supporter. Moi qui me suis construit une vie auprès de ma famille d'accueil. Moi qui étais une orpheline jusqu'à tout à l'heure. Me voilà la fille de quelqu'un… Oh, bien sûr, je le savais hein ! Je ne suis pas de ceux qui croient encore que les filles naissent dans des roses et les garçons dans des choux ! Mais enfin, ma mère est une Nébuleuse !! Ce qui signifie que je suis moi-même à demi l'une des leurs ! Que j'appartiens à ce maudit Peuple des Brumes qui a failli nous tuer plus d'une fois lorsque nous étions sur la Lorelei ! Ce même peuple à qui nous avons plus ou moins volé un trésor pour venir le mettre en sûreté sur cette satanée Île aux Brumes !

Et d'ailleurs pourquoi ne pensent-ils pas comme ma mère ? Pourquoi ne veulent-ils pas eux aussi récupérer leurs biens ? Pourquoi s'acharnent-ils sur nous tandis que tout ce que nous voulons, c'est leur rendre ce qui leur appartient ?

Tant de questions se bousculent dans ma tête. Tant de ressentiments aussi…

Alors oui, je cours. Et je ne veux surtout pas m'arrêter. Le risque est trop grand que je m'effondre.

Pourtant, je sens cette force en moi. Cette puissance que mon médaillon canalisait. Ce maudit médaillon que m'a offert ma mère. Cadeau empoisonné ! Presque meurtrier ! Ce danger mortel que j'ai enfin pu écarter. Comme ça. En tirant simplement dessus de toutes mes forces. Avant ce jour, j'avais essayé maintes et maintes fois : impossible de l'ôter. Mais ce coup-ci, j'y suis arrivée. J'ai enfin pu me défaire de ce nœud coulant qui enserrait ma gorge.

Sur le moment, ça m'a tellement surprise que je suis restée coite, l'objet honni à la main. Puis, comme s'il avait été de feu, je l'ai lâché. Et je me suis mise à courir.

Je cours encore.

Plus pour longtemps hélas, je le sens bien… Déjà, mes poumons me brûlent. Mon ventre contracté me fait mal. Horriblement. Je dois pourtant continuer, ne pas cesser de courir tant que je le peux. Je pousse mes jambes, mes muscles, mon souffle. Mais bientôt, ma gorge me brûle elle aussi. Chaque goulée d'air inspirée prend des allures de lave en fusion. Alors je ralentis. Je ne veux pas m'arrêter.

C'est pourtant ce que je fais. Et je m'affale sur le sol.

Lorsque je reprends connaissance, je suis allongée sur un tapis de mousse. Même si « allongée » n'est pas vraiment le terme exact. Non. Je suis plutôt roulée en boule. Dans la position du fœtus.

Aussitôt, cette pensée me saisit. Et je me relève brusquement. Autour de moi, de minuscules points lumineux apparaissent. Je me suis levée trop vite. Mais je m'en fiche. Je préfère voir ces étoiles plutôt que de penser à… ma mère. Car oui, c'est bien à elle que j'ai songé en me voyant dans la position du fœtus. En même temps, quoi de plus normal ?

Comme je peux, je chasse ces maudites pensées. Pour ce faire, j'observe la jungle qui m'entoure.

La nuit est tombée. La forêt tropicale est lugubre. Ici et là, des bruits s'élèvent des fourrés. Autant de bruissements et de murmures qui me glacent les sangs. Car au milieu de cette jungle hostile, je suis seule. Pourtant, nous savions que la région pouvait être dangereuse. C'est pour cela que nous sommes partis ensemble, Rick et moi. Mais voilà, je l'ai laissé.

J'ai fui une réalité trop brutale. Celle qui faisait de moi un être unique… et désespérément seul. Dans tous les sens du terme. Car bien que recueillie par une famille puis adoptée par l'équipage de la Lorelei, j'ai toujours eu du mal à me sentir à ma place. Cette défaillance identitaire m'en empêchait, c'est certain… Mais maintenant ?

Maintenant, j'ai l'impression que c'est pire. Certes, je sais d'où je viens, mais je me rends bien compte que j'aurais préféré rester dans l'ignorance. Ainsi, je ne serais pas seule en cet instant. Du moins pas complètement…

Oh, bien sûr, j'ai mes couteaux ! Et grâce à ceux qui m'ont élevée, je suis toujours la meilleure pour les lancer ! Mais que faire si des bêtes féroces viennent s'en prendre à moi ?

Bon, OK… Si cela avait dû être le cas, alors elles auraient pu m'attaquer pendant que j'étais inconsciente. Car c'est ainsi que ces bêtes-là chassent, non ?

Et les Nébuleux ? Ma mère – appelons-la ainsi puisque c'est ce qu'elle est ! – m'a clairement fait comprendre que le Peuple des Brumes me voyait comme une menace. Or, si j'ai pu si bien m'en sortir face à leurs nombreuses attaques jusqu'ici, c'était grâce au médaillon. Cet objet, s'il me révulse, me permettait néanmoins d'avoir accès à une puissante magie ! Certes, Beaucor a dit qu'il ne faisait que guider mon pouvoir. Mais il n'empêche ! Si – non en fait « quand » – je me sonde, je ne trouve rien. Pas une once de pouvoir ! Rien qu'un trou béant en dessous de mon nombril.

Soudain, un bruit me fait sursauter. Un craquement. Comme une branche traîtresse sur laquelle on marche en espérant qu'elle n'émettra aucun son. Je me saisis alors de deux de mes couteaux, prête à les lancer sur mon attaquant. Car si le bois craque sous ses pas, c'est qu'il est fait de chair, non ?

51

— Oh là ! Doucement !

Rick ! Sans réfléchir, je me jette dans ses bras. Je me serre contre lui. Bien que l'on soit sur une île, j'ai bien cru que je ne le reverrai jamais !!! Bon, c'est vrai, j'exagère peut-être un tout petit peu. Ce qui est sûr en tout cas, c'est que je ne pensais pas le revoir si vite !

— Si tu voulais bien lâcher tes couteaux…

— Oui, bien sûr.

À contrecœur, je me détache de lui et range mes armes. J'étais si bien dans ses bras. En sécurité, comme lorsque nous nous tenions la main. Une pensée s'infiltre alors dans mon esprit. Pas tout à fait nouvelle, mais pas vraiment familière non plus. Un sentiment qui me pousse vers ce capitaine bourru. Ce même sentiment grâce auquel j'ai appris si vite à décrypter la moindre de ses non-expressions. Cette… attirance.

Une fois le mot lâché dans mon esprit, je ne peux empêcher mes joues de s'enflammer. De nouveau, j'ai le souffle court. Mais ce n'est plus à cause d'une course effrénée. C'est à cause d'un garçon… que dis-je ? D'un homme ! Car il doit bien avoir le double de mon âge !!

Mais qu'est-ce qui me prend ? Cette course folle m'est montée à la tête ma parole !

Gênée, je n'ose le regarder dans les yeux, préférant lorgner le tapis de mousse sous mes pieds. Si tout à l'heure j'abhorrais cet étrange duvet, à présent je ferais tout pour y replonger. Me remettre dans cette position fœtale. En boule. Ainsi refermée sur moi-même, je n'aurais pas à supporter le regard de cet homme qui, comme à son habitude, ne doit pas afficher le moindre de ses propres sentiments…

— Ça va ? me demande O'Brian.

Sa voix… Jusqu'ici, je n'avais pas remarqué à quel point elle était…

OH ! ÇA SUFFIT MAINTENANT !!!

Je crois savoir ce qui m'arrive. Je viens de vivre une situation stressante et forte en émotions. C'est pour ça que je réagis de la sorte. Il n'y a pas d'autre explication. Il ne *doit* pas y en avoir !

Je me ressaisis. Certes, j'ai subi un choc, mais je vais m'en remettre. Je me suis déjà sortie de situations compliquées. Je vais y arriver cette fois aussi. Je prends donc sur moi et hoche la tête avant de lâcher :

— Ça va, merci.

Bon, OK, ma voix me trahit légèrement. Mais si le capitaine n'est pas trop bête – et je sais qu'il ne l'est pas –, alors il ne dira rien. C'est d'ailleurs ce qu'il fait. Du moins en ce qui concerne mon état.

— On devrait peut-être y aller alors… continue-t-il.

— Où ? je demande en levant enfin la tête vers lui.

Il fait la moue. Si on m'avait dit un jour qu'O'Brian était capable de faire cela, pas sûr que je l'aurais cru ! Mais oui, je capitaine vient de faire la moue.

— Eh bien… commence-t-il gêné, on pourrait retourner auprès de ta mère.

— Je ne veux pas la voir !

— Écoute… je suis sûr qu'elle est désolée… Et puis, il y a aussi le Trésor. Nous ne pouvons pas le laisser à bord de la Lorelei. Et que dire de Bran et des autres ? Ta mère… elle m'a expliqué qu'elle les avait plus ou moins figés, mais…

Mon souffle se coupe.

Bran…

L'Irmin…

L'histoire de ma mère…

Sur le coup, je n'y ai pas pensé. Je ne pensais qu'à moi. Pauvre petite orpheline créée pour mettre fin à une malédiction.

Mais ma mère a parlé de l'Irmin. Elle a parlé de deux jeunes soldats qui résistaient au Peuple des Brumes. L'un d'eux a sauté à l'eau pour ne pas finir Non-Mort. Mon père. Mais l'autre…

— Tu m'écoutes ?

Je lève à nouveau les yeux vers lui. Non, je n'ai pas écouté. Tandis qu'il se fait du souci pour son équipage et son bateau, moi, je pense à autre chose. Je n'ai pas le droit d'agir ainsi. Comme une gamine.

Depuis mon réveil dans le Désert, j'ai fait bien des choses. À commencer par le trouver lui. Ensemble, nous avons suivi la voie que nous indiquait le médaillon. Et à travers lui, ma mère. Nous avons bravé les Nébuleux plus d'une fois et je voudrais tout arrêter ? Tout planter, si près du but ? Juste à cause d'une vérité qui me dérange ? Je ne peux pas. Je ne *dois* pas.

Je soupire et me résigne.

— Allons-y. Retournons à la Lorelei.

— Et pour le Trésor ?

Ma mère s'avance vers nous. Comme lorsque nous l'avons rencontrée la première fois, elle vient de surgir de nulle part. Sur son épaule gauche, Beaucor me fixe intensément. J'ai l'impression qu'il voudrait revenir vers moi. Mais alors, pourquoi ne le fait-il pas ? Cette sorcière l'aurait-elle envoûté ?

À peine ai-je émis cette pensée que le volatile quitte l'épaule de la Nébuleuse pour venir se poser sur la mienne. Sensation familière qui me fait sourire. Puis je pose à nouveau les yeux sur ma mère et mon sourire se fane. Elle que je trouvais si belle lorsque je l'ai découverte, je la juge à présent des plus laides. Car sous ses airs de créature enchanteresse se cache un terrible personnage.

— Nous allons le ramener, dis-je finalement, laconique.

Ma mère hoche la tête. Puis nous nous mettons en route. Je suis sûre qu'elle pourrait nous transporter sur le bateau en un claquement de cils, mais elle n'en fait rien. Elle a dû sentir que la magie me gênait. *Sa* magie.

52

Guidés par ma mère, nous rejoignons rapidement la plage où nous avons laissé la chaloupe. Tant et si bien que je la soupçonne d'avoir tout de même usé de magie. Cette magie qui me répugne à présent que je sais d'où elle vient. Cette magie qui, pourtant, nous a guidés à travers le médaillon. Maudit objet que je suis bien contente de ne plus porter !

Nous montons tous les trois dans la petite embarcation. Encore une fois, c'est le capitaine qui prend les rames.

— Mais…

La voix de Rick reste coincée dans sa gorge. Ses yeux viennent de se poser sur son bateau. Glacé. Figé dans le temps par une couche de givre scintillant. Je déglutis. Je savais ce qu'il en était, ma mère me l'avait montré. J'aurais pu le lui dire, lui en parler pour le préparer. J'aurais *dû* le faire ! Après tout, c'est de son bateau et de ses hommes dont on parle ! Mais avec tout ce qui s'est passé, j'ai complètement oublié… Encore une fois, je n'ai pensé qu'à moi.

Je veux alors lui prendre la main pour lui montrer tout mon soutien, mais il m'échappe. Soudain, il se met à ramer plus vite. Toutefois, il s'arrête à quelques brasses du vaisseau. Et il s'écrie :

— Qu'avez-vous fait ?!

Son cri me glace bien davantage que la vision de cette Lorelei gelée. Le timbre de sa voix trahit son angoisse. L'angoisse de perdre ce pour quoi il s'est tant battu. L'angoisse de perdre son équipage, sa famille. La sensation qu'il ne vous reste plus rien.

Je me tourne alors vers ma mère. Sans un mot, juste par le regard, je lui envoie toute ma colère. Car s'il est vrai que j'aurais pu parler de tout cela au capitaine, elle aussi aurait pu le faire. Elle aussi aurait *dû* le faire ! Elle plus que moi d'ailleurs ! Car enfin, n'est-ce pas son pouvoir le responsable ? Son pouvoir de Nébuleuse !

Mais ma mère ne montre pas une once de culpabilité. Pire, elle hausse imperceptiblement les épaules. Puis elle se redresse avec nonchalance. Comme si les vaguelettes qui bercent la chaloupe ne la déstabilisaient pas. Et elle s'élève dans les airs, monte à bord du bateau.

— Je vous interdis !

Trop tard. La voilà déjà au pied du grand mât à observer ce qui l'entoure. Mais qu'est-ce qu'elle attend ? Avec la ferme intention de lui faire lever ce maudit sort au plus vite, je saisis les rames des mains du capitaine et nous approche encore de la Lorelei. Avec dextérité, je me précipite à mon tour sur le vaisseau. D'un mouvement de tête, j'invite O'Brian à me suivre. Plus que quiconque, Rick a sa place sur la Lorelei.

— Capitaine !

La voix de Bran nous coupe dans notre élan. Nous levons la tête et apercevons alors l'ancien soldat au côté de la Nébuleuse. Il nous fait signe de le rejoindre. Et, après une courte hésitation, nous nous remettons à grimper.

Sur le pont, je prends un instant pour toiser ma mère avant de lui demander de tout remettre en ordre. Comme elle ne s'exécute pas tout de suite, O'Brian ordonne à son tour :

— Faites ce qu'elle dit !

De nouveau, ma mère hausse les épaules comme si tout cela lui était parfaitement égal. J'ai envie de hurler ! Comment peut-on se comporter ainsi ? Comment peut-on avoir si peu d'égard pour des personnes que l'on a figé dans du givre ?

Tandis que je rumine, ma mère renverse sa tête. Elle ferme les yeux. Puis elle psalmodie une étrange litanie. Alors, une brume apparaît tout autour de nous. Elle s'épaissit. J'entends les cristaux de givre craquer. Un instant, j'ai peur que cette maudite Nébuleuse n'empire la situation. Mais très vite, je m'aperçois que la glace commence à fondre. Et je suis rassurée sur ses intentions… enfin… autant qu'on puisse l'être en présence de la magie du Peuple des Brumes. C'est-à-dire à peine. Mais bon, c'est déjà ça, non ?

Après quelques minutes d'incantation, la brume reflue et se dissipe. Elle laisse derrière elle un équipage complètement gelé… mais plus littéralement.

Les pirates ont repris leurs esprits. Et ils ont froid. Terriblement froid. Aidé de Bran, le capitaine allume alors la cuisinière de l'Écureuil et convie ses hommes à le rejoindre sous le gaillard de poupe. Quant à moi, je continue de fixer ma mère. Je voudrais lui dire quelque chose, mais j'ignore par où commencer. Alors c'est elle qui parle :

— Où est le Trésor ?

53

Le ton de ma mère ne supporte pas la moindre objection. Tout comme elle le faisait à travers le médaillon, elle vient de me donner un ordre. Celui de la conduire au Trésor de son peuple. Oh, bien sûr, je suis persuadée qu'elle sait où il est et qu'elle n'a en réalité nul besoin de moi pour lui montrer la route. Pourtant, elle y tient. Elle m'invite à passer devant, à la précéder pour descendre dans les cales. Un instant, je songe à protester. Mais finalement, je me résigne à lui obéir sans broncher. Après tout, c'est son trésor à elle aussi, non ?

Lorsque nous arrivons dans les soutes de la Lorelei, je vois le regard de la Nébuleuse s'éclairer de mille feux. Parfait reflet des joailleries qui nous font face. L'or et les pierres précieuses brillent dans ses yeux. Plus encore, j'ai l'impression que c'est comme si elle se retrouvait face à un vieil ami. Quelqu'un qu'elle n'aurait pas revu depuis des siècles. Ce qui ne doit pas être bien loin de la vérité. Après tout, nous ne savons pas combien de temps le Trésor du Peuples des Brumes est resté à bord de l'Irmin ! Et, si ce qu'elle nous a dit est vrai, elle est restée prisonnière de cette île. Elle n'a donc pas pu, comme les Nébuleux, hanter le Trésor comme ils l'ont fait jusqu'à ce qu'on le trouve. Tout ce qu'elle a pu faire, c'est me retrouver moi pour que je le retrouve Lui.

Tout à coup, j'ai presque de la peine pour ma mère. Mais seulement « presque ». Car elle a quand même cherché à me tuer à de nombreuses reprises ! Et même si elle affirme n'avoir pas pu contrôler complètement le sort qu'elle avait jeté au médaillon, les traces sur mon cou sont encore trop vives pour que je lui pardonne.

— Les hommes du capitaine O'Brian ne vont pas pouvoir transporter tout ça, déclare-t-elle, me tirant de mes pensées.

Je me tourne alors vers elle – jusqu'à présent, je ne la regardais qu'à la dérobée. Mes yeux pétillent de mille points d'interrogation. Questions muettes auxquelles elle s'empresse de répondre :

— De toute façon, c'est bien trop dangereux de transporter ce Trésor… Toi, tu le peux. Bran aussi. Quant au capitaine… je crois qu'il a fait ses preuves. Et puis, vous ne serez pas trop de trois !

— Trois ?! Pour transporter tout ça ?

Non, mais elle délire ou quoi ?

Je me retiens de lui faire part de cette dernière remarque. Après tout, elle est si calme qu'elle doit bien avoir un plan. Le contraire m'étonnerait puisque c'est plus ou moins elle qui planifie tout depuis le début ! Et elle me donne raison en déclarant :

— Vous n'aurez pas à transporter « tout ça » comme tu dis. Je me charge de réduire notre Trésor au minimum.

Euh… Il n'y a que moi qui n'ai pas compris sa phrase. Ça veut dire quoi « le réduire au minimum » ? Qu'elle va l'amputer de quelques centaines de milliers de pièces ? Qu'elle va le réduire « un » minimum ?

Je vais pour lui demander des explications supplémentaires lorsque je me rends compte qu'elle a déjà la tête renversée, comme quand elle jette un sort. Et à en croire l'étrange mélopée qui s'échappe de ses lèvres, c'est précisément ce qu'elle est en train de faire. Alors je n'interviens pas. Au contraire, je la regarde.

J'observe avec le plus vif intérêt ses lèvres qui remuent. Peu à peu, une brume apparaît tout autour de nous et je sais que c'est en elle que ma mère puise son pouvoir. La brume s'intensifie, se concentre sur le Trésor. Chaque pièce, chaque pierre se voit enveloppée dans un nuage cotonneux. Puis les nuages se rassemblent et… fusionnent. J'ai l'impression qu'à chacune de ces fusions, c'est autant de pièces d'or et de pierres précieuses qui disparaissent. Bientôt, en lieu et place du Trésor du Peuple des Brumes se trouve un énorme nuage. Un nuage si épais qu'il m'est impossible de voir au travers. Un nuage qui diminue au fur et à mesure du temps que ma mère passe à psalmodier.

Soudain, Beaucor se rappelle à moi en croassant :

— *Attrape-le ! Attrape-le et ramène-le !*

Je sursaute. Je croyais qu'elle prenait forme en lui. Qu'elle ne lui prêtait que momentanément sa voix. Elle est pourtant là, devant moi, à réciter une incantation dans une langue que je ne comprends pas... Comment peut-elle encore parler à travers cet oiseau ?

— *Attrape-le et ramène-le !* m'ordonne encore le volatile avec la voix de ma mère.

Il a senti mes doutes. Ou bien c'est elle. Je n'en sais rien. Et à vrai dire, est-ce que j'ai vraiment envie de savoir ?

Sans me poser davantage de questions, je m'approche de l'étrange nuage qui flotte au milieu des cales de la Lorelei. Je tends les mains vers lui, comme pour m'en saisir. Mue par une étrange pulsion, je plonge mes doigts dans ce morceau de brouillard cotonneux. Ils rencontrent un objet froid et sphérique. Un objet qui se loge parfaitement dans mes paumes.

Et, dès lors que je le tiens, la brume se dissipe. Je me tourne alors vers ma mère, mais elle n'est plus là. À sa place, je retrouve le médaillon. J'imagine qu'encore une fois, c'est lui qui me guidera. Cependant, hors de question que je le pende à mon cou. Je n'ai aucune envie qu'il cherche de nouveau à me tuer, tout ça parce que j'emprunte un chemin qui ne lui convient pas !

— *Le médaillon te guidera !* croasse Beaucor.

Comme si j'avais besoin de sa précision !

Avant de ramasser l'objet honni, je regarde ce que je tiens dans les mains.

54

Un œuf. Rien de plus. Tout le Trésor du Peuple des Brumes réduit à un simple œuf. Bon, d'accord, pas si simple que ça… Tout de même, cet œuf doit bien mesurer dans les trente centimètres. Et ses écailles semblent faites de joailleries. Dès que la lumière les effleure, elle s'y reflète en mille-et-un arcs en ciel. Un instant, j'ai même l'impression qu'il est fait de feu !

Mais un œuf quand même !

Quelque peu penaude – que vais-je bien pouvoir raconter aux autres ? La vérité pardi ! je me pose de ces questions parfois… –, je remonte sur le pont. Au passage, je ramasse ce maudit médaillon que ma mère m'a laissé. Au début, je pensais que Beaucor nous guiderait. Visiblement, ma Nébuleuse de mère a d'autres projets.

Non sans surprise, les pirates m'observent avec étonnement dès que je foule le plancher du pont.

— Qu'est-ce que… commence Joe.

— Impossible ! s'exclame Rob.

— Est-ce que c'est le… demande William sans pouvoir finir sa question.

— Le Trésor du Peuple des Brumes, oui. Ma mère l'a transformé en… cet objet, dis-je en le tendant vers eux. Comme ça, ce sera plus pratique pour le ramener.

La mine fermée, les pirates n'en hochent pas moins la tête. Ils savent que j'ai raison.

— Où doit-on le ramener ? s'informe le capitaine, toujours aussi pragmatique que laconique.

Sans rien dire, je glisse l'œuf sous mon bras gauche et, de la main droite, attrape le médaillon que j'avais rangé dans l'une des poches de mon pantalon. Aussitôt, O'Brian a un mouvement de recul. Comme si c'était lui que cet objet avait tenté de tuer à plusieurs reprises. Comme si c'était son cou que la lanière de cuir avait enserré et qui en portait encore les traces. Comme s'il avait lui-même manqué d'air à chaque fois que cela était arrivé.

Pourtant, c'est Bran qui pose la question qui est sur toutes les lèvres :

— Tu ne vas pas le remettre ? Si ?

— Ça ne risque pas ! je fais en secouant vigoureusement la tête. Mais il reste notre seule boussole maintenant que ma mère est partie.

— Pourquoi ? veut savoir le capitaine.

Comme je n'ai pas de réponse, je hausse simplement les épaules. Si je le savais !

Pendant quelques secondes, un lourd silence s'abat sur le pont de la Lorelei. Puis soudain, tout va très vite. Le capitaine décide que ses hommes resteront à bord avec Beaucor. Ainsi, si quelque chose venait à arriver, le volatile viendrait nous prévenir. D'un bref coup d'œil, il s'assure que je suis d'accord avec cela. Je scrute à mon tour Beaucor. Comme ce dernier semble s'accommoder du plan, je hoche la tête. La décision est prise. Il restera auprès des pirates pendant que Bran, Rick et moi suivrons la direction indiquée par le médaillon afin d'aller remettre le Trésor – l'œuf – où il se doit.

Ces derniers détails réglés, nous descendons dans la chaloupe. Cette fois, c'est l'ancien soldat qui tient les rames.

Contrairement au capitaine et à moi-même, Bran découvre l'Île aux Brumes. Intéressé, il observe tout, partout. Le sol, tantôt boueux, tantôt mousseux, et parfois fait d'herbes folles. La flore luxuriante qui semble s'épanouir dans un monde où il y a pourtant si peu de lumière. Les quelques animaux que nous croisons. Oiseaux, insectes, serpents et autres lémuriens…

Rapidement cependant, il ne peut plus observer grand-chose, car la nuit est tombée. Or, nous n'avons pris que deux lampes à huile pour nous éclairer. Et même si je suis sûre qu'il en meurt d'envie, l'ancien soldat n'utilise pas la sienne pour sonder les fourrés. Au lieu de cela, il ferme la marche tandis que le capitaine et moi restons devant.

En ce qui me concerne, je tiens toujours l'œuf sous mon bras gauche et le médaillon dans l'autre main. Comme O'Brian marche sur ma droite, cela nous permet de voir à la fois l'objet magique et le chemin que nous parcourons.

Lorsque le soleil est complètement couché et que seule la lumière des lampes éclaire nos pas, un frisson étrange me parcourt. Une sorte de bise glacée qui roule le long de ma colonne vertébrale.

— Vous avez senti ça ? demande Bran.

— Quoi ? interroge O'Brian.

Je n'ai pas le temps de répondre, pas plus que Bran de donner une explication. Un hurlement retentit au loin. Un loup. Ou quelque chose qui s'en approche.

— Ça, c'était pas un loup…

Rick vient de ruiner ma théorie. Mais comme à son habitude, il n'en dit pas plus. Je suis obligée de lui tirer les vers du nez :

— Alors c'est quoi selon toi ?

— Je sais pas, fait-il en haussant les épaules. Mais c'était pas un loup.

55

Nous accélérons le pas. Depuis le premier hurlement, de nombreux autres ont suivi. Comme des réponses venues des quatre coins de l'île. Des réponses vraiment pas rassurantes !

Soudain, quelque chose bouge non loin de nous. C'est plus gros que les quelques animaux que nous avons croisés jusqu'ici. Plus massif. Cela s'entend aux pas lourds qui foulent la terre. À cette respiration bien plus rauque. Au nombre de branches qui sont malmenées par les déplacements de la bête.

Ma gorge se noue. Je voudrais crier aux autres de courir, mais je ne peux pas. De toute façon, je ne peux pas courir non plus. Même si je voulais abandonner les deux hommes ici – je l'ai déjà fait avec O'Brian –, je ne le pourrais pas. Cette même peur qui me pousse à fuir de toutes mes forces semble me clouer au sol.

Et puis tout à coup, tout bascule.

Une énorme bête, un gigantesque monstre se met en travers de notre chemin. Il nous barre la route. Il me pétrifie. Ses yeux rouges, rubis luminescents dans l'encre de la nuit, m'hypnotisent. Lorsque sa gueule s'ouvre et qu'un long rugissement en sort, mon sang se glace dans mes veines. Ce rugissement rauque ressemble à s'y méprendre aux hurlements que nous avons entendus. D'ailleurs, déjà, d'autres lui répondent et se rapprochent.

En réponse à cette agression sonore, Rick et Bran sortent leurs lames. Elles étincellent dans la nuit comme la promesse d'une victoire sur le monstre qui nous fait face. D'un même mouvement, les deux hommes se jettent dans un combat auquel la bête répond. Elle aussi bondit vers eux, tous crocs dehors. Mais c'est moi que ses yeux fixent. Et ce regard rougeoyant semble me pétrifier encore plus. Il me change en statue. Seule la peur fait encore frémir mon corps presque de marbre.

— Anna ! Fuis !

La voix du capitaine se perd dans un rugissement. Il vient d'un second monstre qui se joint déjà au combat. La lame contre les crocs. L'épée contre la puissance surnaturelle de cette bête inconnue. Le sabre contre une fourrure aussi drue que le roc. Le fer de l'Homme contre la fureur de la Nature. Pas la nature que nous connaissons, non ! Une nature transformée, détournée, pervertie par quelque créature douée de magie. Et je sais d'où elle provient. À n'en pas douter, elle aussi est issue de la magie du Peuple des Brumes. Tel que je la vois se jeter sur mes compagnons, je ne doute pas un instant que les Nébuleux en sont les marionnettistes. Ils tirent des fils invisibles qui sont autant de dangers mis en travers de notre chemin. Ils ne veulent pas que nous ramenions le Trésor.

Et moi qui ne peux toujours pas bouger…

J'observe d'un air absent mes amis mener ce combat qui est le mien. Cimeterre au poing, ils ne veulent pas s'avouer vaincus alors que, déjà, deux autres monstres se lancent dans la bataille. Quatre contre deux, le combat n'est vraiment pas équitable.

Et moi qui reste là à ne rien faire.

— Anna ! hurlent les deux hommes d'une seule voix.

Aucun des deux ne poursuit, trop occupé à protéger leurs vies et la mienne.

C'est seulement lorsqu'une cinquième bête entre dans cette danse mortelle que je sens mon corps revenir à lui. À moi. De nouveau, je peux bouger. J'arrive enfin à me maîtriser. Je lâche alors le médaillon et tire un couteau. Je le lance sur l'un de nos adversaires. Il se plante droit dans la tête de la bête, fait exploser son œil. Et le monstre recule.

— Leurs yeux !

Je n'ai pas besoin de préciser que c'est là leur faiblesse. Mes compagnons l'ont compris. Comment moi, j'ai compris, je l'ignore encore. Mais je le sais et c'est tout ce qui importe. Je tire alors un second couteau et perce le deuxième œil du monstre. Il s'affale, mort. Puis il disparaît dans un nuage de brume noire. Sans attendre, je vise une autre bête. Je fais mouche, comme toujours. C'en est presque trop facile !

À peine ai-je pensé cela que deux nouveaux monstres arrivent.

— Fuis Anna ! crie le capitaine en plantant son sabre dans l'œil de la bête que j'ai blessée.

— Nous savons comment faire, continue Bran. Ramène le Trésor. Nous n'avons pas besoin de toi pour nous débarrasser d'eux.

Ce disant, l'ancien soldat plante lui aussi sa lame dans l'œil rougeoyant d'un monstre. Il a raison. Ils n'ont pas besoin de moi pour s'en sortir. Peu importe le nombre de bêtes qui se joindront au combat, je suis persuadée qu'ils en viendront à bout. Après tout, ne viennent-ils pas d'en occire deux tout en me parlant ?

Je ramasse alors les trois couteaux que j'ai utilisés dans le combat. Les bêtes disparues, ils sont tombés à terre, souillés d'un sang rouge vif et poisseux. Je ne prends pas la peine de nettoyer les lames. Je n'ai pas le temps pour ça. Je ramasse ensuite le médaillon, jette un dernier coup d'œil à mes compagnons qui ne s'en sortent pas trop mal face à ces monstres, puis je m'élance. Je fuis la bataille. Oh, bien sûr, je reste persuadée qu'ils n'ont pas besoin de moi, mais tout de même… J'ai l'impression de les abandonner. De les laisser alors que je pourrais les aider.

Mais j'ai une mission. Ramener le Trésor. Et je ne dois pas l'oublier.

56

Je cours. J'ai l'impression que je ne fais que ça ! Que toute ma quête se résume à cette simple action : courir. D'ailleurs, n'est-ce pas là le fondement même de mon existence ? N'ai-je pas toujours couru ? À la recherche d'un bateau où vivre ? D'une famille ? À la recherche de mes origines ? De mes parents que je croyais morts ? N'ai-je pas couru lorsque j'ai appris qui était ma mère ? Quelle était mon histoire ?

Je cours. Je ne sais faire que ça.

Mais bientôt, l'épuisement me gagne. Comme lors de ma dernière course, j'ai mal partout. Mes poumons sont en feu, mon ventre se crispe, mes muscles me tirent. Alors, peu à peu, je cesse de courir. Du moins dans les gestes. Car dans mon esprit, je cours encore.

Je m'arrête. Je dois reprendre mon souffle. Je dois calmer la chamade de mon cœur tout autant que ma respiration. Et je me laisse aller.

Littéralement.

Mon corps s'enfonce dans le sol. D'abord, mes pieds. Mais je ne remarque rien. Ce n'est que lorsque mes genoux menacent d'être dérobés par la terre que je comprends. Le sol ici n'est pas stable. Il est mouvant. Et il m'aspire.

Je cherche à bouger. C'est difficile, presque impossible. La terre est implacable. Elle me tire vers elle. En elle. Déjà, elle s'attaque à mes cuisses. Dans un dernier espoir, je passe le médaillon autour de mon cou. Je recrée ce lien mortel qui m'attache à ma mère. Et à ma magie. Mais ce n'est pas elle que je veux utiliser. Je ne le peux pas, j'en suis certaine. Alors, de ma main libre, je pousse sur ce sol instable, animé par une volonté propre. Je parviens à me hisser légèrement. Je fais un pas à l'intérieur même de cette mélasse. Mais aussitôt, la terre repart à l'assaut. Elle remonte sur mes cuisses. Je ne peux rien y faire. Rien d'autre que lutter vainement pour avancer. Un pas après l'autre. J'ai l'impression que cela ne sert à rien, car le sol m'engloutit toujours plus. Pourtant, j'avance.

Mais très vite, je m'arrête. Quelque chose apparaît à l'horizon de ce marais boueux. Une interminable dorsale.

Piqué sur le dos d'un serpent gigantesque – de mer ou de terre, je ne saurais le dire étant donné l'état de ce marais –, un voile dantesque apparaît par intermittences. Avec lenteur, mais détermination, ce nouveau monstre avance vers moi. Au début, il est trop loin pour que je me rende compte de la dangerosité de la bête. Mais sitôt que je vois sa gueule pleine de crocs, je prends peur.

Sa tête ressemble à s'y méprendre à celle d'un dragon. Elle doit bien faire la taille de mon buste ! Entre ses crocs effilés s'échappe une langue bifide que le monstre darde vers moi. Il me sent. Il estime la qualité de son futur repas. Quant à ses yeux rouges – identiques à ceux des autres monstres que je viens de fuir –, ils me fixent avec intensité et… gourmandise.

Comment ne pas être terrifiée ?

Je redouble d'efforts pour me sortir de ce marais mouvant. Cette fois, je ne cherche plus simplement à avancer, mais à rejoindre la berge. Alors je repars en arrière. Hélas, contrairement à moi, le monstre est habitué à évoluer dans cet environnement. Il avance bien plus vite que je ne recule. Dans moins d'une minute, il sera sur moi !

Je change alors de tactique. J'attrape l'un de mes couteaux, prends quelques secondes pour calculer les mouvements de la bête, vise et lance. S'il est comme les autres monstres, alors une lame dans son œil devrait le ralentir.

Mais non ! Comme s'ils étaient protégés par un champ de force ou un sort, ses yeux semblent à l'épreuve des lames. Mon couteau rebondit sur la rétine du reptile et s'enfonce dans le marais. Attaqué, le monstre feule sa hargne vers moi. Je peux sentir son haleine fétide lorsqu'elle me fouette le visage, un instant seulement après qu'elle est sortie d'entre ses crocs. Cette fois je suis fichue. Plus qu'une plongée et la bête sera sur moi. J'essaie encore de reculer bien que je sache ma tentative parfaitement vaine.

— Anna ! Attention !

Je n'ai pas le temps de tourner la tête qu'une ombre saute au-dessus de moi. Sabre au poing, Bran tombe sur le serpent gigantesque. D'un moulinet, il lui fait tâter de sa lame. Un sang noir et brumeux s'échappe des écailles du reptile surpris. Tu ne t'attendais pas à ça mon gros, hein ? Bon, c'est vrai, moi non plus.

— Attrape ma main !

Une autre voix. Celle d'O'Brian. Je quitte le spectacle de l'ancien soldat combattant le monstre du marais pour me tourner vers le capitaine. Je m'aperçois alors que mes efforts pour reculer n'ont pas été vains. Je me suis bien rapprochée de la rive. Accroché à une branche de la main gauche, le capitaine de la Lorelei me tend la droite.

— Et Bran ? je demande en jetant de nouveau un coup d'œil au jeune homme.

Ce dernier est en bien mauvaise posture. De fait, le serpent s'est débarrassé de son cavalier indésirable et l'attaque sans relâche à coups de claquement de mâchoires. Bran doit maintenant lutter à la fois contre les crocs acérés du monstre et contre ce sol mouvant qui l'entraîne dans ses profondeurs. Cependant, ayant entendu ma remarque, il nous crie de sauver le Trésor en priorité. De le ramener. Ses paroles lui font perdre le peu de prise qu'il avait sur la boue du marais et il s'enfonce davantage encore.

— Anna ! crie le capitaine pour la deuxième fois.

Je me tourne à nouveau vers lui. Je fais mon possible pour pivoter vers la berge. Puis je tends la main. Je tire sur mon épaule, fais travailler mon bassin. Enfin, mes doigts touchent ceux de Rick. Mais ce n'est pas assez. Je pousse encore. Lui aussi. Mes phalanges remontent le long de ses doigts. Ils me semblent interminables !

Et puis ça y est. Ma paume est dans la sienne. Nous serrons notre prise. Il tire ma main. Me tire de ce bourbier tandis que, derrière moi, j'entends mon ami qui se bat contre un monstre. Je voudrais me retourner, savoir ce qu'il en est, s'il a encore une chance. Mais je dois me concentrer sur la traction du capitaine. En aucun cas je ne dois lâcher sa main sous peine de devoir recommencer. Pour l'aider, je pousse comme je peux sur mes jambes. Je fais un pas. Puis deux. Enfin, j'atteins la berge.

— Je te tiens ! fait O'Brian en m'entraînant vers lui.

Le capitaine me serre dans ses bras. Tout contre lui. Mais au lieu de m'abandonner à cette étreinte, je me tourne pour voir où en est Bran. J'ai alors juste le temps d'apercevoir ses cheveux disparaître dans la boue, laissant flotter son bicorne.

— BRAN !

Je crie. Je hurle. Je ne veux pas y croire. Je fixe le marais à m'en brûler les yeux. Je veux qu'il sorte. Il le faut ! Mais Bran ne ressort pas. Il a été englouti.

Derrière moi, le capitaine parle, mais je ne l'entends pas. Je sais ce qu'il me dit, qu'on doit fuir, ramener le Trésor. Mais je ne veux pas l'écouter. Je n'en ai que pour Bran. Le premier véritable ami que j'ai eu sur cette terre.

Déjà, le serpent reprend sa course. Il avance vers nous avec une rapidité désarmante. Et tandis que Rick me tire en arrière, je suis tétanisée. J'ai peur. Je ressens cette douleur d'avoir perdu un être cher. J'ai envie que cela s'arrête. Je suis épuisée. Moralement, physiquement. Le monstre peut bien m'emporter, cela m'est parfaitement égal ! Ce sera peut-être mieux ainsi…

57

— Anna, je t'en prie, ressaisis-toi !

La voix de Rick me parait lointaine. Il vient pourtant de crier à quelques centimètres seulement de mon oreille. Mais je refuse de l'écouter. Je ne peux pas laisser Bran tout seul au fond de ce marais. Je ne peux pas continuer de vivre alors que lui n'est plus de ce monde. Je ne le veux pas.

C'est étrange cette amitié qui est née entre nous. Cette complicité que je n'avais jamais éprouvée pour personne. Jamais je n'avais été proche de quelqu'un comme ça. Certes, j'ai eu mon frère adoptif ainsi que sa famille. Mais jamais je n'avais eu le moindre ami. C'est impossible lorsque l'on vit sans attache, que l'on va de bateau en bateau sans pouvoir jamais trouver celui qui vous convient le mieux.

Pourtant, sur la Lorelei, j'ai appris ce qu'était la vie en communauté. Bien sûr, ce n'était pas mon premier vaisseau, mais c'est le seul qui m'a accepté telle que je suis… D'abord il y a eu Rick, sur qui j'ai pu compter dès le début. Puis l'équipage qui m'a fait confiance après s'être tant méfié de moi. Et enfin Bran… En quelques jours, il m'a appris ce qu'était l'amitié. En quelques jours, il m'est devenu indispensable.

Et en quelques minutes, je l'ai perdu pour toujours.

— Annabelle !

Le cri du capitaine me glace, car sa voix trahit une angoisse qu'il ne montre pas souvent – si ce n'est jamais. Mais ce n'est pas tant son cri qui me paralyse que cette brume qui descend vers nous, vers le marais ; vers le monstre. Alors qu'il était à deux pas de la berge, le gigantesque serpent s'est arrêté, surpris par cette brume glaciale qui le tétanise, lui aussi.

Elle est arrivée de derrière le monstre. A remonté le marais en quelques secondes. A atteint le serpent quelques instants après. Lorsque je prendrai ma prochaine inspiration, elle sera sur nous.

Du moins c'est ce que je croyais avant de la voir s'arrêter. Elle se concentre sur le monstre. Il feule. Ses yeux rouges affichent une peur que je pensais improbable.

Il se débat.

En vain.

La brume glacée le gèle sur place. Comme l'avait fait celle qui s'était attaquée à la Lorelei. Celle que ma mère avait lancée sur le navire pour empêcher les pirates de fuir l'Île aux Brumes, emportant avec eux le Trésor des Nébuleux. Je suis donc persuadée qu'encore une fois, c'est elle qui nous vient en aide. À sa manière. Cette brume givrante, c'est sa signature.

Hélas, elle ne gèle pas que le monstre. Le marais tout entier se retrouve couvert d'une mortelle épaisseur de glace. Il devient le miroir des arbres qui s'y reflètent. Certains se retrouvent même pour moitié emprisonnés. À l'image de ce monstre qui fait figure de statue bleutée au milieu de ce décor hivernal. Soudain, il me paraîtrait presque beau. Il se dégage de lui quelque chose au pouvoir hypnotisant. Ses crocs qui me terrifiaient tant étincellent à présent. Certes, cela ne les rend pas moins dangereux, mais, ainsi, ils semblent faire partie d'une œuvre artistique. C'est étrange…

Et soudain, ma respiration se coupe.

Je réalise.

Je réalise que Bran ne pourra plus jamais sortir de ce marais gelé. Après avoir été englouti sous la terre, le voilà prisonnier des glaces. Alors je crie à nouveau.

— NON !

Je veux le rejoindre. Mais le capitaine m'en empêche. De ses bras puissants, il me ceinture. D'une voix douce, il me dit que c'est fini. Que nous ne pouvons plus rien pour lui. Que nous devons continuer. Qu'il nous faut ramener le Trésor.

Sous mon bras, je sens le poids de l'œuf. Le poids d'un trésor à nul autre pareil. Mais aussi le poids d'une mission mortelle qui vient de m'arracher mon seul et unique ami. Un poids dont je ne veux plus.

Je le pousse alors dans les bras du capitaine. Contraint, O'Brian lâche ma taille pour attraper le Trésor. Je lui échappe. Je plonge vers le marais. Je le touche.

À l'instant même où mes doigts entrent en contact avec la glace, une violente décharge me parcourt le bras avant de me propulser en arrière. Hébétée, j'observe tour à tour ma main et la mare de glace. Je vois la brume tressaillir puis refluer.

Ma vision se brouille.

Et je tombe dans l'inconscience.

58

Je suis couchée. Enfin je crois. Je sens une barre dans mon dos et une autre sous mes genoux. Je suis ballottée. Je crois bien qu'on me porte. Mais qui ? Pourquoi ? Je tente de rassembler mes souvenirs, de donner du sens à ce que je perçois. Une respiration difficile. Une humidité ambiante qui m'est à la fois familière et inconnue. Et ce poids sur mon ventre.

J'ouvre les yeux. Je découvre alors un profil que je connais bien. Celui de Richard O'Brian, Rick, capitaine de la Lorelei. Il me porte sûrement depuis que nous avons quitté le marais. Mes pensées vont vers celui que j'ai laissé là-bas. Car en dehors des pas de Rick, je n'entends personne d'autre. Nous sommes seuls. Bran est resté prisonnier de la mare de glace.

Devinant à quoi je pense, O'Brian me dit que ça va aller. Il me sourit. Il me dit que tout sera bientôt terminé. Je ne sais pas si je dois le croire. Je suppose que oui. Après tout, n'est-ce pas le Trésor que je sens peser sur mon ventre ? Ce Trésor infini que ma mère a su, d'une simple incantation, réduire à la taille d'un œuf. Un œuf conséquent, certes, mais un œuf tout de même.

De ma main droite, je tâte l'objet tant convoité. C'est étrange… Lorsque ma mère l'a créé, il était complètement lisse, le moindre rayon s'y reflétait comme sur un miroir. Mais à présent, je sens comme des aspérités. Quelque chose a changé. Quoi ? Je ne saurais le dire. Mais non, je divague. Lorsque ma main passe de nouveau sur l'œuf, je sens comme il est parfaitement lisse. J'ai rêvé. Étrange…

— Difficile le réveil.

Je souris. Rick a raison. Ça doit être ça. Je bâille. Je lâche un instant le Trésor pour venir me frotter les yeux. À cet instant, une pensée me traverse et je fais descendre ma main le long de mon cou, puis sur ma poitrine. J'y trouve ce que je cherchais : le médaillon.

— J'espère que tu ne m'en voudras pas de m'être servi de toi comme d'une table…

De nouveau, le capitaine sourit. Voilà qu'il se met à faire des blagues ! Qui l'eût cru ? Certainement pas moi ! Je ris. Il rit aussi. C'est étrange cette façon que l'on a de réagir à un traumatisme…

— Tu peux me poser, je déclare dès que j'ai retrouvé un souffle correct.

— Tu es sûre ?

Je hoche la tête. Je vais bien. Enfin… je vais mieux.

Rick m'intime de bien tenir l'œuf tandis qu'il se penche pour me poser. Lorsqu'ils entrent en contact avec le sol, mes pieds me lancent quelques piques pour me signaler leur désagrément. Je grogne.

— Tu es sûre que ça va ? s'inquiète encore le capitaine.

— Mais oui !

Comme j'ai été un peu brusque, je lui souris. Un sourire sincère comme je ne pensais pas pouvoir en offrir après avoir perdu Bran.

— Si tu le dis.

Il hausse les épaules et attend que j'aie repris pied. Au sens propre ! De fait, je tape le sol pour me débarrasser des quelques fourmis qui ont investi le dessous de ma peau. Puis je lui fais signe que nous pouvons y aller et nous reprenons la route. D'une main, je tiens le précieux œuf, de l'autre, le médaillon. La direction qu'il nous indique suit un petit chemin de terre perdu au milieu d'une jungle abondante. Le seul point positif, c'est que nous n'entendons plus la moindre bête. Plus le moindre bruit à vrai dire.

C'est comme s'il n'y avait que nous à des kilomètres à la ronde. Comme si aucune bise ne faisait bruire les feuilles des arbres. Nous ne voyons pas d'oiseaux passer au-dessus de nos têtes. Nous ne sommes pas embêtés par le moindre insecte. Les lémuriens qui nous observaient tantôt ont disparu.

— C'est vraiment bizarre ce silence, je dis en chuchotant.

Rick approuve. Lui non plus n'est pas tranquille. J'aimerais lui prendre la main, comme lorsque nous étions devant ma mère, mais je ne peux pas. Mes deux mains sont prises et je refuse de lui faire à nouveau porter ce fardeau qui est le mien. Je n'ai que trop longtemps joué les petites filles en détresse !

Tandis que je suis plongée dans mes pensées, ressassant tous les malheurs que j'ai occasionnés au capitaine et à la Lorelei, nous progressons. Vite, trop vite. Si vite que, bientôt, la jungle s'ouvre sur la mer. Devant nous, l'océan nous attend. Et c'est là que nous guide le médaillon.

— Il aurait quand même pu guider le bateau vers ce côté de l'île ! s'exclame le capitaine.

Et il a raison ! Enfin presque. De fait, nous nous rendons vite compte que, même en chaloupe, arriver jusqu'ici aurait été une entreprise périlleuse, voire impossible. D'une part, à cause de cet à-pic, cette falaise qui surplombe la mer. D'autre part, en raison des récifs trop importants qui piquent dangereusement au-dessus des vagues. Des vagues si violentes que même Heimata n'aurait pas réussi à les dompter.

Sans compter qu'avec le temps, ces hauts fonds sont devenus un véritable cimetière de bateaux. C'est en tout cas que ce qu'indiquent les nombreuses épaves que nous pouvons voir ici et là.

Soudain, un rire s'élève. Mauvais. Nébuleux…

59

— Regardez qui voilà… Ne serait-ce pas la petite avec notre Trésor ?

— Et le capitaine pirate ?

— La fille au médaillon !

— Qu'a-t-elle fait à notre Trésor ?!

Les voix se croisent. Elles se font écho. Elles semblent venir de partout à la fois. Alors, lasse de leur petit jeu, je m'écrie :

— Montrez-vous !

Rick tressaillit. Il ne s'attendait pas à ce que j'invective le Peuple des Brumes. Toutefois, ces derniers ne semblent pas vouloir se dévoiler. Au contraire, ils continuent de parler de nous comme si nous n'étions pas là alors qu'en réalité, c'est eux qui restent invisibles. Ce que ça m'énerve !

Déterminée, je ferme mes oreilles à leurs médisances et continue d'avancer. Pistolet au poing, O'Brian m'emboîte le pas. Nous devons continuer de suivre les indications du médaillon. Mais cela devient ardu lorsqu'il nous guide vers le bord de la falaise, pointant de son aiguille un gouffre qui s'ouvre un peu plus bas.

— Je descends le premier pour vérifier les prises.

Je hoche la tête tandis que le capitaine range son pistolet. Finalement, il ne s'en sera pas servi. En même temps, difficile d'attaquer des voix à coup de balles ! Car si nous continuons d'entendre avec quelle perfidie les Nébuleux cherchent à nous déstabiliser, nous ne les voyons toujours pas.

Après avoir pris une grande inspiration, O'Brian commence sa descente. Pour avoir discuté à de rares occasions avec ses hommes, je sais que Rick a été gabier avant de passer capitaine. Il est donc très adroit et a un sens aigu de l'équilibre. Enfin, sur un bateau ! Parce qu'il est clair que, face à la roche, le capitaine de la Lorelei est en difficulté. À plusieurs reprises, il hésite à placer ses mains. Son pied ripe plus d'une fois en manquant une saillie. Mais finalement, il parvient à atteindre l'entrée du gouffre.

— Lance-moi l'œuf ! Tu vas avoir besoin de tes deux mains !

Ça, je m'en serais douté ! À voir comment il a galéré alors qu'il avait pourtant les deux mains libres et qu'il a passé des années à monter sur les mâts, j'imagine que je ne vais pas pouvoir franchir cette étape avec un œuf énorme sous le bras. Heureusement pour le Trésor, je suis une très bonne lanceuse. Je n'ai donc aucun mal à jeter l'œuf dans les bras du capitaine. Puis, me souvenant du passage qu'il a emprunté, je l'imite. En dessous, Rick continue de m'aider en guidant le moindre de mes gestes. Mais j'ai beau être guidée, j'ai beau m'accrocher aux mêmes prises que le capitaine, je n'en reste pas moins terrorisée. De fait, un seul faux pas entraînerait une chute mortelle !

Quand enfin j'atteins moi aussi l'entrée du gouffre, la pression accumulée se relâche. Et quelques larmes m'échappent. O'Brian ne dit rien, il a compris. Il pose alors sa main libre sur mon épaule droite. Ce geste me réconforte quelque peu. Et, lorsque je ne pleure plus, il me tend l'œuf.

J'ai à peine posé mes mains sur le Trésor que les Nébuleux apparaissent devant l'entrée du gouffre. Le sourire aux lèvres, ils secouent la tête.

— Quoi ? je demande avec une politesse incomparable.

— Jamais tu n'entreras dans ce gouffre…

— Pourquoi ?

— Tu ne sais pas lire ?

D'un geste, le Nébuleux pointe un doigt vers la grotte. Juste au-dessus du trou se trouve une inscription runique. Hélas, je suis bien incapable de la déchiffrer. Certes, j'ai su d'instinct ce que signifiait la rune derrière le médaillon, mais là, il s'agit d'une phrase entière !

— « Les trésors sont faits pour les vivants, ils ne sont pas faits pour les morts… » me traduit le plus loquace.

— Et ? je demande.

— Et seuls les vivants peuvent pénétrer ce gouffre.

— Et ? je m'énerve.

— Et puisque tu es la fille de l'une des nôtres, alors tu n'es pas plus vivante que nous !

Cette fois, je ne rétorque rien.

— Qu'est-ce qui se passe ? demande Rick.

Évidemment, contrairement à moi, il ne peut pas voir le Peuple des Brumes. Et il ne peut pas les entendre non plus ! D'où son sursaut un peu plus tôt lorsque je leur ai demandé de se montrer ! Bien sûr ! J'avais oublié ce détail…

Ce détail…

Et si… et si je ne pouvais les voir que parce que je suis comme eux ? Et si je ne pouvais les voir que parce qu'en réalité, je suis tout aussi morte qu'eux ?

Un frisson me parcourt.

— Anna ! Dis-moi ce qui se passe !

Le capitaine me secoue. Je parviens alors à me ressaisir et lui répète ce que m'a appris le Peuple des Brumes. Que je ne passerai pas. Que je ne suis pas vivante.

— Ne les écoute pas Anna, ce sont des foutaises ! Tu sais combien ils aiment se jouer de nous. Ils ont tenté à plusieurs reprises de te détourner de ta mission. Ils ne veulent pas que tu remettes le Trésor à sa place. C'est tout ! Pense à ton père ! Il était vivant lui, il n'appartenait pas au Peuple des Brumes. Ce n'était pas un Non-Mort.

À ces mots, il prend ma main et se dirige vers l'entrée du gouffre. Je le suis. Peut-être a-t-il raison après tout. Le seul moyen de le savoir est encore de chercher à entrer dans cette grotte à flanc de falaise.

Hélas, si le capitaine passe, moi, je reste dehors. Car au moment où je veux à mon tour m'engouffrer dans la grotte, une puissance me repousse. Elle me fait lâcher la main de Rick, me propulse en arrière. Je crie. En un bond, O'Brian revient vers moi et me rattrape. Il s'en est fallu de peu pour que je dégringole la falaise.

— Je… je ne peux pas entrer. Je… je suis…

— Non, je t'interdis de dire ça ! On essaie encore.

Ce que nous faisons. Trois fois. Avant que le capitaine ne se rende à l'évidence. Le gouffre est protégé par un champ de force qui ne me laissera jamais passer.

Rick me regarde d'un air désolé. J'ai envie de pleurer. De hurler ! Je suis morte ! J'ai toujours été morte ! Même quand ce satané médaillon tentait de m'étrangler, j'étais déjà morte !!

Voyant à quel point je suis perdue, le capitaine me propose de rester avec moi. Mais comme je sens autour de nous le Peuple des Brumes, comme je le vois se réjouir de mon malheur, je ne veux pas les laisser gagner. Je lui demande alors de faire ce que je ne peux accomplir. De terminer ma mission pour moi. Je sais que je lui en ai déjà demandé beaucoup. Je sais qu'avec le temps, j'ai placé cette mission sur ses épaules également. Et je m'en veux de lui demander encore une fois de la remplir à ma place. Mais il ne voit pas les choses de cette manière. Il me dit que c'est un honneur, qu'il n'en a pas pour très longtemps. Juste avant de partir, il dépose un baiser sur ma joue. Je n'ai alors qu'une envie : le serrer contre moi… ou plus précisément *me* serrer contre lui. Mais, déjà, il disparait dans les ténèbres du gouffre.

60

J'ai l'impression que cela fait une éternité que je suis face au gouffre. Depuis combien de temps Rick est-il descendu là-dedans ? Dix minutes ? Trente ? Une heure ? Plus ? Je n'en ai pas la moindre idée. J'ignore comment c'est possible, mais j'ai perdu la notion du temps. Et la brume ambiante n'aide pas. D'ailleurs, je ne saurais dire d'où elle vient. Dès que le capitaine est descendu, les Nébuleux ont disparu, me laissant seule dans ce brouillard. Depuis, j'attends.

— Que fais-tu planté là ?

La voix me fait sursauter. C'est peut-être de là que vient cette brume éternelle, de ma mère. Lentement, je me tourne vers elle. Je lui demande pourquoi elle me pose cette question alors qu'elle sait pertinemment pourquoi je reste « plantée là » comme elle dit. Sur son visage éthéré, je vois alors ses sourcils se froncer.

— Mais de quoi parles-tu ?

Énervée, je pointe du doigt l'inscription runique au-dessus de l'entrée du gouffre.

— De ça ! je précise en criant à moitié.

Mais ma mère ne comprend pas. Ou bien elle fait exprès. Je lui répète donc ce que m'ont dit les Nébuleux, que seuls les vivants peuvent entrer et que, étant sa fille, je n'en suis pas une. Et soudain, ma mère se met à rire. De ce même rire moqueur qu'avaient les autres Nébuleux lorsqu'ils me raillaient.

— Quoi ? je m'énerve.

— Ma chère fille… tu ne les connais donc pas ? Ils se jouent de toi. Ce qu'on peut lire ici est un adage du peuple des Dragons. Tu veux que je te le traduise ?

Elle n'attend pas ma réponse – qui aurait été un « non » direct ! – et continue :

— « Les trésors ne sont pas faits pour les vivants, pas plus qu'ils ne sont faits pour les morts. »

Je reste silencieuse. Les mots de ma mère sont presque les mêmes que ceux des autres Nébuleux. Presque…

— Mais alors ?

— Alors tu peux entrer, tout comme moi… et comme eux.

Cette précision me glace les sangs. Voilà donc pourquoi ils ont disparu en même temps que Rick ! Ces fourbes sont descendus avec lui afin de l'empêcher de mener à bien sa mission… *ma* mission !

Non, c'est impossible. Tout à l'heure, j'ai bien senti un champ de force. Je ne l'ai pas rêvé que je sache ! Je n'ai pas rêvé cette chute à laquelle j'ai échappé de justesse lorsqu'une puissante magie m'a repoussée. Lorsque j'ai failli dégringoler de la falaise. Lorsque ma vie n'a tenu qu'à la main tendue de Rick !

— Il y a bien une magie qui protège l'entrée des gens comme nous… déclare ma mère.

Tandis que j'éprouve une nouvelle fois cette désagréable impression lorsque quelqu'un lit dans vos pensées, la Nébuleuse se mord la lèvre. « Les gens comme nous »… Cela lui fait clairement de la peine de dire cela. De m'assimiler à son peuple. Et moi alors ? Qu'est-ce que je devrais en dire ? Et, surtout, qu'est-ce que cela fait de moi ? Suis-je morte ou vivante ? Ou pire ? Suis-je comme eux, une Non-Morte ?

— Tu es bien vivante ! me rassure-t-elle aussitôt. Ce n'est pas contre les morts ou les vivants que les Dragons voulaient protéger leurs trésors, mais contre les Humains en général et plus particulièrement contre le Peuple des Brumes… Car dès que nous nous approprions un trésor, il nous obsède. Nous n'avons qu'une chose en tête, l'accroître et le garder à jamais afin qu'il atteste de notre supériorité. Mais un jour, lors de notre quête de richesses, nous nous sommes attaqués aux

Dragons. Nous avons été trop gourmands en voulant leur voler leurs biens. Alors ils se sont vengés…

— La Guerre des Dragons… dis-je dans un souffle.

— Oui. C'est nous, qui l'avons déclenchée. Nous et notre cupidité. Face à eux, les Humains n'avaient aucune chance. Face à eux, même le puissant Peuple des Brumes ne pouvait rien. Et ils nous ont anéantis.

Ma mère marque une pause. Je voudrais bien la presser, lui dire que la vie de Rick est sans doute en jeu, mais je n'en fais rien, car, quelque part, son récit m'intéresse. Il fait partie de mon histoire à moi aussi. Si elle prend le temps de m'expliquer, alors je me dois de l'écouter.

— Heureusement, grâce à nos pouvoirs, nous avons pu lancer un sort qui nous permettrait de vivre éternellement… à travers le Trésor. Certes, nous ne sommes plus vraiment vivants, mais nous ne sommes pas complètement morts non plus…

Nouvelle pause. Puis elle reprend :

— Dans notre défaite, nous avons compris que ni les humains dénués de don ni les sorciers ne pouvaient rivaliser avec ces créatures venues du ciel. Alors nous avons créé les Tueurs de Dragons. Des êtres à la fois humains et magiques, pouvant manier les armes et la sorcellerie. Et, peu à peu, les Dragons ont disparu. Mais pas sans laisser de trace. Car là où ils vivaient règne à présent une atmosphère que nous avons bien du mal à supporter. Voilà pourquoi cette entrée nous est si difficile…

Je digère l'information. Ainsi donc, les Nébuleux auraient volé leur Trésor aux Dragons ? Bon, en même temps, c'est assez logique puisque ces derniers étaient connus pour être les gardiens des trésors des plus prestigieux.

— Anna, assez parlé, dit soudain ma mère. Si tu ne fais rien, ce Trésor sera perdu à jamais ! Et ton capitaine aussi !

— Mais je ne peux pas passer ! Tu viens de dire…

— Que c'était difficile. Pas impossible. D'ailleurs, les Nébuleux sont bien passés, eux…

— Mais comment ?

— Comme avec le serpent du marais…

Sa réponse me coupe la voix. Le serpent du marais ? Mais je croyais… je croyais que c'était elle qui avait fait descendre la brume. Quelque part, je pensais qu'elle nous était venue en aide, comme elle l'avait fait plusieurs fois en passant par Beaucor.

— Pas cette fois, ma fille. Cette fois, c'était toi.

Je n'y crois pas. Moi ? J'aurais gelé un marais tout entier ? Pire, j'aurais pris mon ami au piège dans cet enfer de glace ?! Sous mon corps, mes jambes peinent à me porter tandis que je réalise que j'ai sans doute tué Bran.

— Tu as toujours eu en toi cette étincelle de magie. Le médaillon t'a aidée à t'en servir. Il a canalisé tes pouvoirs. Mais c'est bien de *tes* pouvoirs dont il est question ! Des pouvoirs similaires à ceux des Tueurs de Dragons. Car enfin, ne maîtrises-tu pas à la fois les armes et le don ?

Ce disant, elle désigne mes couteaux. Et, après un temps de réflexion, je parviens à lui demander comment m'en servir. Que puis-je bien faire contre un champ de force invisible ? Je ne peux tout de même pas le geler, lui aussi.

— Bien sûr que non. En revanche, tu peux faire le choix de l'ignorer. Tu peux choisir de ne lui faire ressentir que ton aura humaine, celle qui te vient de ton père. Je suis sûre que, pour toi, ce sera encore plus facile de passer que pour nous…

— Mon aura humaine ? Mais je ne connais même pas mon père ! Tout ce que je sais de lui, c'est ce que tu m'en as dit ! Et il y a quelques jours, je ne savais pas non plus que j'étais en partie Nébuleuse !!

Je crie, je hurle, je n'en peux plus. Tout ça, c'est au-dessus de mes forces.

Face à ma colère, ma mère reste de marbre – dire « de glace » aurait vraiment été un très mauvais jeu de mots. Elle me laisse me calmer. Elle sait que je vais redescendre. De fait, je m'apaise finalement assez rapidement. Après tout, le capitaine est sans doute en danger là-dessous et je me dois de l'aider. Cette mission, c'est la mienne !

Instinctivement, je sais comment faire ressortir mon aura humaine. Je respire tranquillement. Je ne pense plus à rien. À rien d'autre qu'à mon humanité.

Et j'entre dans le gouffre.

61

Au début, le chemin est escarpé. Je dois me plaquer contre la paroi pour ne pas finir dans les tourbillons d'eau qui rugissent au-dessous de moi. À de nombreuses reprises, la roche friable se dérobe sous mes pieds. Heureusement, j'ai à chaque fois le temps de me rattraper. Ou presque… Comme maintenant, alors que je ne dois ma vie qu'à une saillie rocheuse un peu plus solide que les autres. Malheureusement, il me faut remonter, car, en dehors de cette saillie, il n'y a pas la moindre prise. Le « chemin » – si c'en est un – est un peu plus haut.

Je reprends mon souffle. Je n'ai certes pas chuté de plus d'un mètre cinquante, mais j'ai eu très peur. Moi qui croyais que, lorsqu'on a peur, notre cœur et notre respiration s'accélèrent, je viens de vérifier que ce n'était pas toujours le cas. De fait, mon cœur n'a pas accéléré, il s'est momentanément arrêté. Pareil pour mon souffle. C'est après que viennent la chamade et la respiration saccadée.

Je dois me reprendre, retrouver des battements corrects et une respiration apaisée. Évidemment, ça ne se fait pas en claquant des doigts et, plus le temps passe, plus j'ai peur qu'il arrive quelque chose à Rick… ou que quelque chose lui soit arrivé ! J'ai donc d'autant plus de mal à me ressaisir !

Finalement, je décide de ne pas attendre que mes muscles se soient calmés. Déterminée, je pars à l'assaut de la paroi afin de rejoindre le chemin. Une main après l'autre, un pied après l'autre. Enfin, je peux de nouveau avancer.

Au fur et à mesure que je progresse, le chemin s'élargit, l'eau semble disparaître. Bientôt, j'ai moins l'impression de me trouver dans un gouffre près de la mer que dans la grotte d'une montagne. Une grotte où aucune lumière ne filtre… ou en tout cas bien trop peu pour que je me sente en sécurité.

— *Sers-toi de ton pouvoir…*

La voix de ma mère vient de résonner dans ma tête, mais cela ne m'empêche pas de me retourner, comme si j'allais la trouver derrière moi. Évidemment, elle n'y est pas. Elle répète seulement :

— *Sers-toi de ton pouvoir…*

Elle en a de bonnes elle ! Je ne sais pas comment faire moi ! Si seulement j'avais eu le temps d'apprendre… Mais non ! On me l'a donné – ou plutôt on m'a informée que je l'avais – et on m'a dit de me débrouiller avec ! J'ai même cru qu'il ne venait pas de moi lorsque j'ai affronté le serpent… Bon, d'accord, « affronté » est peut-être un peu fort comme mot vu ce qui s'est passé… Mais quand même ! Le seul moment où j'ai été à peu près consciente de cette magie qui coule en moi, c'est quand j'ai dû la faire refluer pour pouvoir accéder à ce maudit gouffre !

Comme je ne trouve pas comment m'en servir, je décide de m'en passer. Enfin, quand je dis que je décide… en réalité, je n'ai pas vraiment le choix vu ma maîtrise ! Heureusement, mes yeux s'habituent à l'obscurité ambiante et je peux bientôt mieux percevoir la route que j'emprunte.

Le chemin escarpé s'est transformé en un boyau tortueux qui rétrécit de plus en plus. À chaque pas, j'ai l'impression que je ne pourrais jamais arriver au bout tant la fin me parait étroite. Et pourtant, on ne peut pas vraiment dire que je sois obèse hein !

Tout en tâtonnant et en forçant sur ma vue, je continue d'avancer quand, soudain, j'entends des bruits étranges. Devant moi, je perçois des sons aigus et stridents. J'entends également comme des froissements… ou plutôt des battements. Oui, c'est ça. J'entends des battements d'ailes. D'abord légers puis de plus en plus importants. Et étant donné que je suis dans une grotte enténébrée, je n'ai pas besoin de chercher bien loin pour deviner d'où peuvent venir ces bruits…

Mes doutes sont confirmés lorsque j'entends un cri et qu'une odeur de guano vient fouetter mes narines. Des chauves-souris…

Je déglutis. Je n'aime pas ces bêtes. Toutefois, je n'ai pas le choix, il faut que j'avance. Je me saisis donc de deux de mes couteaux, prête à les lancer. Certes, l'entreprise sera sans doute vaine étant donné les bruits que j'entends. À mon avis, elles sont bien des centaines, que dis-je, des milliers là-dessous. Car oui, je les entends devant moi, mais aussi dessous. Quant à l'odeur putride de leurs déjections, elle est partout.

Et alors que je manque de faire une chute mortelle, je comprends pourquoi je les entendais de dessous…

62

Suspendue dans les airs, je remercie le ciel de m'avoir donné de si bons réflexes. Tout comme je remercie ma famille d'accueil de les avoir entraînés jour et nuit. De fait, si je n'avais pas réagi si promptement, si je n'avais pas lâché mes couteaux pour m'agripper à la roche, je ne serais plus de ce monde. Tout comme mes lames, j'aurais fini quelques mètres plus bas, dans l'onde furieuse qui court dans le gouffre. De là où je suis, je n'entends plus que deux choses : le ressac meurtrier sous mes pieds et le sang qui bat dans mes tempes. Même le bruit des chauves-souris a disparu ! Pourtant, elles sont bien là !

Après avoir été effrayées par ma chute – je les comprends, j'ai eu tout aussi peur qu'elles, si ce n'est plus – elles ont fini par se suspendre à nouveau sur la roche. Mais avant, elles ont été nombreuses à me foncer dessus, comme pour me punir de les avoir dérangées. *Excusez-moi les filles ! La prochaine fois je tâcherai de ne pas me rattraper histoire que vous ayez moins peur !*

Bon, trêve de plaisanterie, je dois maintenant remonter. Mieux, je dois faire le tour de cette crevasse afin de rejoindre l'autre bout du chemin. Car oui, je viens juste de tomber dans un trou, sans doute le résultat d'un éboulement très récent.

— Rick ! je m'écrie soudain.

Et les chauves-souris s'empressent de me rappeler que je suis chez elles. En entendant ma voix, elles lâchent leur prise et s'envolent de nouveau vers moi. Toutes dents dehors, elles me mordent jusqu'au sang. Elles m'attaquent en bonne et due forme. Et moi, je ne peux rien faire. Car si je lâche la corniche, ne serait-ce que d'une main pour attraper un couteau et me défendre, eh bien c'est simple, je tombe.

Je subis donc sans rien dire les assauts de ces suceuses de sang. Et, quitte à les avoir dérangées, je fais ce que je peux pour avancer. Une main après l'autre, sans regarder, me fiant uniquement à ce que je sens sous mes doigts, je progresse vers la gauche. Mais mes tortionnaires ne l'entendent pas de cette oreille. Elles me mordent de plus belle. Chaque fois que leurs crocs se plantent dans ma chair, elles en profitent pour aspirer mon sang. Et dire que certains pensent qu'elles ne se nourrissent que d'insectes !

Je ferme les yeux et la bouche de toutes mes forces. Je serre les dents. Je dois continuer. Je dois savoir si Rick a pu franchir ce passage ou s'il est tombé. Car s'il est tombé dans l'eau en bas, alors tout est fichu. Mais je ne veux pas y croire. Je préfère penser que cet effondrement a eu lieu juste après son passage. Il le faut !

Tout autour de moi, les chauves-souris redoublent de violence. Elles s'attaquent à mes mains et mes doigts menacent de lâcher prise plus d'une fois. Mais je tiens bon. Encore une fois, il le faut ! Je ne dois pas abandonner. Je n'en ai pas le droit ! Alors je subis encore et encore les morsures de ces abjects volatiles nocturnes.

Lorsque j'estime être parvenue de l'autre côté du trou, j'ouvre les yeux. Au début, je ne vois rien, car mes paupières sont restées closes trop longtemps. Cependant, peu à peu, ma vue revient. J'avais raison : j'ai bien atteint l'autre côté. Il ne me reste donc plus qu'à remonter. Ouais… Plus facile à dire qu'à faire ! Car j'ai beau avoir les meilleurs réflexes du monde, j'ai beau être la meilleure lanceuse de couteau – ben quoi ? –, je suis bien loin d'être la meilleure grimpeuse !

Contrairement à tout à l'heure, je n'ai aucune prise pour mes pieds et ne peux donc pas pousser. Sans compter que Rick n'est pas là pour me montrer le chemin… Je puise alors dans le peu de force qu'il me reste, tentant encore une fois d'oublier les chauves-souris. Je tire sur mes bras, contracte mes abdominaux. Relever mes jambes m'aide, alors je plie les genoux. Peu à peu, centimètre par centimètre, je fais remonter mon corps. Je m'agrippe au sol. Je tire encore.

Quand mes cuisses rencontrent la paroi, je sais que j'y suis presque. Toutefois, je ne me laisse pas aller à l'euphorie de la victoire. Tout n'est pas encore gagné. Et ces maudites chauves-souris qui continuent à pomper ma vie m'empêchent de me concentrer. Voilà pourquoi je ripe. Je glisse l'espace d'un instant. Heureusement, je parviens à me rattraper avant la catastrophe. Et même avant d'avoir tout à recommencer. Je tire, je pousse. Et, enfin, je sors du trou.

Éreintée, je roule sur le dos. Je rêve que je tue toutes les chauves-souris. Je rêve qu'une brume de glace envahit la grotte où nous nous trouvons et les emporte avec elle vers la mer, au-dessous de nous. Un frisson me parcourt. Mon corps me hurle de le laisser se reposer. Il me crie de tout relâcher. Mais je ne veux pas l'écouter. Je ne peux pas.

Quand j'ouvre les yeux, il n'y a plus une seule chauve-souris. J'ai du sang partout, mais je suis en vie… et recouverte d'une pellicule de gel. Cela signifie-t-il que ce n'était pas un rêve ?

Je ne prends pas le temps de me poser d'autres questions et me relève. Au début, la tête me tourne. Puis je parviens à retrouver l'équilibre et continue ma route. Très vite, je débouche sur une immense cavité, comme une salle au trésor dans cet enfer de roche.

Et là, au centre, le capitaine Richard O'Brian.

63

Rick est allongé par terre et semble inconscient. Dans ses bras, il tient encore l'œuf, le Trésor du Peuple des Brumes. Ces derniers, silhouettes éthérées et menaçantes, sont penchés au-dessus du corps du capitaine et observent l'œuf avec convoitise.

— Reculez ! j'ordonne.

Comme ils ne m'ont pas vu arriver, les Nébuleux se retournent dans un même mouvement.

— Tiens donc, fait l'un d'entre eux de sa voix mielleuse. Ainsi tu as pu rentrer ? Bravo ma chère…

— J'ai dit reculez !!

Ce disant, j'avance vers eux en dégainant deux couteaux.

— Tu ne penses tout de même pas nous repousser avec ça… si ?

Non, évidemment… où avais-je la tête ? Pourtant, je ne les range pas. Le contact avec les poignées de cuir me rassure. Même si je sais que je ne pourrai les affronter qu'avec la magie. Car ici, ils semblent bien plus puissants qu'en mer. Mes lames, qui les ont autrefois repoussés, ne leur feraient sans doute rien du tout. Non. Il me faut agir autrement.

Tandis que je réfléchis à une attaque, le Peuple des Brumes en appelle à son élément de prédilection. Un épais brouillard apparaît soudain, nous enveloppant. Aussitôt, je sens à quel point cette brume est mortelle. Déjà, mon souffle s'accélère. Je manque d'air. Si je reste ici, je signe mon arrêt de mort !

En quelques bonds, je m'extirpe de cette brume meurtrière. Toutefois, elle ne semble pas décidée à me lâcher. Il va donc falloir que je trouve un moyen de la contrer. Or, ma magie est identique à celle des Nébuleux puisque j'en suis moi-même à moitié une… Comme je n'ai pas d'idée, je ne cesse de sauter, d'esquiver. Pour le moment, je ne sais pas quoi faire d'autre pour m'en sortir.

— Mais bien sûr ! je m'écrie soudain.

Mes paroles alertent les Nébuleux qui, l'espace d'un instant, retiennent leur brume. Le temps pour moi d'en invoquer une à mon tour. Puisque j'ai su le faire pour le serpent du marais, et sans doute aussi pour les chauves-souris tout à l'heure, alors je suis capable de le refaire. Je puise donc au plus profond de moi. Je vais chercher cette partie de mon être que j'ai si longtemps ignorée. Je l'appelle. Je la laisse sortir et s'exprimer. Alors, une autre brume se forme. Plus sombre que celle des Nébuleux.

Dès qu'elle est prête, je la projette contre le brouillard épais qui a failli me tuer un peu plus tôt. Les deux brumes se livrent alors un étrange combat, comme des nuages s'affrontant dans le ciel. À ceci près que ce n'est pas la pluie qui résultera de ce combat, mais ma vie… ou ma mort.

Et malheureusement, si j'ai pu surprendre les Nébuleux l'espace d'un instant en invoquant ma propre brume, ils ont vite réagi. Leur brouillard mortel s'est encore intensifié. Il a donné naissance à d'immondes bestioles à la peau blafarde. Des bêtes tout aussi mortes qu'eux, à n'en pas douter. Des esprits, certes, mais de redoutables armes de destruction. Plus furieuses encore que les harpies que nous avons affrontées à bord de la Lorelei !

Sur ordre de leurs créateurs, elles sortent du brouillard, affrontent ma brume. Quelques-unes tombent, mais beaucoup trop s'en sortent. Elles foncent sur moi. Elles en ont après mon sang… après mon âme, mon aura, je ne sais trop quoi. Mais ce dont je suis sûre, c'est que si une seule de ces bêtes me mord, alors je ne pourrais pas m'en sortir. Je lutte donc pour les repousser. J'en appelle à ma magie, à mon pouvoir. J'invoque un nuage pour chaque animal. Je tente de les emprisonner.

Mais c'est peine perdue. Elles continuent d'avancer. Les Nébuleux continuent d'en créer. Alors je recule.

En dernier recours, je leur lance mes couteaux. Les lames les traversent, les coupent en deux, mais cela ne les empêche pas de continuer d'avancer.

— *Cherche la lumière, pas les ténèbres…*

La voix de ma mère résonne dans la grotte. Les Nébuleux aussi l'ont entendue. Ils lui crient de se taire. Ils lui ordonnent de rester en dehors de cela. Elle a été bannie pour sa trahison, hors de question qu'elle se mêle de ce combat qui n'est pas le sien.

Le court laps de temps pendant lequel ils s'en prennent à elle me donne l'occasion d'invoquer une nouvelle vague de brume. Si ce que dit ma mère est vrai, alors cette brume ne m'aidera pas plus que la précédente. Déjà, les horribles bestioles invoquées par le Peuple des Brumes la traversent.

Et ce qui devait arriver arriva…

Elles sont sur moi. Je sens leurs pattes griffues se planter dans ma chair. C'est étrange comme ces êtres faits de fumée peuvent s'avérer si palpables dès lors qu'ils vous touchent ! Qu'ils vous mordent…

64

Je ne suis pas morte ! Mais je ne vais pas tarder à l'être si ces horribles créatures continuent de mordre dans mes chairs et de sucer le sang que les chauves-souris ont déjà fait couler.

Soudain, un cri retentit du fond de la grotte :

— Anna !

La voix, bien que caverneuse, m'est étrangement familière. Pourtant, je sais que c'est impossible. Car celui à qui je l'attribue est censé être mort ! Et c'est moi qui l'ai tué…

— Anna ! Ne reste pas là !

De nouveau, j'ai l'impression d'entendre Bran. Je veux tellement y croire, je veux tellement en avoir la preuve, que je trouve en moi la force de repousser mes assaillants d'un seul souffle de brume magique.

Et je le vois.

Bran se tient à l'entrée de la grotte. Épée au poing, l'ancien soldat est trempé de la tête aux pieds. Comme un aimant, il attire à lui les Nébuleux. Ils fondent sur lui. Je crie. J'ai peur qu'ils le tuent. Mais Bran parvient à les repousser… avec son épée ! Comment fait-il ? Moi, lorsque je leur lance des couteaux à la figure, c'est tout juste s'ils ressentent une infime piqûre !!

Plus important : Bran est vivant !!! Mais comment a-t-il fait pour se sortir indemne du marais gelé ? Et comment est-il arrivé ici ? Parce que, de là où je suis, j'ai une très bonne vue sur le passage que j'ai emprunté, et je sais pertinemment qu'il n'est pas passé par là ! Évidemment, le moment est assez mal choisi pour lui poser tout un tas de questions. D'ailleurs, au lieu de m'en poser moi-même, je ferais peut-être mieux de l'aider, non ? Ou même d'aider Rick… enfin, si je peux encore.

D'un pas incertain, je m'approche du capitaine qui se trouve exactement entre Bran et moi. Comme l'ancien soldat parvient sans mal à occuper le Peuple des Brumes dans un combat invraisemblable, j'en profite pour prendre des nouvelles d'O'Brian.

Le capitaine est toujours allongé sur le dos, inconscient. Dans ses bras repose le Trésor sous forme d'œuf que les Nébuleux n'ont décidément pas réussi à lui prendre.

— Prends-le ! m'intime Bran entre deux estocs.

Sans réfléchir, je fais ce qu'il me dit. Toutefois, avant de me relever, je palpe le cou de Rick pour vérifier s'il est toujours en vie. Je suis rassurée de sentir son pouls, même s'il est très faible. Je consulte ensuite mon médaillon pour savoir ce que je dois faire du Trésor. Car j'imagine que ma mère a d'autres projets que celui de le laisser ici dans cette immense pièce rocheuse.

À la vue de l'aiguille, je constate que j'ai raison. Le médaillon pointe vers le fond de la grotte, là où Bran semble emmener les Nébuleux.

— Qu'est-ce que tu fais ? je lui demande.

— Envoie-moi le Trésor ! m'enjoint-il sans prendre la peine de me répondre.

Le lui envoyer ? Mais il est fou ! Et s'il tombait ? S'il atterrissait entre les mains du Peuple des Brumes ? Je ne veux vraiment pas prendre le risque de tout ficher en l'air alors que je suis si près du but !

— Aie confiance, tu peux le faire ! me dit encore Bran.

Comme s'il venait de les y inviter, les Nébuleux se retournent vers moi d'un seul mouvement. Puis, sans attendre, ils abandonnent leur combat avec l'ancien soldat et foncent dans ma direction. Et si au passage, plusieurs d'entre eux passent au fil de la lame, ce n'est pas grave. Ce que je lis dans leurs yeux immaculés, c'est l'envie. Le désir de posséder l'objet que je tiens entre les mains. Le Trésor du Peuple des Brumes. *Leur* Trésor. À les voir si déterminés à me tuer, je me dis l'espace d'un instant qu'après tout, je pourrais très bien leur donner. Que ce Trésor leur appartient. Mais alors, Bran me rappelle ma mission. Il me rappelle les nombreux morts que ce Trésor a semés derrière lui. Et il me dit quelque chose que je ne comprends pas… enfin, que je ne veux pas comprendre.

— Ce Trésor m'a tué, moi aussi…

Je ne relève pas. Au lieu de cela, je cours vers Bran. Je dois lui donner l'œuf. J'ignore pourquoi, mais je sais que je n'ai pas d'autre option. Que lui seul peut continuer. Qu'il est la clé. Que… je ne sais pas trop ce que je raconte. Tout ce que je sais, c'est que ma détermination a raison du danger. Et que je passe au travers du Peuple des Brumes.

Lorsque je suis près de l'ancien soldat, je lui tends l'objet. Il le prend. Et une brume opaque nous encercle.

— Tu peux t'en occuper ? me demande Bran.

J'opine du chef. Je le peux. Je viens de me le prouver à moi-même : ma détermination peut tout vaincre. Même le Peuple des Brumes ! Je me retourne alors, lève les mains paumes vers eux et les repousse. Vu comme ça, on pourrait croire que je ne fais que prendre une pose ridicule. Car la magie que j'utilise n'a pas de couleur. En revanche, elle est faite d'un puissant souffle qui dissipe la brume des Nébuleux. Eux-mêmes luttent un instant avant d'être emportés par le tourbillon de mon pouvoir. Un pouvoir que je ne contrôle plus. De fait, j'ai levé la barrière qui l'empêchait de sortir complètement. Et maintenant, il détruit tout sur son passage. À commencer par la grotte dans laquelle nous nous trouvons.

Du passage que j'ai emprunté, il ne reste plus rien. Un effondrement vient de l'obstruer à jamais. De même, la roche au-dessus de nous s'effrite et je crains pour ma vie.

— Rick !

Ce n'est pas moi qui ai crié, mais j'aurais pu.

Derrière moi, Bran tient toujours le Trésor. Il a encore reculé. Je veux faire un pas vers lui, mais un champ de force m'en empêche. Pourtant, c'est bien vers lui que mon médaillon continue de pointer.

— Qu'est-ce qui se passe ? je demande.

— Je ne sais pas… mais si tu restes ici, tu vas mourir ! Et Rick aussi !!

— Mais je ne peux pas sortir ! Tu n'as pas vu ce que je viens de faire ? J'ai tout détruit ! Il n'y a plus de passage.

— Si, il en reste un…

Un nouvel effondrement interrompt l'ancien soldat. Un énorme rocher est tombé à deux pas du capitaine et il en a reçu quelques débris. Je m'élance alors vers lui pour voir comment il va. Son pouls est toujours faible, mais il me semble qu'il a repris quelques couleurs. Le souffle court, je lui assène quelques tapes sur la joue afin de le faire revenir à lui. Ça fonctionne.

Aussitôt, le capitaine regarde entre ses mains et demande où est le Trésor. Bran veut alors s'avancer pour le lui montrer, mais lui aussi se retrouve coincé par le champ de force.

— Je ne peux pas vous rejoindre…

Je me mords la lèvre. Ainsi donc, c'est comme ça que tout va se terminer ? Je viens à peine de retrouver Bran et il faut que je le laisse ici ? Faut-il encore que ce soit quelqu'un d'autre qui remplisse la mission qu'on m'avait confiée ?

À bout de forces et de nerfs, je m'affale près de Rick et me mets à pleurer. Je n'en peux plus.

65

D'une main tremblante, Rick me caresse les cheveux. Tandis que je pleurais, il s'est redressé au prix d'un gros effort et a entrepris de me rassurer comme il peut. Ne voulant certainement pas me mentir, il évite les « ça va aller » que je ne supporterais pas. Il ne dit pas un mot. Seuls ses gestes attendrissants parlent pour lui. Ses caresses semblent me dire qu'il sera toujours là pour moi, et j'ai envie d'y croire. Mais le puis-je ? Sera-t-il toujours là lorsque j'aurai rempli ma mission – si je la remplis un jour ? Sera-t-il toujours là lorsque nous quitterons cette maudite Île aux Brumes ? Allons-nous pouvoir fuir cette île ou serons-nous maudits nous aussi ?

— Est-ce que ça va ?

La voix de Bran me semble si lointaine… Pourtant, c'est elle qui me ramène plus ou moins à la vie. C'est grâce à lui que je parviens, enfin, à cesser de pleurer. Quand j'y pense, je me suis transformée en véritable pleureuse à leurs côtés ! Alors que j'aurais dû profiter de mon caractère bien trempé, je n'ai fait que geindre, me plaindre et chialer. Oui, chialer. Mais tout ça, c'est fini. Je refuse d'être plus longtemps cette fille-là. Je suis Annabelle, fille d'une Nébuleuse, et je refuse d'être faible !

Plus déterminée que jamais, je me relève. Je sèche les dernières traces de faiblesse qui coulent encore sur mon visage, ainsi que celles qui brouillent ma vue.

— Ça va aller, dis-je.

Personne ne me répond. Tous les deux croient sans doute que je leur mens en même temps que je me mens à moi-même. Mais ce n'est pas ça. Je sais que ça va aller. Je le sens. Il le faut.

— Tu peux marcher ? je demande à Rick.

Comme il ne connaît pas non plus la réponse, le capitaine se lève, fait quelques pas, puis hoche la tête. Il faut croire que oui.

Nous nous dirigeons alors vers Bran, toujours prisonnier de son champ de force.

— Je vais essayer quelque chose, dis-je en levant les mains.

Paumes vers l'avant, je me concentre comme je peux. J'essaie de visualiser le champ de force et la magie qu'il recèle. Je ferme les yeux pour mieux la voir. Contre ma poitrine, je sens le médaillon qui se réveille. Tant mieux, il m'aidera à canaliser mon pouvoir et à faire exploser cette barrière magique.

Hélas, tout ce que mes pouvoirs me révèlent, c'est que ce champ de force est là pour séparer deux mondes. Celui des vivants et celui des morts. Il sépare un monde magique d'un monde sans magie.

— Comment est-ce possible ?

Je ne veux pas croire ce que je perçois. Bran est de l'autre côté. C'est donc tout simplement impossible, non ?

— Quoi ? me demandent simultanément les deux hommes.

Je leur explique alors la nature de cette barrière et, surtout, la nature du monde qu'elle protège ; celui dans lequel se trouve Bran. Et tandis que Rick semble tout aussi perplexe que moi, l'ancien soldat baisse la tête, résigné. Je lis alors dans son expression quelque chose de terrible. Quelque chose d'irréversible. Quelque chose dont j'aurais dû me douter depuis longtemps. Car enfin, c'est logique. Cela explique qu'il ait pu voir le Peuple des Brumes, ces créatures qui déambulent entre les deux mondes. Cela explique qu'il ait pu survivre au massacre de l'Irmin, le bateau sur lequel se trouvait le Trésor des Nébuleux. Enfin, cela explique qu'il ait pu se tirer du marais gelé. Je n'ai jamais tué Bran, pour la simple raison qu'il était déjà mort.

— Je suis désolé…, dit-il en se doutant que j'ai compris.

Et alors, ses paroles me reviennent : « Ce Trésor m'a tué… »

— Désolé de quoi ? demande O'Brian, un peu perdu.

— D'être mort, je lâche.

— Quoi ?

Le capitaine refuse d'y croire. Il affirme qu'une telle chose est impossible. Lui aussi se souvient des soldats de l'Irmin, et ils n'étaient pas comme Bran.

— Tu veux dire, ils ne revenaient pas à la vie après avoir été de nombreuses fois pourfendus ? interroge Bran. Tu sais que cela m'est arrivé aussi. Sur cette île. Lorsque ces créatures nous ont attaqués et que nous avons ordonné à Anna de fuir avec le Trésor. Tu les as vues me mordre à de nombreuses reprises et pourtant, je suis toujours là. De même, tu as vu ce qui s'est passé dans le marais. Pour sauver Anna, je n'ai pas hésité à mettre « ma vie en jeu ».

Ce disant, il mime des guillemets. De fait, il ne pouvait pas réellement mettre en jeu quelque chose qu'il n'avait plus depuis longtemps. Toutefois, il fallait que quelqu'un se sacrifie pour me sortir de ce mauvais pas. Qui mieux que lui pouvait le faire ?

— Et j'en suis sorti « vivant ».

Le silence s'installe entre nous. Rick et moi digérons la nouvelle. Notre ami ne fait plus partie de notre monde depuis bien longtemps déjà. Toutefois, maudit par le Peuple des Brumes, il a pu l'arpenter encore quelque temps. Mais maintenant, c'est fini. Il a rejoint le monde des morts. Et il ne peut plus en revenir. Car en réalité, c'est là qu'est sa place.

Quand il voit que nous avons enfin accepté cela, il nous explique comment il est venu. Il est passé par la mer. Il a pénétré le gouffre par les eaux et nagé jusqu'à la grotte dans laquelle nous nous trouvons.

— Là-bas, nous désigne-t-il, il y a un point d'eau. En réalité, c'est un passage qui permet de rejoindre la mer. Il vous faudra nager longtemps, mais vous pourrez la rejoindre. Ensuite, j'imagine qu'il vous sera facile de revenir à la Lorelei. Les dangers ont été écartés. Puisque c'est moi qui détiens le Trésor et que, dans pas longtemps, il aura rejoint sa place, plus rien ni personne ne vous empêchera de passer.

Je regarde l'œuf que tient mon ami. Puis je lève les yeux et regarde derrière lui. Une pâle lueur s'échappe de la cavité dans son dos. Oui, c'est bien là que doit être mis le Trésor. Dans un monde où les humains ne pourront pas venir le chercher, pas plus que les Nébuleux trop empreints de magie. Car enfin « les trésors ne sont pas faits pour les vivants, pas plus qu'ils ne sont faits pour les morts ». Oui, cette phrase ici prend tout son sens.

Tandis que je réfléchis à tout ça, le capitaine s'inquiète :

— Comment allons-nous faire pour nager sous l'eau pendant si longtemps ?

— Vous ne devriez pas avoir trop de mal à passer, affirme Bran en captant mon regard afin de me faire revenir de mes réflexions.

— En effet, dis-je. Je m'occupe de ce détail.

De nouveau, un silence s'installe entre Rick, Bran et moi. Et nous savons que c'est le dernier. Car sitôt que nous lui aurons tourné le dos, sitôt que nous aurons quitté le gouffre, nous ne le verrons plus… jamais.

Je lutte alors pour retenir mes larmes. Bon sang, je me suis promis de ne plus pleurer pas plus tard que tout à l'heure alors hors de question que je chouine encore ! Au lieu de cela, je reste digne. Je remercie l'ancien soldat de faire pour moi ce qui doit être fait.

— De toute façon, tu ne pouvais pas le faire… Je crois que, depuis longtemps, ta mère œuvre pour que ce soit moi qui m'en charge…

À ces mots, une question me vient. Elle brûle mes lèvres depuis que ma mère nous a expliqué d'où je venais. Alors je lui demande :

— Tu la connaissais ? Avant de la rencontrer sur la Lorelei, tu connaissais déjà ma mère, n'est-ce pas ?

Bran se pince les lèvres avant de hocher la tête.

— Tu leur ressembles tellement… Dès le début, j'ai su qui tu étais.

— Je *leur* ressemble ?

— Le pouvoir de ta mère coule en toi, mais ce sont les traits de ton père qui sculptent ton visage.

Mon père… Tout à coup, mes doutes sont confirmés. Bran connaissait mon père. Et tandis que je me fais cette réflexion, il continue :

— Il était mon meilleur ami. Le frère d'armes avec lequel je me suis engagé sur l'Irmin, c'était lui. Ensemble, nous avons combattu un temps les Nébuleux. Ta mère était là elle aussi… À sa manière, elle nous a porté main forte. Mais lorsque Karl a sauté, elle s'est évaporée…

Bran continue son discours, mais je ne l'écoute plus. Je n'ai plus qu'une chose à l'esprit. Un nom. Celui de mon père. Karl. Je voudrais lui demander comment il était. Je voudrais qu'il me dise quelle a été sa vie avant de s'embarquer sur l'Irmin. Je voudrais qu'il me parle de lui sans jamais s'arrêter. Mais un nouvel effondrement me ramène à la réalité.

— On devrait y aller, fait O'Brian en me prenant la main.

Je hoche la tête. Mais avant, je demande encore à l'ancien soldat :

— Est-ce que c'est pour ça que tu es resté près de moi ?

— Pas seulement. Mais oui, c'est parce que je voyais en toi mon meilleur ami que je me suis si vite lié à toi. Car même si tu ne l'as pas connu, sache que tu lui ressembles en bien des points. Pas seulement physiquement.

Je souris. Quelque part, cela répond à mes interrogations.

— À présent, partez.

À regret, nous saluons une dernière fois notre ami avant de nous en détourner. Sans Rick, je crois que je n'aurais pas pu quitter Bran. C'est lui qui m'entraîne jusqu'au passage que nous a indiqué l'ancien soldat.

Lorsque nous y parvenons, il me demande :

— Tu vas y arriver ?

Lui et moi savons qu'il ne parle pas seulement de la magie que je vais devoir utiliser pour nous faire rejoindre la mer. Et, si je veux y parvenir, je ne dois surtout pas me retourner. Voir Bran m'empêcherait de faire quoi que ce soit. Alors, je me remémore ce que je viens d'apprendre sur lui. Sa place n'est pas avec nous. Elle ne l'est plus. Et, qui sait ? Peut-être rejoindra-t-il mon père dans l'au-delà ?

Puis je saute dans le passage.

66

L'eau est glacée. Je le sais, je le sens. Mais à aucun moment le froid ne pénètre ma peau. Pourquoi ? Je ne sais pas trop… J'ai bien une idée, mais je n'ose pas la formuler dans ma tête tant elle m'effraie. Au lieu de cela, j'invite le capitaine à me rejoindre. J'ignore encore comment je vais faire pour nous sortir de là sans nous noyer, mais évidemment, je ne lui dis pas. Encore une fois, je pense que je vais y aller à l'instinct. Jusqu'ici, il ne m'a jamais fait défaut, alors pourquoi maintenant ?

Mais dès lors que Rick est à mes côtés, il ne manque pas de me questionner sur ce que je vais faire et comment… Le tout en répétant qu'il a froid. Mais où est donc le Richard O'Brian que je connais ? Celui qui n'exprime jamais rien d'autre que ce qui est nécessaire… et encore ? Je tâche de ne pas trop prêter attention à toutes ces questions – les siennes autant que les miennes – et me concentre sur mon pouvoir. Pour cela, le médaillon me sert encore une fois de focus.

Grâce à mes dons de Nébuleuse – ou de demi-Nébuleuse – je crée une sorte de casque autour de nos têtes au capitaine et à moi. Bon, cela n'a pas grand-chose à voir avec un heaume, mais davantage avec une espèce de nuage sec qui volerait au-dessus de nos épaules. Quoi qu'il en soit, cela fonctionne et nous pouvons plonger sans risque. Évidemment, nous ne pouvons pas parler ! Et, honnêtement, je préfère !! Parce qu'à voir la tête de Rick, j'imagine qu'il n'arrêterait pas de râler s'il pouvait !

Le retour vers la mer me semble bien moins long que l'aller. En même temps, cette fois, nous n'avons rien d'autre à affronter que l'eau glacée. Et encore, moi, je ne ressens pas grand-chose ! Et puis, il faut bien le dire, c'est beaucoup plus facile de nager en ligne droite que de marcher avec précaution pour éviter de tomber ou encore de devoir évoluer en combattant des chauves-souris assoiffées de sang !

— Vivement qu'on soit sur la Lorelei ! s'exclame Rick. Je meurs de froid !!

Eh oui, le temps de la nage sous l'eau est déjà fini et nous voilà en train d'escalader la paroi rocheuse. Là encore, après mes prouesses un peu plus tôt, la tâche me parait des plus simples ! Mes doigts ne ripent qu'une seule fois et nous atteignons le haut de la corniche assez rapidement. Seules les plaintes d'O'Brian nous ralentissent…

Nous parcourons ensuite la forêt sans que rien ne nous tombe dessus. C'est fou comme la vie est simple quand vous ne tenez pas entre vos mains le Trésor le plus maudit de tous les temps ! Les animaux nous évitent, et si nous n'avions pas eu tant d'ennuis à l'aller, la jungle nous paraîtrait presque amicale. Presque…

Dès que nous apercevons la plage sur laquelle nous avons laissé note chaloupe, le capitaine retrouve sa morgue et cesse de geindre. Je comprends alors – mieux vaut tard que jamais ! – que cet air impassible qu'il nous montre n'est qu'une façade. Richard O'Brian est un homme à deux facettes. Il y a le Rick capitaine, celui que tout le monde doit suivre et à qui on doit obéir. Et il y a le Rick sensible, qui vous donne la main quand vous avez peur, vous prend dans ses bras pour vous rassurer… et râle comme pas deux dès qu'il en a marre. Oui, il y a deux Rick, et je crois bien que je peux me targuer d'être la seule à les connaître !

Comme précédemment, c'est lui qui prend les rames pour nous conduire jusqu'à la Lorelei. Et, dès que nous posons les pieds sur son bateau, O'Brian a complètement revêtu son costume de capitaine et s'enquiert de la situation. Voilure, cordage, provisions… Tout y passe. Même l'équipage.

Joe La Trique tient son bâton, prêt à relayer avec force les ordres de son capitaine. Mais je doute qu'il en ait besoin, car personne ne veut rester ici !

De même, Willy Le Canon se tient prêt à déclarer la guerre à n'importe quel vaisseau imprudent qui viendrait nous déranger… Ou, j'en suis sûre, à l'Île aux Brumes s'il le fallait !

À la barre, Heimata attend que moi, la timonière, je lui indique la direction à prendre.

Hazel se tient également prêt à préparer le meilleur plat que ce bateau n'ait jamais vu. Et ce, même si les cales sont presque vides ! De fait, nul n'a envie de s'attarder plus longtemps sur cette île de tous les dangers. Personnellement, je sais que nous ne risquons plus rien, mais je dois bien avouer que, moi non plus, je n'ai pas envie de traîner une seconde de plus dans les parages !

Les matelots, artilleurs et autres gabiers sont également en position.

Les jumeaux, le charpentier et le voilier, s'occupent de ce qui n'a pas encore été réparé.

Quant à Rob, il soigne les blessés comme il peut. Car oui, il y en a quelques-uns… La glace lancée par ma mère n'a pas été sans victime.

Et lorsque le capitaine estime que la Lorelei est prête à lever l'ancre, il en donne l'ordre. Aussitôt, on active le cabestan.

J'entends alors un croassement venu de la vigie et je reconnais aussitôt Beaucor. Après un vol en piqué vers moi, il se pose sur mon épaule gauche et semble réclamer des câlins. Je les lui donne très volontiers ! Mais à peine l'ai-je caressé deux ou trois fois que le volatile reprend son envol en direction de l'île. Bien que nous soyons loin, je le vois alors se poser sur un autre épaule ; celle de ma mère.

La Nébuleuse nous regarde partir. Au moment où nos regards se croisent, j'entends une détonation. Je baisse alors les yeux vers le médaillon et découvre qu'il gît sur le sol, brisé. J'ai envie de crier, sans trop savoir pourquoi. De joie peut-être ? Car enfin, ce maudit objet ne tentera plus de m'étrangler ! À moins que ce ne soit de déception parce que, sans lui, je ne pourrai plus jamais utiliser mes pouvoirs…

Tandis que je me pose la question, une voix reconnaissable entre mille résonne dans ma tête :

— *Le pouvoir des Nébuleux est en toi ma fille.*

Épilogue

Le Non-Mort avance, guidé par son seul instinct. Quelque chose dans cette partie de la grotte l'a attiré un peu plus tôt, et il s'est retrouvé prisonnier. Il sait pourquoi. Sa place n'est plus, depuis longtemps, parmi les vivants. Non. Sa place est ici, où rien ne vit.

Les adieux ont été difficiles. Il faut dire qu'il commençait à les aimer, à se sentir vivant à nouveau. Mais il ne pouvait pas rester. Alors, il les a convaincus de partir, de rejoindre le bateau, de reprendre le cours de leur vie. Quant à lui, il va terminer ce qu'elle a commencé. Elle, cette fille aux traits si familiers…

Tandis qu'il guide le Trésor vers sa dernière demeure, une lueur, d'abord imperceptible, commence à palpiter dans ses bras. Elle vient de l'œuf. Et, plus le soldat avance, plus la lueur s'intensifie. Jusqu'à devenir pure lumière lorsqu'il atteint le fond de la grotte.

Enfin, il est arrivé.

Sur le sol, il aperçoit un cercle étrange qui a tout l'air d'un nid. Un nid parfaitement à la taille de l'œuf qu'il tient dans les bras. Sans se poser la moindre question, le Non-Mort pose l'œuf dans le nid et, épuisé, se laisse glisser contre la paroi rocheuse.

Le nid épouse parfaitement la forme de l'œuf. Comme s'il l'attendait depuis des années… des siècles peut-être. Le Trésor quant à lui n'en finit pas d'illuminer la pièce. Elle est immense, tout aussi grande que la cavité dans laquelle le Non-Mort a dû laisser ses amis. C'est une salle au trésor, il le sait.

Tout à coup, un craquement résonne dans la grotte. Alors qu'il observait les alentours, le soldat fixe à nouveau son regard sur l'œuf. C'est de lui qu'est venu le craquement. Et ce n'était que le premier… De fait, un second se fait entendre.

Puis un troisième. Au quatrième, Bran se lève pour aller voir ce qu'il se passe de plus près.

Penché au-dessus de l'œuf, il voit. La lumière ne l'éblouit plus. Des craquelures parcourent l'improbable coquille. Une lumière orangée s'en échappe, bien différente de celle qui pulse toujours du Trésor.

Au cinquième craquement, le haut de la coquille se soulève. Le Non-Mort brûle d'envie de savoir ce qu'il se passe, mais en même temps, il redoute la fin du sortilège de la Nébuleuse. Et si le Trésor du Peuple des Brumes reprenait sa forme originale ? Si, d'un seul coup, il se déversait dans la cavité et venait l'étouffer ? Toutefois, malgré ses doutes, le soldat ne recule pas, intrigué.

Le morceau de coquille détaché du reste de l'œuf continue de se soulever. Bientôt, Bran peut voir ce qui provoque cette impulsion. Quand ses yeux croisent ceux de la créature, il est comme hypnotisé. Deux pupilles ténébreuses sur fond doré.

Condamné à ne pas pouvoir bouger face à une telle apparition, le Non-Mort reste de marbre lorsque la créature sort enfin de l'œuf. À l'aide de ses pattes griffues, le petit être s'extirpe de sa coquille. Il pousse un cri strident, bien loin des rugissements de ses ancêtres. Il fait quelques pas en claudiquant puis se secoue. Ce faisant, ses ailes se détachent de son petit corps reptilien. Il les teste alors une ou deux fois à terre avant de prendre son envol.

Sous les yeux étonnés du soldat, la créature parcourt la grotte immense. Elle en fait le tour, plusieurs fois. Puis elle revient se poser sur sa coquille. Elle lâche alors un nouveau cri strident à l'attention du Non-Mort. Comme s'il avait compris, Bran recule.

Quand il estime l'étrange humain assez loin, le nouveau-né écarte ses ailes membraneuses. En lui sommeillent tous les souvenirs des siens. Il a beau n'être, pour le moment, pas plus gros qu'un lézard ocellé, il connaît sa mission. Celle de protéger ce trésor. Mais tout d'abord, il doit le libérer…

Perché sur ce qui lui a servi d'œuf, il piaille comme un oiseau. Du moins est-ce l'impression qu'il donne. Mais en réalité, la créature est en train d'user de magie. Une magie ancestrale qu'il puise au sein même de cette île, de ce trésor. La magie du Peuple de Brumes.

S'il peut l'utiliser, ce n'est pas parce qu'il fait partie de la grande famille des Nébuleux. Non. S'il peut user de cette magie, c'est tout simplement parce que son devoir est de redonner corps à ce trésor qu'il va lui falloir protéger toute sa vie durant. Comme ses ancêtres l'ont fait avant lui.

Peu à peu, l'œuf se dématérialise pour laisser place à des pièces d'or, des pierres précieuses, des joailleries en tout genre. Et, bientôt, la petite créature se retrouve au sommet d'une montagne. Au sommet du Trésor du Peuple des Brumes qui a enfin retrouvé sa forme originelle. Le petit être s'envole alors vers le Non-Mort et se réfugie dans ses bras. Ce soldat n'est pas comme les autres. Il ne porte pas sur lui l'odeur fétide de la convoitise, car il n'appartient pas vraiment au peuple qui a pillé ses ancêtres. Seul l'amour semble l'habiter, repoussant la mort d'une bien étrange manière. Et le petit Dragon compte bien en profiter !

Remerciements

Un grand merci à toutes ces muses qui m'ont aidée à aboutir ce roman.

Pour commencer, il y a les muses cachées dans les brumes, celles qui ont lu les premiers jets de cette histoire et m'ont fait des retours quant à l'écriture, le style et le contexte.

Merci donc à ma muse marine, sans laquelle la Lorelei aurait continué de voguer sur des eaux trop paisibles. Grâce à toi, ce roman a gagné un chapitre ainsi qu'une saveur plus iodée et tumultueuse.

Et merci à ma muse des mots. Sans ta relecture avisée et ta poésie – parfois en contradiction avec le vocabulaire des mes héros –, il m'aurait été bien plus difficile de traquer les coquilles et autres tournures malencontreuses.

Merci également à ma famille qui me soutient dans chacun de mes projets. Plus particulièrement toi, futur Papa, condamné au silence lors de mes longues séances d'écriture.

Enfin, ce roman n'existerait pas sans le travail de mon éditeur et de son équipe. Merci de votre confiance et, surtout, de votre patience.

ISBN : 9782374642413
Dépôt légal : Premier semestre 2019
www.sudarenes.com